मैं हूँ
भारतीय

मैं हूँ भारतीय

के.के. मुहम्मद

लेखन सहयोग

अनीश कुट्टन

इस पुस्तक से अर्जित रॉयल्टी व अन्य कुछ भी प्राप्य
Delhites National Initiative in Palliative Care
को दान दिया जाएगा।

प्रकाशक • **प्रभात प्रकाशन प्रा. लि.**
4/19 आसफ अली रोड,
नई दिल्ली–110002

संस्करण • 2025
मूल्य • चार सौ रुपए
अनुवाद • डॉ. ओ. वासवन
मुद्रक • नरुला प्रिंटर्स, दिल्ली

MAIN HOON BHARATIYA *by* Shri K.K. Muhammed ₹ 400.00
Published by Prabhat Prakashan, 4/19 Asaf Ali Road, New Delhi-2
e-mail: prabhatbooks@gmail.com ISBN 978-93-5266-554-9

अनुवादक की ओर से

जाने-माने पुरातत्त्व विज्ञानी श्री के.के. मुहम्मदजी के सेवाकालीन अनुभवों के संस्मरण मूल रूप से मलयालम भाषा में प्रकाशित हुए हैं। इस पुस्तक की भूमिका में प्रसिद्ध इतिहासकार डॉ. एम.जी.एस. नारायण ने दो सुझाव रखे हैं, जिनमें एक की पूर्ति है यह अनुवाद। मुहम्मदजी की पुस्तक का हिंदी व अंग्रेजी में अनुवाद करके प्रकाशित करने का उन्होंने सुझाव दिया था। राष्ट्रीय स्तर पर पुस्तक की विषय-वस्तु के महत्त्व को ध्यान में रखकर शायद उन्होंने ये सुझाव दिए होंगे। पढ़ाई और सरकारी सेवा—सब मिलाकर मुहम्मदजी ने अपनी जिंदगी का ज्यादा समय उत्तर भारत में ही बिताया है। उत्तर भारत के कई विख्यात ऐतिहासिक स्थल उनकी कर्मभूमि रहे हैं। उनकी आदर्शवादी एवं उदार सोच नई पीढ़ी के लिए प्रेरणादायक है। उनका मानना है कि कोई भी देश अपनी सांस्कृतिक विरासत को जाने बिना आगे बढ़ नहीं सकता। ऐतिहासिक तथ्यों को, चाहे वे कितने भी अप्रिय हों, ईमानदारी से प्रस्तुत करने में मुहम्मदजी ने जो धैर्य दिखाया, वह अत्यंत सराहनीय है। अपने को 'एक सच्चा' भारतीय कहकर पुस्तक में उन्होंने अपना पक्ष भी व्यक्त कर दिया है।

व्यावहारिक दृष्टि से देखें तो पुस्तक को वांछनीय पहचान मिलने के लिए हिंदी और अंग्रेजी में इसका प्रकाशन अनिवार्य है। अपने अनुभवों के मुताबिक मुहम्मदजी ने जो विचार और आशय सामने रखे हैं, उन पर राष्ट्रीय स्तर पर संवाद और परिचर्चा अपेक्षित है। यह भी सही है कि उनके विचारों

को देश के ज्यादातर आम लोगों तक पहुँचाने का मार्ग भी इसका हिंदी अनुवाद है। धर्म, जाति, राजनीति आदि के संकुचित दायरे से बाहर आकर भारत की सांस्कृतिक विरासत पर गर्व करने का जो संदेश लेखक ने पुस्तक में दिया है, उसको हिंदी पाठकों तक पहुँचाने का विनम्र प्रयास मैंने किया। आशा करता हूँ कि सभी पाठक इसे सहर्ष स्वीकार करेंगे।

—डॉ. ओ. वासवन
'रामकुंज' इडक्कुलम डाक
कोझिकोड (कालिकट), केरल-673306
मो. : 09446348902
इ-मेल : ovasavan@gmail.com

भूमिका

मेरे मित्र के. के. मुहम्मद भारत के जाने-माने पुरातत्त्व वैज्ञानिकों में से एक हैं। मेरे लिए यह गर्व की बात है कि वे केरल के निवासी हैं और खासकर मेरे जिले कालिकट के निवासी हैं। पिछले 50 वर्षों से वे मेरे दोस्त हैं। पुरातत्त्व विज्ञान जैसी वैज्ञानिक शाखा का सैद्धांतिक, व्यावहारिक एवं सृजनात्मक ज्ञान उपलब्ध करना अत्यंत दुर्लभ है। यही नहीं, उस विज्ञान को नाटकीय ढंग से राष्ट्र-सेवा के लिए उपयोग में लाना और महत्त्वपूर्ण है।

मुझे यह कहने में संकोच नहीं है कि मुहम्मद पुरातत्त्व के क्षेत्र में बुद्धि के अलावा धैर्य, ईमानदारी, साहस, सेवा, तत्परता आदि गुणों को प्रकट करने वाले बहुत कम व्यक्तियों में से एक हैं।

केरल के कालिकट जिले के एक सुदूर गाँव में एक रूढ़िवादी मुस्लिम परिवार में जन्म लेना जिंदगी में बड़ी सफलता हासिल करने में बाधा हो सकता था; परंतु विपरीत परिस्थितियों का सामना करके अयोग्यताओं को सबसे बड़ी योग्यताओं में परिवर्तित करने की क्षमता उन्होंने प्राप्त कर ली।

खेद की बात है कि एक जमाने में समाज में धार्मिक मैत्री प्रदान करने में अग्रसर रहा केरल आज धार्मिक आतंकवाद का केंद्र बन गया है, अन्यथा मुहम्मद जैसे प्रसिद्ध पुरातत्त्व विज्ञानी का यहाँ के विश्वविद्यालय सही दिशा में उपयोग कर सकते थे।

मुहम्मद तथा उनके अलीगढ़ के कार्यकलापों के बारे में मैंने पहले ही सुना था। मुझे उनसे सीधा संपर्क करने का अवसर '80 के दशक के प्रारंभ

में मिला। उस समय मैं भारतीय इतिहास अनुसंधान परिषद् का एक सक्रिय कार्यकर्ता था। परिषद् के बोधगया के वार्षिक सम्मेलन के सिलसिले में अलीगढ़ विश्वविद्यालय के इतिहास के प्रोफेसर इरफान हबीब के खिलाफ आरोप-पत्र के साथ अलीगढ़ मुस्लिम विश्वविद्यालय के पुरातत्त्वविद् मुहम्मद प्रकाश में आए। मैं, प्रोफेसर एम.पी. श्रीधरन और अन्य मित्रों ने मिलकर उनके पास जाकर उन्हें अपने काम से हटाने का प्रयत्न किया। प्रोफेसर इरफान हबीब और उनके साम्यवादी गुट (communist)के बारे में हमारी भी उतनी अच्छी राय नहीं थी। उस समय हमें ये डर था कि मुहम्मद के काम के कारण पूरा सम्मेलन खराब हो जाएगा। भारतीय इतिहासकारों का स्वयंसेवी संघ इतिहास परिषद् विभिन्न मतवाले विद्वानों का आम मंच है। हमें ऐसा लगा कि एक प्रो. से संबंधित आरोप उनके विश्वविद्यालय में निपटाना चाहिए। इतिहास परिषद् के मंच का उपयोग इनके लिए न करें। मुहम्मद को शांत करने की हमारी कोशिश सफल हो गई। मुहम्मद ने प्रोफेसर हबीब और अलीगढ़ के साम्यवादी गुट के बारे में जो आरोप उठाए थे, उसी तरह के आरोप उनके खिलाफ अन्य लोगों ने भी उठाए हैं। उन्होंने संकुचित राजनीति, वैयक्तिक पक्षपात एवं धोखेबाजी से इतिहास ही नहीं, संस्कृति एवं जनजीवन को जहरीला बनाया है।

प्रो. इरफान हबीब अत्यंत बुद्धिमान एवं प्रयत्नशील व्यक्ति हैं। षड्यंत्रों के वे आचार्य हैं। साम, दाम, दंड, भेद—सबका प्रयोग उनके गुटवाले करेंगे, अपने विरोधियों को सांप्रदायिक या हिंदुत्ववादी चित्रित करेंगे। प्रोफेसर इरफान मुस्लिम संप्रदायवादी नहीं और धार्मिक विश्वासी भी नहीं हैं; परंतु उनके अनुयायी मुस्लिम संप्रदायवाद की विजय के लिए दिन-रात इतिहास परिषद् में और उसके बाहर प्रयत्न करते थे। बाबरी मस्जिद समस्या को एक सांप्रदायिक समस्या के रूप में बढ़ाने में हिंदुत्ववादियों की बुद्धिहीनता और साम्यवादियों के षड्यंत्र सहायक हुए। अलीगढ़ की राजनीति के षड्यंत्रों को अपने संस्मरण के माध्यम से बाहर लाने का मुहम्मद का परिश्रम स्वागत योग्य है। नई पीढ़ी के इतिहासकार और पुरातत्त्व विज्ञानियों के लिए यह एक अच्छा उदाहरण है।

प्राथमिक कक्षा के अपने अध्यापकों और गाँव के पुस्तकालयों का आभार जताते हुए मुहम्मद अपनी आत्मकथा प्रारंभ करते हैं। उनके जीवन विजय का वही आधार है। बुद्धि से लोग कई उपलब्धियाँ प्राप्त कर सकते हैं। बुद्धि के साथ धैर्य, ईमानदारी, साहसिकता, जनसेवा की भावना आदि चारित्रिक गुण होने से यथार्थ जीवन में विजय और प्रगति संभव हो जाती है। आज भारत में यह दुर्लभ हो गई है। यहाँ मुहम्मद दूसरों से भिन्न दिखते हैं। अपने संस्मरण में सरल ढंग से वर्णित घटनाओं की परंपरा से पुरातत्त्व विज्ञान के क्षेत्र की महत्त्वपूर्ण विजय का परचम लहराया। मध्यकालीन भारतीय इतिहास में उन्होंने क्रांति मचाई है।

बादशाह अकबर की धार्मिक मैत्री का संगम स्थान इबादतखाने की खोज पहला मील का पत्थर है। भारतीय इतिहास में भावनात्मक एवं मर्मस्थान है यह। कठिन परिश्रम, विशिष्ट विश्लेषण क्षमता, विषय का गहरा ज्ञान, समर्पण भाव, इतिहास भावना, कई जगहों से प्राप्त समान वस्तुओं की याद आदि कई बातें उस खोज के लिए सहायक हुईं। सर्वोपरि युक्ति और भाग्य ने उनको लक्ष्य तक पहुँचाया, साथ ही मुगल भारत के पहले ईसाई चर्च की खोज भी उन्होंने की। अपने शिष्य या पूर्व विद्यार्थी की असाधारण विजय का अभिनंदन करने के बजाय षड्यंत्र मचाकर शिष्य की देन को दफनाने का परिश्रम प्रो. इरफान हबीब ने किया। प्रो. से परिचित लोग यह आसानी से समझ सकते हैं। अपने गुट के बाहर के सभी लोगों से प्रो. ने इसी तरह से व्यवहार किया है। माखनलाल जैसे प्रशंसकों ने प्रो. की करतूतों को प्रोत्साहन दिया। माखनलाल, जे.पी. जोशी, रामचंद्र गौड़ जैसे लोगों का उल्लेख मुहम्मद ने पुस्तक में किया है, जिनसे मेरा परिचय है। मुहम्मद ने उनके बारे में जो कहा है, उसमें पक्षपातपूर्ण या असाधारण कुछ नहीं है।

गोवा में कुजालिम रक्कार की हत्या की गई जगह को स्वच्छ करके संरक्षण किया। बॉन जीसस के चर्च को भी सुरक्षित रखा। भारतीय पुरातत्त्व सर्वेक्षण के अधीन कुछ चर्चों को प्रार्थना के लिए खोल दिए जाने की माँग को मुहम्मद ने निरस्त इसलिए किया कि कानूनी दृष्टि से इसकी अनुमति नहीं है।

मुहम्मद के संतुलित विचार और पक्षपात-रहित भावना यहाँ प्रकट है। अच्छे व्यवहार और अनुकंपा से आदिवासियों तथा छत्तीसगढ़ के नक्सलवादियों को अपने पक्ष में लाने में मुहम्मद काफी हद तक कामयाब रहे।

वे विभिन्न धार्मिक व राजनीतिक विश्वासों को मानते हैं। उसमें उनकी ईमानदारी है, अन्यथा वे लोग उनको कुचलते थे। निष्कपट व्यापक दृष्टिकोण ने उन्हें बचाया। समायोजित विचार और जागरूकता के कारण ताज कारीडोर मामले में तत्कालीन मुख्यमंत्री मायावती की कपटता, अति बुद्धि और लालच का मुहम्मद विरोध कर सके और आगे बढ़ सके। हिंदू, मुसलमान और साम्यवादी आतंकवादियों से एक साथ लड़कर वे आगे बढ़े। विभिन्न धार्मिक विश्वासियों के तीर्थस्थलों के पुनर्निर्माण के लिए प्राप्त अवसरों को मुहम्मद अपने जीवन का सौभाग्य एवं पुण्य मानते हैं। इसमें सबसे प्रमुख मध्य प्रदेश के चंबल में डाकुओं के अधीन रहे वटेश्वर मंदिर का पुनर्निर्माण है। समाज में किनारे कर दिए गए डाकू लोग। दुश्मनी, बदला, हत्या आदि के साथ जीवन बितानेवाले इन लोगों के तकरीबन 200 मंदिर भूकंप में नष्ट हो गए और पत्थरों के ढेर बन गए थे। किसी ने इस विषय में कुछ नहीं किया। मुहम्मद ने मध्यस्थों के माध्यम से उन डाकुओं से बात की और अपनी जान की बाजी लगाकर मंदिरों का पुनर्निर्माण किया। मानवता के धर्म को उजागर करके धार्मिक मैत्री का संदेश देते हुए वे मंदिर अब विराजमान हैं। कंबोडिया के सुप्रसिद्ध अंकोरवाट मंदिर संचय इस नमूने पर विकसित हुए होंगे। जो भी हो, मुहम्मद को कैलाश में एक अच्छा स्थान जरूर मिलेगा। डाकुओं का नेता था सरदार निर्भय गुज्जर। इन मंदिरों का निर्माण करानेवाले प्रतिहार राजवंश की अंतिम कड़ी था निर्भय गुज्जर। उसके पूर्वजों के नाम पर आत्माभिमान को जाग्रत् करके मुहम्मद ने डाकू निर्भय गुज्जर को अपना मित्र बनाया। इससे मूर्ति माफिया की लूट से मंदिरों को बचाया जा सका। वर्तमानकाल को प्रभावित करने लायक तथा भविष्य में भलाई का रास्ता दिखानेवाला यह अच्छा उदाहरण है उनका यह कार्य। मुहम्मद का विचार यह है कि डाकू रहे वाल्मीकि का जिस प्रकार हृदय-परिवर्तन हुआ, यही मानसिक परिवर्तन

निर्भय गुज्जर को हुआ। इसी बीच कई घटनाएँ हुईं। नौकरशाही के कई रूप सामने आए। अंत में खनन माफिया ने एक आई.पी.एस. अफसर को ट्रैक्टर से कुचलकर मार डाला। सौभाग्यवश स्थानांतरण मिलने से मुहम्मद अपनी जान बचा सके।

भारतीय पुरातत्त्व सर्वेक्षण में कुछ अच्छे अनुभव भी मुहम्मद को हुए। विदेशी राष्ट्रों के नेता जब भारत आए, तब उन्हें भारत के महत्त्वपूर्ण ऐतिहासिक स्मारकों को दिखाने का काम मुहम्मद को सौंपा गया था। उन्हें तीस से अधिक राष्ट्र नेताओं को भारत के इतिहास से अवगत कराने का अवसर मिला। स्मारकों के दर्शन के समय वे कई सवाल पूछते थे। सवालों के उत्तर देश-हित के विरुद्ध नहीं होने चाहिए। देश-हित के विरुद्ध वाले सवाल भी कभी वे पूछेंगे। राष्ट्रपति, मंत्री, राजदूत के सचिव या उनकी पत्नियाँ आदि सवाल पूछेंगे। वे अध्ययन करके सुबूत के साथ सवाल पूछते थे। कभी-कभी बाहर के लोग उनको सवाल पूछना सिखाते थे। बिना गलती के देश-हित को मानते हुए संयम के साथ उत्तर देना होता था।

पाकिस्तान के प्रधानमंत्री के ताज के दर्शन के समय की घटना को उदाहरणार्थ उन्होंने दिया है। मुहम्मद के इतिहास का ज्ञान यहाँ अधिक व्यक्त हो जाता है। अमेरिकी राष्ट्रपति और उनकी पत्नी, जर्मन राष्ट्रपति और चीन के प्रधानमंत्री के स्वागत की बात की व्याख्या पुस्तक में दी गई है। इन्हें पढ़ने से ऐसा लगेगा कि मुहम्मद एक सांस्कृतिक राजदूत बनने योग्य व्यक्ति हैं।

कभी न भूलनेवाले एक अनुभव के बारे में मुहम्मद उल्लेख करते हैं। सन् 2010 में पत्नी राबिया की प्रेरणा से स्कूली शिक्षा से वंचित भारतीय पुरातत्त्व सर्वेक्षण के निर्माण कार्य से जुड़े श्रमिकों के बच्चों के लिए अपनी जेब से पैसा खर्च करके अस्थायी टेंट में एक स्कूल शुरू किया। इस कार्य को अखबारों और चैनलों ने बड़ा स्थान दिया। अमेरिकी राष्ट्रपति और उनकी पत्नी जब भारत में आए, तब उन्होंने उन स्कूली बच्चों को देखने का आग्रह प्रकट किया और उनको देखने पर अभिनंदन किया। इस अवसर को मुहम्मद जिंदगी में गर्व महसूस करते हैं।

पुस्तक में मुहम्मद अपने सेवाकाल में सबसे अधिक कृतार्थ हुए अवसरों के बारे में भी बताते हैं। मध्य प्रदेश के अमरकंटक में जीर्णप्राय मंदिरों को समाज-विरोधी तत्त्वों ने अपना अड्डा बनाया था। उनमें संत वेशधारी भी होते थे। सरकार और राजनीतिक दलों ने कुछ काररवाई नहीं की। भारतीय पुरातत्त्व सर्वेक्षण के अधिकारी मुहम्मद ने उन समाज-विरोधी तत्त्वों को बाहर निकालकर मंदिरों को उनसे मुक्त करवा लिया। मामला अदालत में पहुँचा। एक मुस्लिम अफसर ने शंकराचार्य के अनुयायियों के खिलाफ और मंदिर के मामले में हाथ डाला। शिकायत केंद्रीय मंत्री तक पहुँची। केंद्रीय मंत्री अंबिका सोनी ने मुहम्मद को बुलवाया।

उन्होंने मंत्री महोदया को दो फोटो दिखाए। एक, अनाथ स्थिति में समाज- विरोधी तत्त्वों का अड्डा बन गए मंदिर की तसवीर। दूसरा, समाज-विरोधी तत्त्वों को हटाकर स्वच्छ कर दिए गए बगीचेवाले मंदिर की तसवीर। वह सब देखकर मंत्री महोदया ने उनका अभिनंदन किया। बाद में समस्याएँ कुछ नहीं हुईं। इसी तरह राजा भोज (वास्तु विज्ञान ग्रंथ 'समरांगण सूत्रधार' के रचयिता) के भोजपुर मंदिर के महाशिवलिंग को काल प्रवाह और मौसम के कारण हुए दोषों को बड़ी सावधानी से दूर करने का काम उनके सेवाकाल की एक बड़ी उपलब्धि है।

इस बात से मुहम्मद बड़े दुःखी हैं कि केरल के प्राचीन मंदिरों और मस्जिदों में अब भी कई प्रकार के अनाचारों और अंधविश्वासों का प्रचलन है। सेवानिवृत्ति के बाद कालिकट (केरल) में रहने के इच्छुक मुहम्मद इस दिशा में बहुत काम कर सकते हैं। इसके लिए पहले सरकार और राजनीतिक नेताओं को जाग्रत् होना होगा तथा लोगों के बीच एक सुधारवादी अभियान चलाना होगा।

सेवानिवृत्त होने से पहले मुहम्मद ने एक महत्त्वपूर्ण योजना प्रारंभ की। भारत के विभिन्न प्रदेशों की ऐतिहासिक व सांस्कृतिक पहचान को प्रतिबिंबित करनेवाले एक प्रतिकृति संग्रहालय (Riplica Museum) की राजधानी दिल्ली के सीरीफोर्ट के नजदीक स्थापना की गई। कई प्रमुख व्यक्तियों ने इसकी स्थापना में मदद की। अंत में मामला अदालत में पहुँचा। सरकार ने इस पर

ज्यादा तत्परता नहीं दिखाई। भारतीय पुरातत्त्व सर्वेक्षण और सरकार की अनुमति के बिना इसकी स्थापना हुई। ऐसा करने से मुहम्मद के खिलाफ अनुशासनिक कार्यवाही के लिए दबाव बना।

नए 'अशोक अभिलेख' नाम से सम्राट् अशोक के धार्मिक उद्धरणों को शपथ के रूप में छात्रों को सिखाया। सारनाथ और साँची में यह दोहराया गया। भारतीय पुरातत्त्व सर्वेक्षण के सेवाकाल में कभी-कभी मुहम्मद उच्च्च अधिकारियों की अप्रीति के पात्र बन गए। गोवा, चेन्नै, छत्तीसगढ़, आगरा, भोपाल आदि भारत के कई क्षेत्रों में काम करने का जो अवसर उन्हें मिला, उसका उन्होंने सही ढंग से उपयोग किया। अतः पुरातत्त्व विज्ञान में ज्ञान अर्जित करने के अवसर के रूप में उसको बदल दिया। विदेशी आक्रमण और आगमन ने जिस प्रकार भारत की सांस्कृतिक विरासत को नष्ट-भ्रष्ट दिया, उसी प्रकार तकलीफों को मुहम्मद ने अनुग्रह में बदल दिया। जो अनुभव किया है, उसको दृष्टांत सहित प्रचार हेतु मुहम्मद ने यह संस्मरण लिखा है। यह उनका घोषणा-पत्र (manifesto) है।

मैं यह प्रार्थना करता हूँ कि आगे भी श्री के.के. मुहम्मद को सरकार की सहायता या बिना सहायता के अपने कार्यों को जारी रखने के लिए भगवान् अच्छा स्वास्थ्य और सौभाग्य प्रदान करें, साथ ही पुस्तक के संबंध में मेरे दो सुझाव हैं। पहला, इस आत्मकथा को हिंदी एवं अंग्रेजी में अनुवाद करके प्रकाशित करना चाहिए। दूसरा, मुहम्मद के आशय और आदर्श के अनुसार एक निजी संस्था के रूप में एक पुरातत्त्व अध्ययन केंद्र (Institute of Archaeological Studies) की स्थापना करना। यह संस्था दक्षिण भारत में, खासकर केरल में हो तो अच्छा है।

मैं आशा करता हूँ कि इस पुस्तक के पाठक इन सुझावों को अमल में लाने के लिए आवश्यक समिति का गठन करने का प्रयत्न करेंगे।

—डॉ. एम.जी.एस. नारायण

पूर्व सचिव,

भारतीय इतिहास अनुसंधान परिषद् (ICHR)

आमुख

जिंदगी में गुजरे हुए रास्ते, मिले हुए लोग, किए गए यज्ञ—'मैं हूँ भारतीय' का यही सार है।

दस से अधिक राज्यों में भारतीय संस्कृति की जड़ ढूँढ़ते हुए तीर्थयात्रा करना; हिंदू, बौद्ध, जैन, ईसाई, इसलाम सबके स्रोत में डूबकर नहाना, फिर रात में वहीं सो जाना, फिर सबकी आत्मसत्ता को आत्मसात् करना, कितनी अमूल्य अनुभूति है यह सब!

बिंबिसार, अशोक, समुद्रगुप्त, हर्ष, अकबर, शाहजहाँ, अफोंसो डी अल्बुकर्क आदि राजाओं और सम्राटों के ऐतिहासिक स्मारक भारतीय इतिहास के मील के पत्थर हैं। इन स्मारकों के पुनर्निर्माण में भागीदार होने की कामना इतिहास का हर छात्र जरूर करता है। मेरी कामना सफल हो गई। मैं यह सब कर सका। स्मारकों के पुनर्निर्माण में मेरी बड़ी भूमिका होने के कारण उन स्थानों के लोग अब भी मुझे याद करते हैं।

अलीगढ़ से शुरू हुए इस सफर में कुछ बिंबों को तोड़ना पड़ा। गलत मत समझिए, यह समाज में क्रांति मचानेवाले अभियान के खिलाफ आंदोलन नहीं है। क्रांतिकारी संगठनों का मैं आदर करता हूँ। यह मतभेद बिल्कुल वैयक्तिक है। भारतीय पुरातत्त्व सर्वेक्षण के कार्यकाल में राज्य शासन के कई अफसरों का विरोध करना पड़ा। हिंदू व मुस्लिम संप्रदायवादियों की राय को न मानकर अप्रिय सत्यों को खुलकर कहना पड़ा। अल्पसंख्यक सांप्रदायिकता को प्रत्यक्ष और अप्रत्यक्ष रूप से प्रोत्साहित करनेवाले साम्यवादी इतिहासकारों को भी मेरे ईमानदार बयान अप्रिय महसूस हुए।

राजीव मांकोटिल, पी. मुस्तफा, टी.एच. वत्सराज, अनीश कुट्टन आदि पत्रकारों ने इन संस्मरणों को पाठकों तक पहुँचाने के लिए मुझे लगभग विवश किया। अंत में अनीश कुट्टन के आग्रह को मानना पड़ा।

'मातृभूमि' द्वारा प्रकाशित जवाहरलाल नेहरू के 'भारत : एक खोज', 'विश्व इतिहास संग्रह' आदि पुस्तकों ने पुरातत्त्व व इतिहास आदि विषयों की मेरी रुचि को रूप और भाव प्रदान किए। बाद में उन दोनों पुस्तकों का अंग्रेजी अनुवाद मैंने पढ़ा था। उनमें बताए गए प्रदेशों में सफर किया, इसके संबंध में दूरदर्शन परंपरा भी देखी; परंतु इसके मलयालम अनुवाद ने जो प्रभाव मुझ पर डाला, उतना प्रभाव उसकी मूल अंग्रेजी रचना या दृश्य रूपांतरण नहीं डाल सके। इसका कारण अब तक मुझे मालूम नहीं है।

इस पुस्तक के लिए भूमिका लिखकर मुझे अनुग्रहीत करनेवाले प्रसिद्ध इतिहासकार डॉ. एम.जी.एस. नारायण के प्रति मैं अपना आभार प्रकट करता हूँ।

जाति एवं धर्म-रहित मानव समाज की रचना के लिए आह्वान करनेवाले महान् समाज-सुधारक श्री नारायण गुरुदेव को यह पुस्तक समर्पित है।

—के.के. मुहम्मद

अनुक्रम

भाग-2

भाग-1

ज्ञान के संसार की ओर

इतिहास का अन्वेषण, उसकी गहराई की ओर जाना और कुछ खोज निकालना—यही मेरा कर्मक्षेत्र रहा है। मेरा विश्वास है कि सेवानिवृत्त होने के बाद भी इस तरह के कार्यों का मैं सही ढंग से निर्वहन करता रहूँगा। मेरे इस संतोष और दूसरों के मूल्यांकन में सही ठहरनेवाले मेरे कामकाज का आधार क्या है ? उत्तर है—मेरी प्राथमिक शिक्षा, अनजाने में प्राप्त हुई प्राथमिक शिक्षा। शिक्षा के क्षेत्र में मेरा प्रवेश बिल्कुल आकस्मिक था। मैंने जब कभी अपनी शिक्षा के अंतिम परिणाम का विश्लेषण करने की कोशिश की, तब मुझे महसूस हुआ कि आगामी पीढ़ी को रास्ता दिखाने लायक कुछ ऐतिहासिक स्मारकों के पुनर्निर्माण और संरक्षण के लिए मेरी शिक्षा सहायक सिद्ध हुई है। भविष्य में समाज की प्रगति के लिए सहायक होनेवाली ऐतिहासिक सच्चाइयों को टेढ़ा-मेढ़ा न करें। अगर ऐतिहासिक गलती हुई है तो उसे ठीक करने के लिए अवसर तैयार करना है। इसी उद्‌देश्य से सेवाकाल के अपने अनुभवों को समाहित करके पाठकों के सामने प्रस्तुत करता हूँ। जिन बातों का मैंने अपने अंत:करण से विचार-विमर्श करके सही उत्तर पाने की कोशिश की है, उन्हें मैं आपको समर्पित करता हूँ।

उत्तर केरल के कोझिकोड (कालिकट) जिले के एक सुदूर गाँव कोडुवल्ली के एक परंपरागत मुस्लिम परिवार में मेरा जन्म हुआ। पिता वीरावकुट्टी और माँ मरियुम्मा। माँ विशुद्ध हज्ज कर्म के बाद हज्जुमा बन गई। माँ-बाप को स्कूली शिक्षा प्राप्त नहीं हुई थी। इसलिए उनको मुझे एक

मुसलियार (मुस्लिम पुरोहित) बनाने की इच्छा हुई। मेरी माँ इसमें बड़ी तत्पर थीं। वे ज्यादा धार्मिक थीं। मृत्यु के बाद के अंत्य कर्मों को करने के लिए इमाम के जैसा एक बेटा, यही उनकी कामना थी। पिताजी के पास एक लॉरी (सामान ढोनेवाली छोटी गाड़ी) थी। शायद मेरे गाँव के वे पहले लॉरी ड्राइवर थे। वाहनों के परमिट, लाइसेंस आदि से संबंधित काम भी वे करते थे। इसलिए मेरे पिता को लोग 'कोडुवल्ली आर.टी.ओ.' पुकारते थे। मेरे पिता को केवल नाम लिखना और दस्तखत करना आता था। फिर भी परिवहन कार्यालय (RTO) से संबंधित सभी काम वे जानते थे और करते थे। अपने अनुभवों से उन्होंने व्यावहारिक ज्ञान प्राप्त किया और इसलिए मेरे गाँव के लोगों का उन पर बड़ा विश्वास था।

मेरे बचपन का जमाना अकाल का था। उस समय खाद्य पदार्थों की बहुत कमी थी। मुहर्रम के महीने में मेरी माँ 100 से अधिक बच्चों को काँजी (चावल में पानी मिलाकर) देती थीं। दूर-दूर से बच्चे वह पीने के लिए मेरे घर आते थे। इसके अलावा हर शुक्रवार को दस से अधिक अनाथों को भोजन देती थीं। यह सब देखते हुए मैं बड़ा हुआ। जीवन में कुछ नैतिक मूल्य अनजाने ही मेरे अंदर आ गए होंगे। मेरे बड़े भाई के.के. हंसा मेरे पिता के रास्ते पे चले। वह अब केरल के लॉरी मालिकों के संघ के पदाधिकारी है और एक भाई अब्दुल रहमान व्यापारी है। के.के. सुबैर ट्रेयिनर है। मेरे और दो भाई हैं—के.के. बशीर और के.के. फैजल। दोनों व्यापार करते हैं। हुआइश और सुहरा मेरी दो बहनें हैं।

अब तक की जिंदगी में कई रिश्तेदारों और दोस्तों ने मेरी मदद की है। मेरी सबसे अच्छी दोस्त मेरी पत्नी हैं। मेरे परिवार, मेरे बच्चों और मेरी जीवन विजय की ख्याति उनको प्राप्त है। आमतौर पर मेरा दैनिक जीवन अव्यवस्थित रहता है। मैं कभी आलसी होकर काम करता हूँ। संगोष्ठियों और बैठकों में जाने के लिए तैयारी करने की याद दिलाती हैं मेरी पत्नी राबिया। मेरे लिए वे एक निजी सचिव के रूप में काम करती हैं। आगरा, दिल्ली, भोपाल आदि ज़गहों पर राबिया ने अपनी भूमिका अच्छी तरह निभाई है। इस तरह परिवार और दोस्तों से बड़ी सहायता प्राप्त होने से सरकारी कामकाज में मैं अधिक

ध्यान दे सका। मेरे कार्य की समीक्षा करके मेरे सहकर्मी और लोक सेवक मेरी मदद करने के लिए आगे आए। वे सब समान मनवाले और शुभचिंतक थे। उन सभी लोगों का मैं ऋणी हूँ।

पाँच वर्ष की उम्र में मेरी मदरसा की शिक्षा शुरू हो गई। एक साल के बाद मेरे सभी दोस्तों का स्कूल में प्रवेश हो गया, पर मेरा नहीं हुआ। मैं घोर अकेलापन महसूस कर रहा था। दिन के समय खेलने के लिए तथा बात करने के लिए कोई नहीं था। इस अकेलेपन ने मुझे स्कूल जाने को प्रेरित किया। स्कूल जाने की मेरी माँग को माँ ने मामा के सामने प्रस्तुत किया। मामाजी से एक झूठ भी कहा कि पिताजी ने मामाजी से मुझे स्कूल भरती कराने का इंतजाम करने को कहा है। असल में उसी झूठ ने मेरी स्कूली पढ़ाई का श्रीगणेश किया। उस दिन यदि वह झूठ न बोलता तो मैं पगड़ी पहननेवाला एक़ मुसलियार (मुसलमान पुरोहित) बन जाता।

केरल छोटे-छोटे गाँवों का राज्य है। लोगों को आपस में मिलने-जुलने की सुविधा है। परंतु आज स्थिति थोड़ी बदल गई है। रिश्तों में मधुरता अब कम हो रही है। मेरे विचार में, यह शिक्षा-प्रणाली के दोष के कारण नहीं, बल्कि हर विद्यार्थी के स्कूल में पहुँच जाने की जो परिस्थिति है, वही इसका कारण हो सकता है।

मेरी पीढ़ी के लोगों के लिए स्कूल अपने गाँव से दूर होता था। रोज मीलों दूर पैदल चलकर स्कूल जाना होता था। मतलब प्रकृति, कृषि और भिन्न उम्र के लोगों से घुल-मिलकर जीवन आगे बढ़ रहा था। बचपन में जिन लोगों से मेरा परिचय हुआ, उनको आज भी मैं याद करता हूँ। आज मेरे गाँव की नई पीढ़ी के लोगों से सीधा मेरा परिचय नहीं है। वे माध्यमों से मुझे जानते हैं। बचपन की स्कूली यात्रा में परिचित उन मित्रों के बच्चे और रिश्तेदार हैं वे। नई पीढ़ी को बाहर की दुनिया से घुलना-मिलना और संवेदना व्यक्त करने का मौका भी नहीं मिलता है। उनके घर के आँगन में गाड़ी आती है और उन्हें स्कूल ले जाती है। स्कूल भी गाँव में नहीं होता, वापस आने के लिए भी यही तरीका। इसका परिणाम क्या होता है—समाज की समस्याओं से

या बाहर की दुनिया से किसी भी प्रकार का संबंध न रखनेवाली एक पीढ़ी का जन्म होता है। टी.वी., कंप्यूटर जैसे माध्यम और प्रौद्योगिकी ही आज के बच्चों के मित्र हैं। टी.वी. के आज कई चैनल हैं और इनमें किस तरह के कार्यक्रम आते हैं, इसके बारे में मुझे बताने की जरूरत नहीं है। बच्चे इसके आदी हो जाते हैं। इसके कारण बच्चों में पढ़ने की आदत भी कम हो गई है। इस स्थिति को बदलने की जिम्मेदारी माँ-बाप की है।

स्कूलों में छोटी कक्षाओं में सीख लिये पाठों के अंशों को तथा अपने गुरुजनों को मैं अब भी याद करता हूँ। उनमें नारायणी टीचर, अबूबकर सर, गंगाधरन सर, गोविंदन सर, केशवन सर, वेलायुधन सर, सूसन कुरियनजी, कासीं सर, सैनबा टीचर, शशिधरन सर, माल्लु सर, रिजवान सर आदि से आज भी घनिष्ठता है। खादी पहननेवाले गंगाधरन सर हर दिन सबकी भलाई की कामना करनेवाली प्रार्थना से कक्षा शुरू करते थे। ताजमहल और लालकिले के बारे में मुझे पहली बार उन्होंने बताया। अबूबकर सर सिर पर एक पगड़ी पहनकर एक मुसलियार (मुस्लिम पुरोहित) की तरह कक्षा में आते थे। 'रामायण' और 'महाभारत' की कहानियाँ सुनाने की उनकी शैली अत्यंत आकर्षक थी और मैं अब भी इसको याद करता हूँ। भारत के इतिहास और पुराण की बातें छोटी उम्र में ही मेरे मन में बस गईं। बाद में उन जगहों में जाकर ऐतिहासिक स्मारकों को करीब से देखा। जब मैं उन इलाकों में अनुसंधान में लगा, तब स्कूल के मेरे उन गुरुजनों को मैंने याद किया। सीता देवी का विदेह, श्रीरामचंद्र की अयोध्या, सम्राट् अशोक का पाटलिपुत्र, अकबर का फतेहपुर सीकरी, जहाँगीर का आगरा, शाहजहाँ की दिल्ली आदि साम्राज्यों की श्मशान नगरी में बैठकर विभिन्न संस्कृतियों के उतार-चढ़ाव के बारे में सोचना और अध्ययन करना बड़ी अनुभूति है। अपने परिवार के साथ पाँच साल मैं लालकिले में रहा।

पाकिस्तान के राष्ट्रपति परवेज मुशर्रफ को वर्ष 2001 में ताजमहल दिखाने का जब मुझे अवसर मिला, तब मैंने गंगाधरन सर के पास जाकर आशीर्वाद लिया। भारतीय संस्कृति के बारे में बात करते रहे शशिधरन सर ने

अंग्रेजी के बाल पाठ प्रदान किए, क्लासिकल इंग्लिश में बात करनेवाली सूसन कुरियन टीचर ने मुफ्त ट्यूशन प्रदान किया, कासी मास्टर भाषण प्रतियोगिता में भाग लेने के लिए प्रेरणा देने तथा सार्वजनिक क्षेत्र में आने में रुचि बढ़ाई। वेलायुधन सर आदि गुरुजनों को आज भी मैं आदर के साथ स्मरण करता हूँ। उन गुरुजनों ने जो ज्ञान मुझे प्रदान किया, आगे चलकर वही मेरे जीवन-सौभाग्य का कारण बन गया। मेरे आदरणीय, पूजनीय सभी गुरुजनो, मैं आप सबका ऋणी हूँ।

कोडुवल्ली अब्दुल कादर, ए.के. मोहम्मद सर, के. अबुजी (प्रबंधक भारतीय स्टेट बैंक) करुँपायिल अब्दुल कादर, टी.एम.सी. मुहम्मद, पी.सी. मुहम्मद, पी.टी. उस्सयिन कुट्टी, ए.के. अब्दुल खादर, हंसा, के. अबु आदि के नेतृत्व में चल रहे मुस्लिम धर्मभाषण प्रशिक्षण क्लास के सचिव के रूप में पढ़ाई के दौरान मैंने काम किया था, बल्कि मेरे कार्यकाल में इसका कार्य केवल धार्मिक भाषण तक सीमित नहीं रहा। बुरे रास्ते पर चलनेवाले कई युवाओं को सही रास्ता दिखाने में हम सफल हो गए। इसकी शाखा के रूप में 'नुसरत-उल-इसलाम' नाम से एक संस्था की स्थापना भी हुई। सेवा के क्षेत्र में महत्त्वपूर्ण कार्य करने से उस संस्था को आज समाज में मान्यता प्राप्त हुई है।

मेरे अपने अनुभवों के मुताबिक मैं यह बताना चाहता हूँ कि हर व्यक्ति के शोभायमान भविष्य की शुरुआत उसको आद्याक्षर सिखानेवाले प्राथमिक स्कूल के अध्यापक से होती है। बच्चों पर इन गुरुजनों का बड़ा प्रभाव होता है। हमारे जीवन में जिन नैतिक मूल्यों का पालन हमें करना है, उनको बतानेवाले गुरुजनों की भूमिका को हम तुच्छ समझते हैं। विद्यार्थियों के भविष्य का ज्यादा उत्तरदायित्व न लेनेवाले कॉलेज के अध्यापकों को सभी सुविधाएँ और भारी वेतन देते हैं। प्राथमिक स्कूल अध्यापकों की तनख्वाह तुलनात्मक दृष्टि से बहुत कम है। मेरी राय में इसको बदलना चाहिए और संतुलित एवं सही करना चाहिए।

□

पठन का विशाल संसार

मेरे व्यक्तित्व के विकास में मेरे गुरुजनों और गाँव के पुस्तकालयों ने बड़ा योगदान दिया। मेरा गाँव एक मुस्लिम बहुसंख्यक क्षेत्र है। इसलिए पढ़ाई शुरू हुई मदरसे से। मदरसे का अबूबकर मुल्ला गाँव के प्रमुख दिव्य पुरुषों में एक थे। मस्जिद दरसु के माध्यम से मुनव्विरुल उलूम के पी.सी. मुहम्मद मुसलियार, पी.सी. हुसैन मुसलियार आदि ने इसलाम के संबंध में मुझे ज्ञान प्रदान किया। अल मद्रसतुल इस्लामिया की कक्षाओं से इसलाम धर्म के संबंध में नई दृष्टि और नए विचार पैदा हो गए। पी.पी. अब्दुसलाम मौलवी, मोइतीन कुट्टी मौलवी, मोयतु मौलवी आदि को याद किए बिना आगे लिख नहीं सकता। जननेता परिकुट्टी अधिकारी ने हमारे गाँव में प्राथमिक विद्यालय की स्थापना की और माध्यमिक स्कूल की स्थापना के. वी. हाजी ने की। मेरे गाँव के आज के विकास के लिए हम उनके ऋणी हैं। अगर इन महान् व्यक्तियों ने स्कूल की स्थापना नहीं की होती तो मेरी पीढ़ी के लोग लॉरी ड्राइवर या फुटकर व्यापारी के सिवा और कुछ नहीं बनते। प्रकाश फैलाते हुए आगे चले इन महापुरुषों को मेरा प्रणाम। टी.के. परीकुट्टी हाजी ने मेरे गाँव कोडुवल्ली के प्रसिद्ध अनाथालय को आज की प्रगति का रास्ता दिखाया। उनको विशेष प्रणाम।

पाँचवीं कक्षा तक मैंने अपनी मातृभाषा मलयालम का अध्ययन किया और बाद में अरबी पढ़ी। धर्म के अध्ययन से मेरा मन परिपक्व हो गया और शायद इसीलिए दर्शन की ओर मेरी रुचि बढ़ गई। वर्ष 1969 में जब मैं हाई

स्कूल में पढ़ता था, उस समय ओ. कोरन नाम का एक दलित (हरिजन) मंत्री मेरे गाँव में भाषण देने के लिए आया। गाँव का दलित नेता उण्णि कार्यक्रम का संचालक था। संचालक लोगों से मेरा अच्छा परिचय होने से मंच पर भाषण देने के लिए मुझे भी अवसर मिला। गांधीजी के हरिजन उद्धार के बारे में मैंने खूब पढ़ा था। मंच पर मैंने अपने इस ज्ञान को बाँटा। वर्णाश्रम व्यवस्था की शुरुआत और हिंदू धर्म में रूढ़ मूल हुए दुराचारों के बारे में कहा। वेद और उपनिषद् के मंत्रों को मैंने उद्धृत किया। मेरे भाषण श्रोताओं को अच्छे लगे। मेरे गाँव कोडुवल्ली की हरिजन सभा में एक अन्य धर्म के मुहम्मद का भाषण लोगों को अजीब लगा। बाद में लोगों ने मुझे 'हरिजन मुहम्मद' पुकारना शुरू किया।

मेरे अपने अनुभवों के आधार पर मैं यह बता सकता हूँ कि समाज-सुधार की शुरुआत पुस्तकालयों से होती है। मेरे गाँव में अगर पुस्तकालय नहीं होता तो मैं आज के.के. मुहम्मद नहीं बन पाता। पुस्तक पढ़ने से जो ज्ञान मुझे प्राप्त हुआ, वह भविष्य में उपयोगी होगा, ऐसी मैंने कल्पना भी नहीं की थी। सन् 1969 में मलयालम में, सकारात्मक सोच और स्वयं का विकास (Self development and positive thinking) पैदा करनेवाली पुस्तकें कम थीं। अंग्रेजी में कुछ पुस्तकें उपलब्ध थीं। पुस्तकालय से उन पुस्तकों को लेकर, पढ़कर किसी तरह से अर्थ समझने की कोशिश की। बच्चों पर प्राथमिक स्कूल के अध्यापकों का प्रभाव जिस तरह होता है, उसी तरह एक आदमी का भविष्य रूपायित करने में पुस्तकों का बड़ा स्थान है। उस समय पुस्तकालय से प्राप्त हुए जवाहरलाल नेहरू के 'भारत : एक खोज', राहुल सांकृत्यायन के 'विश्व-दर्शन' और 'विश्व इतिहास संग्रह' के अनुवाद ने मुझे बहुत प्रभावित किया।

राहुल सांकृत्यायन के 'विश्व-दर्शन' का मलयालम अनुवाद पढ़कर उनसे आकृष्ट हो गया। जन्म से ब्राह्मण ये पंडित महाशय बाद में बौद्ध धर्म के प्रवर्तक बन गए। पटना में बौद्ध केंद्रों के संरक्षण के लिए काम करते समय उनको सुनकर मेरे दोस्त ओ.पी. पांडेजी एक बूढ़ी स्त्री के साथ मेरे पास आए

और उनसे मेरा परिचय करवाया। वे राहुल सांकृत्यायन की तीसरी पत्नी थीं। पहले वे निजी सचिव थीं, बाद में उनकी पत्नी बन गईं। खाना खाते वक्त मैंने उनसे राहुल सांकृत्यायन के ऊपर मेरे बौद्धिक ऋण के बारे में कहा।

मध्य प्रदेश, उत्तर प्रदेश, बिहार और दिल्ली में काम करते समय बचपन में पुस्तकों के द्वारा प्राप्त हुई सूचनाएँ मेरे लिए उपयोगी सिद्ध हुईं। पुस्तक पढ़ने का महत्त्व मैंने पहचान लिया। मुझे ऐसा लगा कि ये प्रदेश मेरे परिचित हैं। ऐतिहासिक दृष्टि से महत्त्वपूर्ण इन प्रदेशों में जाते समय एक अनुभूति मुझे मिलती थी। मेरे व्यक्तित्व के निर्माण में पुस्तकालयों का बड़ा योगदान है। आज पुस्तकालयों में ज्ञान-विज्ञान की विभिन्न शाखाओं की पुस्तकें मिलती हैं; परंतु पढ़ने के लिए लोग नहीं हैं, पुस्तक-पठन की आदत नष्ट हो गई है। मैं मदरसा, स्कूल और पुस्तकालय में ज्यादा समय बिताता था, बाकी समय गाँव की चायवाली दुकान पर बिताता था। गाँव की दुकान पर उस समय की राजनीति के नेता लोग इकट्‌ठे होते थे। लेबर पार्टी के संस्थापक पी.टी. अलिकुट्‌टी हाजी, कांग्रेस के कोदुर मुहम्मद मास्टर, जनता पार्टी के राघवन मास्टर, ई.सी. अबु, पी.सी. अबु, समाजवादी विचारधारा के गोविंदन मास्टर, तंणल हंसा, जमायते इसलामी के आर.सी. मोइतीन, लीग के पी.टी.ए. रहीम, स्वतंत्र विचारधारा के अब्दुल रहमान आदि इसमें शामिल थे। सबके मिलने पर कई विषयों पर संवाद होते थे। भविष्य में यह भी मेरे लिए ज्ञान की पूँजी बन गया।

नौवीं कक्षा में पहुँचते ही अरबी लोअर परीक्षा उत्तीर्ण कर ली। उस समय स्कूलों में अरबी अध्यापकों के कई पद खाली थे। उम्र अठारह साल होने पर मैं पद के लिए आवेदन कर सकता था। अगर मैं आवेदन देता तो एक अरेबिक मुंशी बन जाता। दिल्ली तथा आगरा में भारतीय पुरातत्त्व सर्वेक्षण की कई बैठकों में भाग लेते समय मैं अपनी अरबी मुंशी और मुसलियार (मुस्लिम पुरोहित) के रूप में कल्पना करता था। मेरी तकदीर दूसरी थी। ऊपरवाले ने मेरा भाग्य तय कर दिया था। पिताजी ने कुछ पैसा इकट्‌ठा करके ठेके का काम लेना शुरू कर दिया। उन्हें उस समय मुझे एक इंजीनियर बनाने की इच्छा हुई। मेरी बात कहें तो गणित में मुझे रुचि नहीं थी। अब भी हालत वही है।

मैंने पिताजी से इस बात को खुलकर कहा। फिर उन्होंने मेरी पढ़ाई में हस्तक्षेप नहीं किया। पिता की इस परंपरा का मैंने भी पालन किया। मेरे बच्चे भी अपनी रुचि के अनुसार आगे बढ़े। मैंने उनकी शिक्षा में हस्तक्षेप नहीं किया। जिंदगी में जो नैतिक मूल्य मुझे प्राप्त हुए हैं, उनको अपने बच्चों को देने की मैंने कोशिश की। मेरा बेटा कतर में सूचना प्रौद्योगिकी (IT) के क्षेत्र में काम कर रहा है। बेटी फिल्म निर्माण से जुड़कर कैमरे के पीछे मुंबई में है। उनके व्यक्तित्व विकास और प्रगति में मेरी पत्नी राबिया की बड़ी भूमिका रही है।

आज की स्कूली शिक्षा का पाठ्यक्रम उच्च स्तर का है और भारी भी है; परंतु बच्चों में इस पाठ्यक्रम ने क्या परिवर्तन किया? कभी-कभी मैं इसके बारे में सोचता हूँ। उच्च शिक्षा प्राप्त होने पर भी आज की पीढ़ी नैतिक मूल्यों से दूर हो गई है। संचार माध्यमों में आनेवाली खबरों से यह हमें ज्ञात होता है। नई पीढ़ी के ज्यादातर लोग समाज की किसी भी गतिविधि में शामिल न होकर अपनी दुनिया में रहते हैं। सामाजिक प्रतिबद्धता की कमी आज की सबसे बड़ी समस्या है। आज के बच्चे दूसरों की पीड़ा समझने की कोशिश नहीं करते हैं। एक हद तक मेरी पीढ़ी इसका अपवाद है।

□

गृहातुरता

बीते समय की यादें—'नोस्टालजिया', यह अत्यंत सुखद अनुभव है। काल के प्रवाह में खोए हुए के बारे में याद करना और दुःखी होना, यही गृहातुरता है। अतीत को हम बनाए नहीं रख सकते। परिवर्तन नियति का नियम है और उसको कोई रोक नहीं सकता। जिसको हम 'गृहातुरता' कहते हैं, उसको अगली पीढ़ी कैसे देखेगी? अतीत के प्रतीकों को वे कैसे मानेंगे? इसके बारे में कुछ कहना असंभव है। अतीत के अवशेषों के संरक्षण की आवश्यकता इस पर निर्भर है। अतीत के जो वर्तमान अवशेष आज हम दिखाते हैं, वही आनेवाली पीढ़ी की गृहातुरता है।

पुराने जमाने में मलाबार के कई प्राचीन घरों और संस्थाओं में लेखा-जोखा लिखनेवाले अन्य धर्म के लोग थे। मुसलमान लोग व्यापार पर केंद्रित होकर जीवन बिता रहे थे तो अन्य लोगों का जीवन कृषि पर केंद्रित रहा। इस तरह का प्रकृति-प्रदत्त संबंध आज नहीं है। मेरी शिक्षा अकादमिक है, परंतु मेरी राय में गुरुकुल शिक्षा-प्रणाली अच्छी है। काल-प्रवाह में यह प्रणाली नष्ट हो गई, परंतु इस रीति को सही साबित करने के कई कारण हैं। उदाहरण के लिए, पुराने समय में किसी छात्र को बाहर देखने पर अध्यापक तुरंत पूछेगा, "तुम इधर क्यों? कक्षा में जाओ, जाकर पढ़ो।" आज इस तरह का गुरु-शिष्य संबंध नहीं है। आज अपने अधिकारों के लिए दोनों वर्ग आंदोलन के मार्ग पर हैं। अध्यापक वर्ष 1970 में जब आंदोलन के रास्ते पर चले, तब से इस परिवर्तन की शुरुआत हुई। सेवा का जो मानसिक भाव पहले मौजूद

था, बाद में यह अधिकार के लिए संग्राम के रूप में परिवर्तित हो गया। विद्यार्थियों में समर्पण और राष्ट्रीय भावना कम हो जाने के कारण ऐसा हुआ है। समर्पण भाव के लिए जापान के लोग हमारे लिए उदाहरण हैं। राष्ट्र के लिए बलिदान के वास्ते एक आदमी की जरूरत पड़े तो हजारों तैयार होकर आगे आ जाएँगे। शिक्षा की परिकल्पना जाति, धर्म, वर्ग, राजनीति से ऊपर उठकर विशाल होनी चाहिए। नैतिकता के आधार पर होनेवाली शिक्षा से यह संभव है। आज हम शिक्षा को नौकरी पाने या आजीविका के उपाय के रूप में देखते हैं। शिक्षा एक यथार्थ मानव के सृजन करने योग्य होनी चाहिए। धर्म, जाति और अन्य किसी प्रकार के अलगाव के बिना सभी को समाहित करने की शक्ति शिक्षा-प्रणाली में होनी चाहिए।

मानव-मूल्यों पर जोर देकर ही अतीत के कार्यों का संरक्षण हो सकता है। आपस में भेदभावों के कारण अतीत के नैतिक मूल्यों को हम नष्ट कर देते हैं। शिक्षित लोगों वाले केरल में भी यही हालत है। अतीत के चिह्न, चाहे वे किसी भी जन विभाग के हों, उनके संरक्षण करने से भारतीय संस्कृति का संवर्धन हो जाता है। इसका संरक्षण करना हमारा दायित्व भी है। बीता समय जितना भी दुःखमय हो, मुड़कर देखने से सुखप्रद होगा। पुरानी चीजें एक तरह की गृहातुरता पैदा करती हैं। भारत में 10 लाख की मूर्ति अमेरिका में 10 करोड़ रुपए के मूल्य की होती है। अमेरिका के इतिहास का प्रारंभ 17-18 सदियों में हुआ। एक संपन्न विरासत का अभाव वे महसूस करते हैं। एक नए अमीर की निरर्थकता, इस सूनेपन को पूरा करने के लिए वे पुरानी कलात्मक वस्तुओं को खरीदते हैं।

इतिहास से लगाव के कारण दसवीं कक्षा उत्तीर्ण करने के बाद ऐतिहासिक दृष्टि से महत्त्वपूर्ण इलाकों में जाकर उनके बारे में ज्यादा अध्ययन करने का आग्रह पैदा हुआ। अंत में ताजमहल और कुतुबमीनार के नजदीक स्थित अलीगढ़ विश्वविद्यालय में पहुँच गया। वहाँ भारत के जाने-माने इतिहास के प्रो. डॉ. इरफान हबीब थे। साम्यवादी विचारधारा के इस प्रो. की समाज में बड़ी अच्छी 'इमेज' थी। मैं भी इस पूर्व धारणा के साथ उनकी बी.ए. की

क्लास में बैठा। शुरू में मेरे मन में एक महान् अध्यापक की कक्षा में बैठने की खुशी थी; परंतु क्लास समाप्त होने पर सूनापन।

एक अध्यापक के नाते मुझ पर उनका कुछ प्रभाव नहीं पड़ा। शायद इतिहास के एक महान् विद्वान् को एक बी.ए. के छात्र के मानसिक स्तर पर नीचे उतरना संभव नहीं हुआ होगा। मैंने इसी तरह प्रो. साहब को न्यायसंगत ठहराने की कोशिश की। एम.ए. में भी वे मेरे अध्यापक रहे। अच्छी तरह पढ़नेवाले दो छात्रों में एक था मैं, फिर भी उनकी अध्यापन शैली के बारे में बोलने के लिए मेरे पास कुछ नहीं है। मेरे मित्रों ने भी समान राय प्रकट की। उच्च प्रगतिवादी विचारवाले प्रो. साहब को बाद में मेरे स्वतंत्र विचार अच्छे नहीं लगे। वे इनको पचा नहीं सकते। इसी बीच मेरे बारे में बुरी टिप्पणियाँ उनके कानों में पहुँचीं कि कांग्रेस के छात्रसंघ के साथ मेरा संबंध था। इसलिए उनके लिए मेरी पहचान कांग्रेस के आदमी के रूप में थी। अपने सिद्धांतों को न माननेवालों को आगे न बढ़ने देनेवाले साम्यवादी षड्यंत्र का मैं शिकार बन गया। सन् 1975 में एम.ए. इतिहास में पहला रैंक डेविड नामक छात्र को मिला और मुझे दूसरा रैंक मिला। मुझे दूसरे रैंक की ओर धकेल दिया गया था। बाद में मैंने शोध के लिए प्रवेश पाने की कोशिश की।

प्रगतिवादियों और बुद्धिजीवियों के नेतृत्व में साम्यवाद समाज में बड़ा परिवर्तन लाया है; परंतु अलीगढ़ में साम्यवाद का एक अलग चेहरा मैंने देखा। अपने आशयों और विचारों को न माननेवालों को कैसे अपने अधीन लाया जाए, इसका उदाहरण है अलीगढ़ विश्वविद्यालय में प्रो. इरफान हबीब के नेतृत्ववाला साम्यवाद। उनको न माननेवालों को हर तरह से बरबाद करना, मानसिक रूप से तंग करके, विवश करके अपने पक्ष में लाना, यही तंत्र चल रहा था। मुझे शोध के लिए प्रवेश नहीं मिला। बी.ए. और एम.ए. में मुझसे कम अंक पाए अफजल खाँ को छात्रवृत्ति भी दी गई। अफजल उस समय प्रो. इरफान का 'अपना आदमी' था। बाद में अफजल अपने रास्ते पर चला। इसी बीच पुरातत्त्व कोर्स के लिए आवेदन आमंत्रित होने की खबर मैंने अखबार में पढ़ी। मैंने इसके लिए आवेदन दिया। प्राथमिक परीक्षा और

मौखिक परीक्षा में मैं पास हो गया। मुझे पुरातत्त्व कोर्स में प्रवेश मिल गया। हम बारह छात्र थे, जिनमें दो विदेशी तथा पाँच सरकारी सेवा वाले थे। विदेशी छात्र नेपाल और मलेशिया से आए थे। पूर्व केंद्रीय मंत्री जयराम रमेश की पत्नी जयश्री, ए.के. गौड़, अशोक कुमार पांडे, अच्युतानंद झा आदि मेरे सहछात्र थे। इनमें मेरे अलावा अशोक कुमार पांडेय, ए.के. गौड़ और अच्युतानंद झा ने पुरातत्त्व विभाग में सरकारी सेवा की। पुरातत्त्व की क्लास शुरू होने पर एक नई दुनिया में पहुँचने का अनुभव हुआ। अब तक जो सीखा, वह मानव के इतिहास काल के बारे में था। पुरातत्त्व इससे भी पीछे की ओर की यात्रा है। विविध संस्कृतियाँ, ऐतिहासिक तथ्य आदि का छान-बीनकर विचार-विमर्श और विश्लेषण का तरीका। मुझे मालूम हो गया कि मैं सही रास्ते पर हूँ। अगर अलीगढ़ में उस दिन इतिहास में शोध के लिए प्रवेश मिलता, तो आज के व्यापक अनुभव, पद और प्रतिष्ठा मुझे प्राप्त नहीं होती। प्रो. इरफान हबीब के कारण यह संभव हुआ और नकारात्मक अर्थ में मैं उनका आभारी हूँ।

□

इबादतखाने की खोज और अलीगढ़ में बीते दिन

पुरातत्त्व में स्नातकोत्तर डिप्लोमा लेने से वर्ष 1978 में अलीगढ़ मुस्लिम विद्यालय में पुरातत्त्व तकनीकी सहायक (Technical Assistant–Archaeology) के रूप में तथा बाद में सहायक पुरातत्त्वविद् (Assistant Archaeologist) के रूप में मेरी नियुक्ति हो गई। इसी बीच प्रो. इरफान हबीब के पहले इतिहास विभाग में अध्यक्ष रहे प्रो. के.ए. निजामी इतिहास विभाग में विभागाध्यक्ष के रूप में वापस आए थे। प्रो. निजामी ने अलीगढ़ मुस्लिम विश्वविद्यालय के कुलपति और बाद में सीरिया के राजदूत के रूप में काम किया। इतिहास विभाग में पुरातत्त्वविद् के रूप में मेरी नियुक्ति उन्होंने की। मेरी नियुक्ति प्रो. इरफान पचा नहीं सके। प्री यूनिवर्सिटी, बी.ए. और एम.ए. में मुझसे कम अंकवाले अफजल खाँ को शोध में प्रवेश और छात्रवृत्ति देने के मामले पर मैंने अलीगढ़ छोड़ दिया था। मैंने दिल्ली में ही पुरातत्त्व में पी.जी. डिप्लोमा किया। प्रो. हबीब ने जिसका सत्यानाश किया था, वह अब उनके यहाँ वापस आ गया है। अलीगढ़ मुस्लिम विश्वविद्यालय में मेरी वापसी को मैं 'स्वदेश की वापसी' (Return of the Native) कहूँगा।

'दीन-ए-इलाही' बादशाह अकबर द्वारा सभी धर्मों के नैतिक मूल्यों को मिलाकर बनाया गया धर्म है। यह मानव निर्मित धर्म है। इस धर्म के उद्‌भव स्थान, विश्वविख्यात इबादतखाने को खोज निकालने का सौभाग्य मुझे प्राप्त हुआ। अधिकतर इतिहासकार उस समय तक फतेहपुर सीकरी के मौजूद कई इमारतों को इबादतखाना मानते थे। सईद अहमद मराखी नामक एक विद्वान् ने

सबसे पहले कहा था कि इबादतखाने आज के मौजूद इमारतों में नहीं हैं और ये फतेहपुर सीकरी की जामा मस्जिद और जोधाबाई महल के बीच पेड़-पौधों से भरे टीले में हो सकते हैं। उनके पास इसके समर्थन के लिए आवश्यक सुबूत नहीं थे। इसलिए ए.एम. रिजवी, विनसेंट फ्लेमिंग (Vincent Flin) को छोड़कर किसी ने इसको नहीं माना। उन दोनों ने मराखी के समर्थन में पर्शियायी मूल (Persian original sources) के इतिहासकारों के विचार-विमर्शों को सामने रखा, परंतु सुबूत के रूप में इसको स्वीकार नहीं किया गया।

इसी बीच प्रो. निजामी और प्रो. रामचंद्र गौड़ के अधीन पुरातत्त्व उत्खनन (excavation) के लिए मैं फतेहपुर सीकरी में पहुँचा। इबादतखाने को ढूँढ़ते हुए मैं कई जगह घूमा। दिन में मैं कई सारे टीलों पर चढ़ते-उतरते थे और टीलों का उतार-चढ़ाव ठीक से देखते थे। देर रात तक सीकरी के बारे में पुस्तकें पढ़ीं। नष्ट होकर भूमि के अंदर चले गए प्राचीन स्थानों की तलाश में रहा। अकबर के जमाने में लिखी गई पर्शियन किताबों के उल्लेखों के आधार पर स्थान निर्णय करके वैज्ञानिक उत्खनन से मिट्टी को नाप-नापकर खोदकर पृथ्वी के अंदर गायब हो गई ऐतिहासिक जगहों को खोज निकालना, कितनी सुंदर अनुभूति है यह!

चार साल के अन्वेषण के अंत में मुझे लगा कि मराखी, रिजवी तथा किलोन ने जिस जगह को इबादतखाना मान लिया था, वह सही हो सकता है; परंतु सुबूत चाहिए। उत्खनन करना है। खुदाई से कभी सुबूत मिल सकता है। खुदाई के पहले कुछ सुबूत इकट्ठा करने की कोशिश की और इस सिलसिले में एक चित्र मिला। वह अकबर के दरबार के नरसिंह नामक एक चित्रकार का था। उस चित्र में चारों ओर की दीवार, तीन मेहराब और उसके पीछे एक गुंबद दिखाई पड़े। दीवार के मध्य में तीन चबूतरे थे। चबूतरों की ओर चढ़ने के लिए सीढ़ियाँ भी दिखाई गई थीं। ऊपर के चबूतरे पर बादशाह अकबर बैठे थे। मध्य के चबूतरे पर 'अकबरनामा' के रचयिता अबुल फजल और उनके भाई अबुल फैजी। ईसाई विद्वान् फादर रुडोल्फ अक्वावैवा और फादर अंटोणिया मोणसरेट बैठे थे। चित्र में नीचे के चबूतरे में तर्क में लगे हुए मुस्लिम

विद्वान् दिखाई देते हैं। चित्र के ऊपर फतेहपुर सीकरी में पहुँचे पहले ईसाई मिशन के बारे में यानी रुडोल्फ अक्वावैवा का नाम पर्शियन भाषा में लिखा है। अकबर के वैयक्तिक निर्देशानुसार बनाए गए इस चित्र और इतिहासकार मराखी द्वारा बताए गए मिट्टी द्वारा ढके हुए पेड़ों से भरे टीले में समानता है क्या? मैंने सोचा। खासकर चित्र में दिखाए हुए तीन कमान वे ही तो नहीं हैं, जो अभी जगह पर मौजूद हैं। उनमें से एक टूटकर गिरा हुआ है। चित्र में दिखाया हुआ वह गुंबद (Dome) शायद वही है, जो चारदीवारी के पीछे अभी दिखाई देता है। इबादतखाने के बारे में कई चित्र मेरे मन में आए। गहरे अध्ययन और विचार-विमर्श के बाद मुझे लगा कि इबादतखाने के तीनों चबूतरे टीलेवाली जमीन के अंदर ही होंगे। कुछ जगह पर तीनों चबूतरों की झलक भी दिखाई देती थी। इबादतखाने के स्थान निर्णय के संबंध में महत्त्वपूर्ण सूचनाएँ मुझे प्राप्त हुईं। अपनी जिंदगी के आनंददायक क्षणों का मैंने अनुभव किया। बादशाह अकबर के धार्मिक तुलनात्मक अध्ययन केंद्र तथा धर्मनिरपेक्ष भारत के मर्मस्थान की खोज के मैं नजदीक पहुँच गया। 16वीं सदी के सबसे बड़े न्यायवादी का (Most Argumentative Indian) विभिन्न धर्मों के विद्वानों के साथ उपस्थित होना, हर धर्म के गुण-दोषों के बारे में विचार-विमर्श करना, फिर सभी धर्मों के गुणांशों को जोड़कर 'दीन-ए-इलाही' नाम से एक नए धर्म का गठन करना—मेरे सामने ये सब दृश्य प्रत्यक्ष हो गए।

स्थान निर्णय के बाद टीलेवाले प्रदेश में उत्खनन शुरू हो गया। मिट्टी को नाप-नापकर निकाला गया। कुछ भी नष्ट न हो जाए, इसलिए सावधानी से काम किया गया। वहाँ से प्राप्त होनेवाली हर चीज इतिहास की अपनी मूल्यवान् पूँजी होती है। इसलिए हम सतर्क रहे। टीले के 5 मीटर लंबे और 5 मीटर चौड़े भाग की खुदाई से इबादतखाने के सबसे नीचे का चबूतरा और मध्य भाग के चबूतरे का एक अंश दिखाई पड़ा। चित्र में मध्य भाग के चबूतरे में अबुल फजल, फैजी तथा ईसाई मिशनरी बैठते थे और नीचे के चबूतरे पर मुस्लिम विद्वान्। उत्खनन का फल आशाजनक होने से खुदाई टीले के अन्य भागों में भी करने का निर्णय हुआ। पेड़ों को काटने के बाद खुदाई जारी रखी।

बादशाह अकबर जिस चबूतरे पर बैठता था, वह उत्खनन में प्राप्त हुआ। चित्र में अकबर के चबूतरे के पीछे एक दरवाजा दिखाया गया था। इसका मतलब यह है कि अकबर के बैठने के चबूतरे को दो भागों में बाँटकर पीछे एक कमरा (Anti-Chamber) बनाया गया है। चित्र की सूचना के अनुसार उत्खनन में पीछे का कमरा तथा दरवाजा स्थापित करनेवाला पत्थर सामने आया। नीचे के चबूतरे पर आने के लिए पत्थर की सीढ़ियाँ चित्र में दिखाई गई थीं, लेकिन ऊपरी तल की खुदाई में ये प्राप्त नहीं हुईं। नीचे के चबूतरे के नीचे भाग की खुदाई से पत्थर की सीढ़ियाँ प्राप्त हुईं। चित्र में वर्णन के अनुसार बिना छत के टूट गई दीवारों का एक मकान दो साल के कठिन परिश्रम और उत्खनन से बाहर निकाला जा सका। यही इबादतखाना है। इसके लिए और सुबूत की जरूरत नहीं।

इबादतखाना के अलावा प्रथम ईसाई मिशन के फादरों के लिए अकबर ने एक ईसाई चापल (छोटा गिरिजाघर) का निर्माण किया था, जिसकी खोज की। इस गिरजाघर के बारे में विस्तृत जानकारी फादर मोनसेरेट (Fr. Monserrate) ने दी है। उस समय में लिखी गई मोनसेरेट की मंगोली के 'लगेश्चनीज कमंटेरियस' नामक पुस्तक में लिखा है कि यह अकबर के शयनकक्ष के पास राजमहल की बाहरी दीवार में एक दरवाजा बनाकर गिरिजाघर में प्रवेश कर सकता थी। पुस्तक में यह भी लिखा है कि गिरिजाघर के रूप में परिवर्तित करने के पहले यह मकान सुगंधित द्रव्यों को बनानेवाली जगह थीं। बाद में कुछ मरम्मत करके इसे चर्च के रूप में बदल दिया गया।

इस चर्च के बारे में भी इतिहासकारों के बीच मतभेद था। फादर हिरास के अनुसार, यह राजमहल के अंदर सुनेरा मकान नामक भवन है, परंतु प्रो. रिजवी और प्रो. फलीन की राय में यह दीवान-ए-आम के बाहर दाईं ओर स्थित है। मैंने इन दोनों मतों का खंडन किया। मेरी राय में यह चर्च दीवान-ए-आम और अकबर के शयनकक्ष के बीच का छोटा सा टीला है।

दो वर्ष तक चले उत्खनन में उस टीले को नाप-तौलकर धीरे-धीरे काटकर निकाला गया। फादर मोनसेरेट ने अपनी पुस्तक में जिस मकान

के बारे में कहा है, उसी तरह का एक मकान जमीन के अंदर से खोदकर निकाला गया। यह हमारे लिए बड़ी उपलब्धि थी। उत्खनन में पहले दो कमरे मिले। उस समय आगरा के आर्च बिशप थे डॉ. सेसिल डेसा, जो धर्मगुरु होने के साथ ही एक अच्छे विद्वान् भी थे। आर्च बिशप (Arch Bishop) को मैंने गिरिजाघर के उत्खनन के बारे में उनको लिखा और आकर देखने के लिए निमंत्रण दिया था। लेकिन जब वे आए तो मैं फतेहपुर सीकरी में नहीं था। लेकिन हमारे सीनियर नासिर हुसैन ज़यदी ने उनको सबकुछ दिखाया और मेरा अभाव महसूस होने नहीं दिया। सब कुछ देखने के बाद आर्च बिशप ने यह कहा कि जहाँ तक उनको पता है इस गिरिजाघर में तीन कमरा मिलना चाहिए। ज़यदी ने उनसे कहा कि हम भी इस उम्मीद में थे कि कुल तीन कमरे मिलेंगे। उसके लिए नीचे और खोदना चाहिए। उसके आधार पर फिर बड़े कमरे के स्थान की दोबारा खुदाई करने से पता चला कि वे वास्तव में दो कमरे हैं। जैसा आर्च बिशप ने कहा, उसी तरह तीन कमरे प्राप्त हुए, परंतु मानसेरेट के लेख के अनुसार सुगंध द्रव्य बनाने संबंधी सुबूत प्राप्त नहीं हुए। उत्खनन की गई जमीन पर दोबारा ध्यान से जाँच की गई और इसके अनुसार चूल्हा और खुइबा बनाने वाले लोहे के बरतन मिल गए। पत्थर और चूने में इसे स्थापित किया गया था। चर्च के रूप में बदलते समय इसको तोड़ा नहीं था, बल्कि मिट्टी से भरकर चूने से पुताई की थी। सुगंधित द्रव्य बनाने के लिए आज भी आगरा के पास के प्रसिद्ध कन्नौज में इसी तरह के चूल्हों का इस्तेमाल किया जाता है। यही नहीं, तेहरान संग्रहालय में उपलब्ध सुगंधित द्रव्य-निर्माण के संबंध में जहाँगीर के जमाने में आगरा में बनाई हुई तसवीर में जो वर्णन किया गया है, उसके समान चूल्हे को हमने खोद के निकाला है। हमारी खोज को सही ठहराने में यह सहायक सिद्ध हुई। सुगंधित द्रव्यों की काँच की बोतल भी प्राप्त होने पर स्थान निर्णय पूरा हो गया। इस बोतल की एक अन्य मुगल चित्र से तुलना करने से हमारी खोज की सच्चाई और तत्परता पर किसी को सवाल खड़ा करने का मौका नहीं मिला।

इसी प्रकार इतिहास की कई मूल्यवान् खोजें हम कर सके। अमूल्य

रत्न, रेशम के कपड़े आदि बेचनेवाला बाजार, मंत्रियों के मकान, अस्तबल, चीता खाना जैसे इतिहास से मिट गए कई पन्ने बाहर निकाल सके। फतेहपुर सीकरी के खुदाई में प्रो. जमाल मुहम्मद सिद्दकी, नासिर हुसैन जैदी, हुसाम हैदर, अनीत अलवी, डॉ. कमर उस्मानी आदि ने अहम भूमिका निभाई।

इबादतखाना और चर्च की खोज के संबंध में 'टाइम्स ऑफ इंडिया' में सन् 1984 में महत्त्व के साथ खबर छपी, जो प्रो. इरफान हबीब को अच्छा नहीं लगा। बाद में अंग्रेजी में 'इंडियन एक्सप्रेस' में और हिंदी-उर्दू के अखबारों में भी इसके संबंध में समाचार प्रकाशित हुए। उपेक्षित आदमी वापस आया ही नहीं, केंद्र-बिंदु बनने की कोशिश कर रहा है! यह खोज मेरी नहीं, डॉ. विकार सिद्दिकी की है, ऐसा स्थापित करने का भी परिश्रम हुआ। पर यह परिश्रम सफल नहीं हुआ। इसी बीच विश्वविद्यालय के इतिहास विभाग से विभागाध्यक्ष के पद से प्रो. के.ए. निजामी चले गए और प्रो. इरफान हबीब दोबारा विभागाध्यक्ष बन गए। उन्हें जो अधिकार मिल गया, उसका उपयोग कर मुझे दबाने की कोशिश की। प्रो. इरफान के विभागाध्यक्ष बनने के बाद भी मैं उनका अभिवादन नहीं करता, यही उनकी बड़ी शिकायत थी। एक दिन जब मैं पुरातत्त्व अनुभाग में बैठा था, उस समय प्रो. इरफान हबीब ने एक चपरासी को भेजकर मुझे बुलवाया। मैं उनके दरवाजे पर खट-खटाकर अंदर घुसा।

"आपने मुझे बुलाया है क्या?" मैंने पूछा।

"वह इबादतखाना नहीं है।" प्रो. ने बिना किसी प्रस्तावना के कहा।

"किस इबादतखाने के बारे में आप कहते हैं?" मैंने पूछा।

"जो आपने 'टाइम्स ऑफ इंडिया' में दिया है, वह इबादतखाना नहीं है।"

"यह आप कैसे बता सकते हैं? क्या आप पुरातत्त्वविद् हैं?"

"शायद मैं आपके जैसा पुरातत्त्वविद् नहीं हूँ।" प्रो. ने कहा।

"सॉरी, आप पुरातत्त्वविद् हैं ही नहीं।"

आगे प्रो. साहब के पास कुछ उत्तर नहीं था। अपनी मेज में पड़े हुए कागज व कलम मेरी ओर देकर उन्होंने कहा कि इस कागज पर लिखो कि यह इबादतखाना नहीं है। इस पर मैंने स्पष्ट कहा, "आपने लिखित में मुझे

कुछ दिया है क्या? नहीं, तो मैं क्यों लिखकर दूँ?''

मेरे उत्तर और आपस का संवाद थोड़ी ऊँची आवाज में होने से बाहर के लोग सुन सकते थे। प्रो. साहब कुछ नहीं बोल सके। वे घबराए रहे। जब मैं उनके कमरे से बाहर निकला, तब मैंने विषादमग्न उनके कुछ अनुयायियों को देखा। उनमें डॉ. शीरीन मुस्वी भी थीं। अध्यक्ष बनने के बाद का पहला कदम गलत हो गया। इस घटना की खबर विभाग और पूरे विश्वविद्यालय में फैल गई। डॉ. इरफान हबीब का स्वयं बनाया गया मिथ्या बड़प्पन पिघलना शुरू हो गया। उपेक्षित व्यक्ति वापस आया ही नहीं, उसने काटना भी शुरू कर दिया है।

आँखें मूँदकर अपने को माननेवाले साम्यवादी (Marxist) सहयात्रियों की अकादमीय देन को बढ़ा-चढ़ाकर दिखाकर उनके समर्थन से प्रो. ने अपने मिथ्या बड़प्पन को बनाए रखने का तंत्र अपनाया। साम्यवादी इतिहासकारों में एक था प्रो. इख्तिदार आलम खाँ। प्रो. आलम खाँ का मुगलसराइयों के बारे में एक पढ़ाई, मुगलसराई के प्लान और इलवेशन खींचकर एक सामान्य अध्ययन है, उसका एक प्रदर्शन अलीगढ़ के प्रसिद्ध केनडी (Kennedy) हॉल में करने का निर्णय लिया गया। उसमें ज्यादा सामग्री नहीं थी। फोटोग्राफ्स भी कम थे। खाली जगह पूरा करने के लिए फतेहपुर सीकरी के उत्खनन के कुछ फोटोग्राफ्स इसमें शामिल करने के लिए प्रो. इरफान हबीब ने पुरातत्त्व अनुभाग के अध्यक्ष प्रो. रामचंद्र गौड़ से कहा। प्रो. गौड़ ने इसका दायित्व मुझे सौंपा। अवसर का मैंने अच्छी तरह उपयोग किया। फतेहपुर सीकरी उत्खनन का एक अच्छा प्रदर्शन मैंने किया। उत्खनन के पहले पेड़ों से भरा टीला, थोड़ी सी खुदाई के बाद का दृश्य, बाहर निकलनेवाले प्राचीन मकानों का अंश, फिर उत्खनन पूर्ण होने के बाद निकाले गए ऐतिहासिक स्थान, यह सब देखकर दर्शकों में आकांक्षा बढ़ गई। जो खोज निकाले हैं, उसे पुराने चित्रों और इतिहास के विचार-विमर्श के आधार पर इबादतखाना, चर्च, बाजार, अस्तबल, मंत्रियों का मकान, चीते का पिंजरा आदि स्थापित करने पर पुरातत्त्व शोध की रीति पर दर्शकों में रुचि हुई। मैं ही इस संबंध में दर्शकों को गाइड

कर रहा था। एक-दूसरे से बताने से कई लोग प्रदर्शन देखने के लिए आ गए। इख्तिदार आलम खाँ के मुगलसराय का अभिलेखाकरण एक मामूली चीज होने से और उसमें नयापन कुछ न होने से दर्शकों ने इस पर ध्यान नहीं दिया। व्याख्यान देने के लिए भी उधर कोई नहीं था। फतेहपुर सीकरी की खोजों के विश्वविद्यालय में तहलका मचाने के कारण आलम खाँ के मुगलसराय के बारे में गाइड करने के लिए प्रो. इरफान हबीब ने अपने एक शोध छात्र सैय्यद नदीम रिजवी को केनडी हॉल में भेजा।

जब मैंने नदीम को फतेहपुर सीकरी के शोध की शैली और प्राचीन चित्रों के आधार पर हुई खोज के बारे में बताया, तब उनकी आँखों में चमकी रोशनी को मैंने पहचान लिया। उन्होंने मध्यकालीन इतिहास में पुरातत्त्व की अपार संभावनाओं के बारे में समझना शुरू कर दिया। बात करते वक्त नदीम ने देखा कि एक समूह में कुछ लोग प्रदर्शन देखने के लिए आ रहे हैं। 'उनको मैं बताऊँगा' कहकर, उनके द्वारा आगे जाकर उनको आलम खाँ की मुगलसराई न दिखाकर फतेहपुर सीकरी की ओर लाकर सबकुछ बता देने का दृश्य अब भी मेरे मन में है। प्रदर्शनी देखने के लिए प्रो. इरफान हबीब के सबसे करीब मानने वाले प्रो. शीरीन मुस्वी भी आई थीं। मेरे उनकी ताल्लुकात सही नहीं होने से गाइड करने के लिए मैं नहीं गया, जिसकी वजह से उनको नासीर हुसैन जयदी और अनीस अलवी का सहारा लेना पड़ा। देखने के बाद बिल्कुल खामोश रहीं। कुछ बोल नहीं पाईं। कई लोग प्रदर्शन देखने के लिए आ रहे थे और इसलिए प्रदर्शन की अवधि बढ़ाई गई। इस तरह प्रो. इरफान हबीब का दूसरा तंत्र भी पराजित हो गया। अलीगढ़ और आगरा में इबादतखाना पर मेरे दो विस्तृत व्याख्यानों में डॉ. नदीम भी मौजूद थे। अलीगढ़ वाली उस समय की बात है, जब प्रोफेसर मंसूरा हैदर तब आगरा में चेयरमैन थे और जामिया मिलिया के प्रोफेसर अजीजुद्दीन ने विख्यात शिया विद्वान्, काजी नजरुल्लाह सुस्तरी पर एक सम्मेलन का आयोजन किया था, जिन्होंने इबादतखाना पर चर्चा में हिस्सा लिया था। आगरा में जामिया सम्मेलन के बाद, डॉ. नदीम और प्रो. अजीजुद्दीन के साथ इबादतखाना के उत्खनन स्थल को देखने के

लिए आए। स्वाभाविक रूप से वे काफी रोमांचित थे। इबादतखाने की खोज के बारे और खुदाई के बारे में बेहतर जानने के लिए Youtube में The dicovery of Akbar's Ibadath Khana वाली डाक्यूमेंट्री देखिए।

मेरे अलीगढ़ के लेक्चर को सुनने के बाद, प्रभावित हुए डॉ. नदीम ने अपनी पत्नी के साथ मुझे डिनर का न्योता दिया। मैं उनके घर नहीं जा सका, क्योंकि पटना के लिए ट्रेन पकड़नी थी, जहाँ मैं काम कर रहा था। बाद में पुरातत्त्व में फील्ड ट्रेनिंग लिये बिना ही पुरातत्त्वविद बनने की अपनी हड़बड़ी में डॉ. नदीम ने इबादतखाना के बारे में मेरे सिद्धांत के विपरीत एक नए सिद्धांत को प्रतिपादित करने का जो प्रयास किया वह अत्यंत हास्यास्पद है जिसको उनके ही बहुत लोग नहीं मानते हैं।

डॉ. नदीम अपनी जिंदगी में इबादत खाना या चर्च जैसी कोई बड़ी या छोटी खोज नहीं कर पाए, यह विचार उनको हमेशा सताता रहता है।

तो क्या है। जिन लोगों ने 8–9 साल धूप और बारिश में पैदल फील्ड वर्क करके बड़ी खोज की हैं, उन जगहों को पहचान लीजिए! उन्हीं जगह पर मूल रूप से जो खोज की है, उनके साथ काम किए हुए लोगों को लेकर घूमिए और हफ्ते भर बाद अपना नई सिद्धांत उछाल दीजिए। यही इनका काम है। यहाँ तक तो ठीक है, लेकिन दूसरों को नीचा दिखाने के लिए सरेआम झूठ बोलने के लिए भी डॉ. नदीम तैयार हैं।

फतेहपुर सीकरी में भा.पु.स. की निगरानी में हुए संध्राशी मस्जिद और गुद्साल के संरक्षण में हुई तथाकथित गलती की जिम्मेदारी मेरे ऊपर डालने के लिए कोशिश की है। यह संरक्षण का तरीका सही है या गलत, जिसके बारे में डॉ. नदीम को कुछ पता नहीं, क्योंकि इन्होंने जिंदगी में कभी इस तरह का कोई काम करवाया नहीं। फिर भी शेरवानी और टोपी पहनकर अपनी राय देने के लिए इंडियन हिस्तोरी कांग्रेस में पहुँच जाते हैं। दोनों संरक्षण का जो काम मेरे ऊपर डाला है, वह मेरा द्वारा किया हुआ नहीं बल्कि संध्राशी मस्जिद का काम डॉ. प्रताप भानु सिंह सैंगर की अगुवाई में हुआ था और गुद्साल के काम डॉ. दयालन की निर्देशन में किया गया था। संध्राशी मस्जिद

के सिलसिले में डॉ. शीरीं मौसवी ने भा.पु.स. के विशेषज्ञ कमेटी की मीटिंग में उठाया भी था। एक मीटिंग में मैं भी मौजूद था। इसके लिए विस्तार में जवाब डॉ. प्रताप भानु सिंह सैंगर ने दिया, जिनकी निगरानी में काम हुआ था, तब डॉ. शीरीं मौसवी एकदम खामोश हो गईं और पलट कर सवाल पूछ नहीं पाईं। डॉ. नदीम के इस तरह के गलत आरोप कोई अनजानी गलती नहीं बल्कि एक सोची-समझी रणनीति है। झूठ बोलना वह एक हथियार की तरह इस्तेमाल करते हैं। इस मामले में अलीगढ़ के इतिहास विभाग के कम्युनिस्टों से कोई मुकाबला कर सकता है तो सिर्फ पाकिस्तान। जैसे UN में फिलिस्तीन का फोटो दिखाकर हिंदुस्तान को नीचा दिखाने के लिए पाकिस्तान ने कोशिश की। वही सारे हथकंडे और हथियार ये लोग भी बेहिचक करते हैं।

प्रो. रामचंद्र गौड़ ने प्रदर्शन के संबंध में प्रतिदिन रिपोर्ट देने का मुझे निर्देश दिया था। प्रो. हबीब को रामचंद्र गौड़ अपना दुश्मन मानते थे। उनका यही आरोप था कि इरफान और आलम खाँ उन्हें राष्ट्रीय स्वयंसेवक संघ का आदमी बताकर बदनाम करना चाहते थे। अलीगढ़ से फतेहपुर सीकरी की तीन घंटे की यात्रा है। यात्रा के दौरान मुझे वह यही सब बताया करते थे। मैं सुनता था पर कोई प्रतिक्रिया नहीं देता था। उनकी दुश्मनी का और एक कारण भी है। फतेहपुर सीकरी के उत्खनन के निदेशक के रूप में इख्तिदार आलम खाँ को नियुक्त करने के लिए इरफान पक्ष ने कोशिश की थी। प्रो. गौड़ उत्खनन से हिंदू-मूर्तियों को खोदकर इतिहास को हिंदू केंद्रित करेगा, साम्यवादी (marxist) पक्ष का यह आरोप दोनों की दुश्मनी का एक कारण था। साम्यवादी पक्ष के कुछ लोगों ने यह आरोप भी लगाया कि विश्वविद्यालय के अंदर और बाहर हुए सांप्रदायिक दंगों में हिंदू ग्रुप को एकत्रित करने के लिए प्रो. गौड़ ने मदद की है। इस पर प्रो. गौड़ का स्पष्टीकरण यह है कि साम्यवादी गुट ने जान-बूझकर उनको फँसाया है।

संकट की घड़ी में मैंने प्रो. गौड़ की मदद की थी। विश्वविद्यालय के अंदर और बाहर उनसे असहमति न रखनेवालों को इरफान पक्ष बहुत सताता था। ऐसे लोगों को हिंदू हो तो आर.एस.एस. और मुसलमान हो तो जमायते इसलामी

घोषित करते थे। उनके सिद्धांतों को न माननेवालों का केरल के साम्यवादी लोग जिस प्रकार सत्यानास करते हैं, उसी शैली को प्रो. इरफान ने भी अपनाया। इसलिए मेरे जैसे स्वतंत्र विचार रखनेवाले उनसे समझौता नहीं कर सकते थे।

समाज में परिवर्तन लाने के लिए कार्यरत महान् बुद्धिजीवियों और विद्वानों का संघ है साम्यवाद (marxist)। अलीगढ़ में प्रो. इरफान हबीब का साम्यवाद इससे बिल्कुल भिन्न था। जो उनके पक्ष में रहते, वे प्रगतिवादी और बाकी सभी संप्रदायवादी! जिसको उन्होंने 'संप्रदायवादी' कहा, वह उनके पक्ष में आ जाने से एक दिन में धर्मनिरपेक्ष भी हो जाता है। यही अलीगढ़ के साम्यवाद की कपटता है। जिस प्रो. को इरफान और साथियों ने संप्रदायवादी घोषित किया था, वही प्रो. गौड़ मौके का फायदा उठाकर कम्युनिस्ट बन गए। रोटेशन पर कुछ महीनों में प्रो. गौड़ विभागाध्यक्ष के पद पर आने वाले थे और प्रो. इरफान हबीब ICHR के चैयरमेन थे। प्रो. इरफान प्रो. गौड़ को अपने अधीन रखकर उनसे एक रबर मोहर जैसा काम करवाना चाहते थे। दोनों में मैत्री हुई। बेशर्मों की इस मैत्री को दोनों पक्ष के कुछ लोग सह नहीं सकते थे। प्रो. इरफान हबीब के पक्ष में धर्मांतरण करके आए प्रो. गौड़ को इरफान पक्ष के कुछ लोग अवज्ञा के साथ देखते थे। प्रो. गौड़ से हुए वार्त्तालाप से मुझे मालूम हो गया कि इस पर अपने अंत:करण के सवाल उनको अस्वस्थ करते थे। एक दिन प्रसिद्ध पुरातत्त्वविद् के.वी. सुंदरराजन को अलीगढ़ रेलवे स्टेशन से विदाई देकर मैं और प्रो. गौड़ विभाग लौट रहे थे। प्रो. गौड़ के स्कूटर के पीछे मैं बैठा था।

"प्रो. इरफान हबीब के पक्ष में उनके ग्रुप में खड़ा होना ही आपके भविष्य और प्रगति के लिए अच्छा है।" उन्होंने मुझे सलाह दी।

"बिना आदर्श और आशय के परिवर्तन के लिए मैं तैयार नहीं हूँ।" मैंने खुलकर अपना विचार प्रकट किया। "क्या आप यह भूल गए कि उन्होंने ही आपको आर.एस.एस. से जुड़ा हुआ कहा था? आपने प्रो. इरफान की कड़ी आलोचना की थी। आपने ही मुझे बताया था कि आपको प्रो. न बनाने तथा पुरातत्त्व विभाग के निर्देशक न बनाने के लिए प्रो. हबीब ने काम किया

था। मेरे लिए अपना आदर्श समय और अवसर के अनुसार बदलने के लिए नहीं है। शायद आप साम्यवाद के विरोधी होंगे, लेकिन मैं ऐसा नहीं हूँ। सिद्धांत के अनुसार मैं साम्यवाद को माननेवाला हूँ, परंतु प्रो. इरफान हबीब के आदर्श-रहित कार्यक्रमों का विरोधी हूँ। आदर्श-रहित संगम का सबसे अच्छा उदाहरण है—आप दोनों का संगम।''

स्कूटर पर होने से उनके मुँह का भाव समझने का मुझे अवसर नहीं मिला। विभाग में पहुँचते ही मैं स्कूटर से उतरा। आपस में कुछ बात नहीं की। साधारण ढंग का अभिवादन भी नहीं हुआ। हम एक-दूसरे से दूर हो रहे थे। इस घटना के एक दिन पहले अलीगढ़ में मेरा प्रसिद्ध साक्षात्कार (Interview) हुआ था। के.वी. सुंदरराजन इसके लिए आए थे। सुंदरराजन ने मुझसे सवाल पूछे। विषय में मेरा ज्ञान सबको मालूम था, खासकर प्रो. इरफान हबीब को। मुझे मालूम था कि पुरातत्त्व के बारे में वे एन.सी.ई.आर.टी. की किताब से ही सवाल पूछेंगे। मैंने उन किताबों को दोबारा से पढ़कर आया था।

उस समय सईद हाशिम अ़ली कुलपति थे। बिना किसी लाग लपेट के उन्होंने कहा, ''अपने गुरुजनों और उच्च अधिकारियों का आदर न करनेवाला मुझे विश्वविद्यालय में नहीं चाहिए। तुम प्रो. इरफान हबीब को अभिवादन करते हो क्या?''

मैंने उत्तर में कहा, ''सर, तकनीकी दृष्टि से कहा जाए तो प्रो. हबीब उपस्थिति पुस्तिका में मेरी हाजिरी और गैर-हाजिरी मार्क करते थे। लेकिन प्रो. इरफान को मैं अपना अध्यापक मानने से इनकार करता हूँ। एक विद्यार्थी द्वारा अध्यापक का निषेध एक अध्यापक के लिए सबसे बड़ा आघात है। किंतु सर, आदर तो व्यक्ति अपने कर्मों से अर्जित करता है। सर, कोई बलात् उसको प्राप्त नहीं कर सकता।'' दृढ होकर जब मैंने इतना कहा, तब कुलपति को लगा कि कहीं कुछ गड़बड़ है। मुझसे कम अंकवाले अफजल खाँ को पी-एच.डी. में प्रवेश देने की बात भी मैंने बताई। सहायक पुरातत्त्वविद् के पद पर मुझे एक्सटेंशन (Extention) न देना, मुझसे कम अंकवाले और पुरातत्त्व में पी.जी. डिप्लोमा न रखनेवाले कनिष्ठ समी आलम को एक्सटेंशन

देने की कहानी भी मैंने उन्हें बताई। उनको एक्सटेंशन मिले, उसी पद को स्थायी करने के लिए जब साक्षात्कार हुआ, तब आवश्यक योग्यता के अभाव में उनको साक्षात्कार के लिए कॉल लेटर भी नहीं देने की बात कहने पर कुलपति महोदय को मामले की अंतरधारा समझ आने लगी। मई 1981 में विश्वविद्यालय में हुए एक आंदोलन में भाग लेने का आरोप लगाकर प्रो. हबीब द्वारा तत्कालीन वी.सी. को लिखे पत्र की प्रति और जिस आंदोलन का जिक्र किया था, उसके एक दिन पहले छुट्टी लेने का सुबूत और उसी दिन दिल्ली के एक मंत्रालय में जाने का प्रवेश-पत्र अब भी मेरे पास है, यह कहने पर साक्षात्कार बोर्ड स्तब्ध रह गया। सभी बातों को मैंने क्रमबद्ध प्रस्तुत किया था। उस समय प्रो. इरफान हबीब के नीचे की ओर देखकर अपने बिना तेल के बाल खींचने का चित्र अब भी मेरे मन में है। मेरे इंटरव्यू की खबर भी पूरे विश्वविद्यालय में फैल गई। इस पर कृषि विज्ञान के एक प्रो. अवरार मुस्तफा ने कहा कि विश्वविद्यालय के इतिहास में अब तक इस तरह का साक्षात्कार कभी नहीं हुआ है।

इस अप्रत्याशित प्रहार से तिलमिलाए प्रो. इरफान हबीब ने समय और अवसर के अनुसार मेरे प्रति अपना रवैया बदलना शुरू कर दिया। बड़े ध्यान से मैंने आदत में परिवर्तन कर दिया। मुझे मालूम था कि अवसर प्राप्त होने पर प्रो. जरूर प्रतिशोध लेगा। एक दिन प्रो. इरफान, प्रो. गौड़ और बाद में प्रो. बन गए सोम प्रकाश वर्मा के साथ फतेहपुर सीकरी का उत्खनन देखने को आए। मेरे जिस इबादतखाने की खोज को वे नहीं मानते थे, उसी इबादतखाने में खड़े होकर उन्होंने मुझसे कई प्रश्न पूछे। एक भी सवाल मेरे साथियों से या प्रो. गौड़ से नहीं किया गया। वे अट्टीलियो पेट्टीसेल्ली नामक एक वास्तुविद् के पुस्तक भी साथ लाए थे। उन्होंने कई बार पुस्तक के स्केच को देखा। स्केच में विद्वानों के विचार-मंथन का स्थान एक टीला दिखाया गया था। यह जगह इबादतखाना है या नहीं, इसके संबंध में मेरे सामने कुछ नहीं कहा। फिर प्रो. गौड़ से उन्होंने कहा कि इबादतखाना यहाँ के अलावा कहीं और नहीं हो सकता है। यह बात प्रो. गौड़ ने मुझसे बाद में कही थी। लड़कर

जीतना संभव नहीं है तो साथी बनाकर जीतना—इसी सिद्धांत पर विश्वास करनेवाले प्रो. हबीब ने मेरे प्रति अपने रवैए को धीरे-धीरे बदलना शुरू कर दिया। अकादमिक कोर्स के लिए बंगाल से आए विश्वविद्यालय और कॉलेज के अध्यापकों को आगरा और फतेहपुर सीकरी दिखाने का काम मुझे और प्रो. आतर अली को सौंपा गया। इस बार भी मेरे उत्खनन की तारीफ की गई। प्रो. आतर अली काफी उत्साहपूर्वक मेरी खोजों का समर्थन कर रहे थे। अध्यापकों के संदेहों का कई बार उन्होंने उत्तर दिया। यह सब देखकर वापस आए अध्यापक समूह ने मेरी खोजों के बारे में बड़े उत्साह के साथ प्रो. हबीब से बात की। प्रो. इरफान यह सब सुनकर सिर हिलाते रहे। साक्षात्कार बोर्ड से धक्का मिलने पर भी साम्यवादी छात्र संघ से जुड़े हुए बंगाल के एक युवा नेता को सहायक पुरातत्त्वविद् के पद पर नियुक्त करने में प्रो. हबीब कामयाब हो गए। उनका नाम है, पार्थ प्रतिभा बोस। वे अच्छी तरह पढ़नेवाले आदर्शवादी हैं। हर पार्टी के स्वार्थी लोग इस तरह के आदर्शवादियों से डरते हैं। अलीगढ़ साम्यवाद के काले मुख की पहचान होने से वे जल्दी ही उन लोगों से दूर हो गए। एक दिन उनके हाथ में सेवा-समाप्ति की सूचना मिल गई। बोस के पहले बच्चे के जन्म के कुछ दिन बाद यह हुआ था। मुझसे प्रतिस्पर्द्धा करने के लिए बोस को लाया गया था; परंतु कम समय में हम दोनों दोस्त बन गए। अलीगढ़ के कार्यों को समझने पर वहाँ के साम्यवाद की पुतली बनकर काम करने के लिए वे तैयार नहीं हुए।

सालों तक विरोधी कैंप में रहे प्रो. रामचंद्र गौड़ ने जब इरफान हबीब से हाथ मिलाया, तब एक पल में प्रो. गौड़ धर्मनिरपेक्ष बन गए। इसका फल यह हुआ कि प्रो. हबीब के साथी रहे प्रो. महेंद्र साही, प्रो. आर.के. त्रिवेदी, प्रो. एस.पी. गुप्ता, प्रो. बधानी जैसे कई विद्वान् अपने अंतःकरण से समझौता न कर पाने से इरफान हबीब से दूर रहे। कुछ लोगों ने झगड़ा किया और बाद में कानून का रास्ता अपनाया। प्रो. नुरूल हसन से संबंध रखने वाले प्रो. जमिरुद्दीन सिद्दकी, प्रो. मंसूरा हैदर न सिर्फ प्रो. इरफान हबीब के ग्रुप से झगड़ा किया बल्कि उनके सामने चेयरमैन बनने में भी कामयाब रहे। अगर

इन सारे लोगों ने प्रो. इरफान हबीब से अपनी लड़ाई का अफसाना लिखेंगे तो वो मेरी कहानी से भी दिलचस्प होगी। अजमेर शरीफ से संबंध रखनेवाले प्रो. लियाकत मोइनी कभी भी अपनी आदतों से समझौता नहीं किया। मेरे अलीगढ़ के सबसे बड़े हीरो हैं डॉ. एम.पी. सिंह। जो मध्यकालीन राजपूत योद्धा जैसे डिपार्टमेंट ऑफ हिस्ट्री के आखिरी दिन तक प्रो. इरफान हबीब से लड़ते रहे। अपना पूरा कैरियर दाँव पर लगा दिया।

प्रो. गौड़ से मैं दूर हो गया था। अपने अंत:करण से उभरे सवाल उनको अस्वस्थ कर रहे थे। उनके करीबी कुछ लोगों ने मुझसे कहा कि उनसे बात करने से यह स्पष्ट हो गया है। इसी बीच पुरातत्त्व अनुभाग में उपनिदेशक के पद पर मेरे स्थान पर डॉ. मक्खनलाल को लाने के लिए प्रो. हबीब और प्रो. गौड़ ने एक साथ काम किया। इस पर मैंने कानून की दृष्टि से सवाल खड़ा कर दिया। डॉ. मक्खनलाल कुछ ही दिनों में प्रो. इरफान के करीबी आदमी बन गए। साम्यवादी गुट के अलीगढ़ का सबसे प्रमुख व्यक्ति, लक्ष्य पर बाण चलाने में निपुण। इस जोड़ी ने ही पार्थ प्रतिभा बोस की सेवा समाप्त कर दी थी। इरफान ग्रुप से चिढ़ गए कई लोगों को कारण बताओ नोटिस मिला। अविशुद्ध जोड़ ज्यादा दिन तक नहीं रहता। दिल्ली में संपन्न 'विश्व पुरातत्त्व कांग्रेस' में इरफान गुट और मक्खनलाल गुट के बीच झगड़ा ही नहीं, मुठभेड़ तक हुई। बाबरी मस्जिद के पक्ष में रहकर प्रो. इरफान हबीब और राम मंदिर के पक्ष में रहकर डॉ. मक्खनलाल ने जो लड़ाई की, उसको हम समय का खेल कहेंगे। दोनों गुट आतंकी हैं। दोनों से मैं सहमत नहीं था। निजी स्वार्थ के लिए दोनों एकजुट हो जाते हैं और फिर दूर हो जाते हैं। एक पल में एक आदमी को साम्यवादी और धर्मनिरपेक्ष बनाने का जादू है उनमें। उनको स्वतंत्र विचारवाले और आदर्शवादियों से डर है। ऐसे लोगों को कोई खरीद नहीं सकता, यही उनका दु:ख है। स्वतंत्र विचारवाले किसी के बंधुआ बुद्धिजीवी नहीं रहेंगे। गलतियों का विरोध करने का धैर्य भी उनमें होगा। प्रो. हबीब यह सह नहीं सकते हैं। वह अलीगढ़ के इतिहास विभाग को Tower of Silence बनाना चाहता था। किसी को सोचना नहीं

चाहिए, बोलना नहीं चाहिए, यहाँ तक चीख-पुकार भी नहीं होना चाहिए। समानता के आदर्शवाले साम्यवाद का शायद उनके समान और किसी ने दुरुपयोग नहीं किया होगा।

एक तरफ अलीगढ़ में मुस्लिम आतंकवाद को बढ़ा-चढ़ाकर दिखाकर हिंदू अध्यापकों को अपने पक्ष में रखना, दूसरी ओर बाहर जाकर अलीगढ़ विश्वविद्यालय में अकादमिक स्तर कम है, कहना और मुस्लिम आतंकवाद का विरोध करनेवाला केवल मैं हूँ, कहकर लोगों को अलग करके राजनीतिक खेल का उनका तंत्र उस समय खुलकर सामने आया, जब उन्होंने बाबरी मस्जिद मामले में सक्रिय हस्तक्षेप किया। उस समय तक अलीगढ़ मुस्लिम यूनिवर्सिटी में पूरी बी.जे.पी. उनके साथ थी।

उस समय वे 'भारतीय इतिहास अनुसंधान परिषद्' (ICHR) के अध्यक्ष थे। सरकारी संस्था से जुड़े होने के कारण उन्हें किसी पक्ष का समर्थन नहीं करना चाहिए था; परंतु बाबरी ग्रुप के लिए जब प्रो. इरफान सामने आए, तब उनका अंतिम मुखौटा भी गिर गया। प्रो. हबीब के बाबरी-प्रेम को अलीगढ़ में नष्ट हो गए उनके प्रताप को मुसलमानों की सहायता से वापस लेने की कोशिश के रूप में लोगों ने देखा। कुछ लोगों की राय है कि आई.सी.एच.आर. के अध्यक्ष के रूप में उनके दूसरे कार्यकाल का श्रेय एक ताकतवर लॉबी को जाता है, जिसकी नुमाइंदगी जामा मस्जिद के इमान बुखारी और बाबरी मस्जिद एक्शन कमेटी के सैयद शहाबुद्दीन कर रहे थे। इस गुट को खुश करने के लिए उन्होंने पूरे जोर-शोर से बाबरी मस्जिद का मसला उठाया। सिर्फ एक खोज-बीन करनेवाला पत्रकार ही यह पता लगा सकता है कि यह आरोप कितना सही है। मुखौटा गिर जाने से प्रो. हबीब का प्रभाव इतिहास विभाग तक सीमित रहा। अपने ही लोगों से उपेक्षित, दुश्मनों से निंदित एक इतिहासकार की जिंदगी। फिर भी प्रत्यक्ष और अप्रत्यक्ष रूप से इतिहास विभाग के कार्यकलापों में हस्तक्षेप करने की वे कोशिश करते रहे। कुछ लोग कभी अपनी आदत बदल नहीं सकते। प्रो. हबीब ने जब 'भारतीय इतिहास अनुसंधान परिषद्' को 'बाबरी मस्जिद ग्रुप' के पक्ष में खींच डाला, तब इतिहासकार एम.जी.एस. नारायण ने यह कहने

की हिम्मत दिखाई कि एक सरकारी संस्था को इसमें खींचना सही नहीं है। शुरू-शुरू में प्रो. हबीब के लिए प्रो. एम.जी.एस. नारायण के मन में सम्मान था। भारतीय इतिहास अनुसंधान परिषद् के बोधगया सम्मेलन में प्रो. हबीब के सामने मैं उनके खिलाफ बोला था। सम्मेलन के अध्यक्ष प्रो. आर.एस. शर्मा थे। मुझसे बहुत परिचित होने से उस आजादी को लेकर प्रो. एम.ज़ी.एस. नारायण, डॉ. एम.आर. राघ ववारियर और प्रो. वेलुलेडत्र केशवन ने मुझे सलाह दी कि प्रो. हबीब के बारे में मेरी गलत धारणा है और मुझे उसको बदलना चाहिए, किंतु मैं उनसे सहमत नहीं हुआ और उनसे कहा कि एक दिन सच्चाई आपके सामने आ जाएगी। सच्चाई प्रकट हो जाने पर मुझे चिट्‌ठी लिखने के लिए भी मैंने उनसे कहा।

सालों बाद प्रो. एम.जी.एस. नारायण को प्रो. इरफान के साथ 'भारतीय इतिहास अनुसंधान परिषद्' (ICHR) में काम करने का अवसर मिला। आदरणीय प्रो. साहब का यथार्थ चेहरा सामने आने लगा। ए.सी.एच.आर. के मामलों में समझौता न हो पाने से एम.जी.एस. नारायण ने ए.सी.एच.आर. छोड़ दिया। सदस्य सचिव का पद छोड़ने के पहले उन्होंने मुझे एक पत्र लिखा—"श्रीमान मुहम्मद, आपने अपने अध्यापक के बारे में जो बातें बताई थीं, पहले मैं उसका विश्वास नहीं कर सकता था; परंतु अब लगता है कि जो आपने कहा था, वह सही है।"

मेरे मन में प्रो. एम.जी.एस. नारायण के बारे में आदर की भावना बढ़ गई। अलीगढ़ के साम्यवाद के बारे में अच्छी जानकारी होने के कारण मुझे मालूम था कि शुद्ध धर्मनिरपेक्ष रहे प्रो. एम.जी.एस. नारायण को 'संप्रदायवादी' घोषित किया जाएगा। वही बात हुई। उस जमाने में भारत के इतिहासकारों को नीचा दिखाने के लिए तथा नैतिक हत्या करने के लिए एक हथियार के रूप में प्रो. हबीब ने संप्रदायवाद का इस्तेमाल किया था।

इबादतखाना, चर्च आदि की खोज में मेरे योगदान को मानते हुए थोड़ा विलंब होने पर भी मुझे पुरातत्त्व सर्वेक्षण में उप अधीक्षण पुरातत्त्वविद् (Dy. Superintending Archaeologist) के पद पर नियुक्ति हुई। विश्वविद्यालय

में मेरी 10 साल की सेवा थी। विश्वविद्यालय से अनुमति–पत्र प्राप्त कर लेने के बाद मैंने संघ लोक सेवा आयोग (UPSC) में इस पद के लिए आवेदन दिया था। पुनर्ग्रहनाधिकार मिलना चाहिए था। सरकारी सेवा में आने के बाद ज्यादा पैसा कमाने के लिए खाड़ी के देशों में काम के लिए जानेवालों को लियन देते हैं।

विश्वविद्यालय की अनुमति के बिना खाड़ी देशों में जाकर फिर वापस आकर काम में लगे लोगों की छुट्टी भी बाद में नियमित की गई है। प्रो. इरफान हबीब और प्रो. गौड़ मक्खनलाल गुट के हस्तक्षेप के कारण विश्वविद्यालय से मुझे लियन नहीं मिला। उस गुट के खिलाफ मैंने जो मुकदमा चलाया था, उसको वापस लेने के लिए मुझे मजबूर किया गया। न मानने से मुझे लियन नहीं मिला।

प्रो. इरफान हबीब, प्रो. गौड़ और डॉ. मक्खनलाल ग्रुप के दबाव में मुझे लियन निषेध करते हुए विश्वविद्यालय को भेजे गए पत्र में प्रो. गौड़ ने हस्ताक्षर किए थे। पत्र हस्ताक्षर करते समय उनके अंतःकरण में कई सवाल उभरे होंगे और इसने शायद उनको पीड़ा भी दी होगी। दस साल तक अपने साथ रहे अपने सबसे प्रिय सहायक का अपने ही दायाँ हाथ का कुछ समय पहले अपने ही दुश्मन रहे लोगों के निर्देश पर काटना, उनके अंतःकरण ने कैसे स्वीकार किया होगा? जिस दिन उन्होंने उस पत्र पर हस्ताक्षर किए, उसी दिन वे बीमार पड़ गए। प्रो. गौड़ को विश्वविद्यालय के मेडिकल कॉलेज में और बाद में एम्स में भरती कराया गया। उनकी बात करने की क्षमता नष्ट हो गई थी। महीनों तक एम्स, नई दिल्ली में इलाज के बाद घर जाने पर उनकी स्थिति दयनीय थी। जिन बातों से वे समझौता नहीं कर सकते थे, उनसे उन्होंने अपने स्वार्थ के लिए समझौता कर लिया। उसका अंतिम परिणाम उनको भोगना पड़ा। लियन न मिलने से मैंने विश्वविद्यालय से अपनी दस साल की नौकरी से इस्तीफा दे दिया। अलीगढ़ की इस लड़ाई में श्री मसूद आगा, मतलूब अली कुरैशी, श्री सज्जाद हैदर जैसे एक जमाने में प्रो. इरफान हबीब के करीबी माने वाले लेकिन अब अलग हुए यूनियन लीडर्स ने मुझे भरपूर सहयोग दिया और उन्हीं लोगों

की वजह से मैं मजबूती से लड़ाई लड़ पाया। श्री मसूद आगा कई बार तत्कालीन रजिस्ट्रार श्री जावेद उस्मानी, जो बाद में उ.प्र. के प्रमुख सचिव बने, ने उनसे मिल कर मेरी खोजों के बारे में बताया। श्री जावेद उस्मानी ने सहानुभूति से मेरा मसला समझा और तमाम दबाव के बावजूद इस्तीफा मंजूर किया। उनकी बातचीत से मुझे ऐसा लगा कि इस्तीफा मंजूर करने में भी अड़चनें लगाने के लिए कुछ लोगों ने कोशिश की थी।

इसी बीच प्रो. इरफान हबीब ने भारतीय पुरातत्त्व सर्वेक्षण के महानिदेशक के पास जाकर मेरे ऊपर कई आरोप लगाए और कहा कि अलीगढ़ मुस्लिम विश्वविद्यालय की सभी समस्याओं का कारण मैं हूँ। मुझसे परिचित महानिदेशक डॉ. जे.पी. जोशी ने उत्तर में कहा कि संघ लोक सेवा आयोग ने उनकी नियुक्ति की है और उसको निरस्त करने का मेरा अधिकार नहीं है। दुःखी प्रो. इरफान का आखिर एक ही अनुरोध था, मेरी तैनाती आगरा में नहीं करना। अगर मेरी तैनाती आगरा में हो गई तो फतेहपुर सीकरी में मैं और उत्खनन करके कुछ और खोज निकालूँगा, उसकी वे कल्पना तक नहीं कर सकते। यही नहीं, अलीगढ़ के जिला न्यायालय में डॉ. मक्खनलाल, प्रो. इरफान हबीब, प्रो. गौड़ के खिलाफ दायर किए गए मुकदमे भी अच्छी तरह चलाएँगे। प्रो. इरफान की इस मुलाकात के बारे में भारतीय पुरातत्त्व सर्वेक्षण के महानिदेशक डॉ. जे.पी. जोशी ने मुझे बताया। उस समय के भारतीय इतिहास अनुसंधान परिषद् (ICHR) के अध्यक्ष के अनुरोध को मानते हुए भारतीय पुरातत्त्व सर्वेक्षण में मेरी पहली तैनाती आगरा में नहीं, मद्रास सर्किल में हुई।

अलीगढ़ से इस्तीफा देकर भारतीय पुरातत्त्व सर्वेक्षण में भारत के कई भागों में काम करते समय भी प्रो. इरफान हबीब के लिए मैं ही कबाब की हड्डी था। अखबारों और चैनलों पर मुझे देखने से उनका दुःख बढ़ जाता है, खासकर पाकिस्तान के भूतपूर्व राष्ट्रपति परवेज मुशर्रफ के साथ ताजमहल में और अमेरिका के राष्ट्रपति ओबामा के साथ हुमायूँ के मकबरे में मेरे चित्र और समाचार देखने से वे ज्यादा अस्वस्थ हुए होंगे। विश्वविद्यालय के आमंत्रण पर

इबादतखाना और पुरातत्त्व संबंधी विषयों पर व्याख्यान देने के लिए अलीगढ़ में मेरा आगमन उनको और दु:खी बनाया करता था। मेरे पहुँचते ही उनका खुफिया विंग सक्रिय हो जाता था कि मुहम्मद कहाँ जा रहा है। किनसे मिल रहा है। सारी चीजें डॉ. इरफान और शीरीन मुस्वी को रिपोर्ट की जाती थी।

अपने उत्खनन और खोज के संबंध में मेरे पावर पॉइंट प्रस्तुति (Presentation), उपस्थित लोगों को आकर्षित किया करते थे। पुरातत्त्व अनुसंधान की कार्य-प्रणाली की विश्वविद्यालय के इन इतिहासकारों से तुलना करने का यह एक अवसर भी था। इसलिए मेरे व्याख्यानों में जान-बूझकर बाधा डालने की कोशिश भी की गई। इस तरह बंधुआ बुद्धिजीवियों (Bonded Intellectuals) ने कई जगह में मेरे व्याख्यानों को असफल करने की कोशिश की। मात्र दिल्ली के जवाहरलाल नेहरू विश्वविद्यालय में उनका प्रयास सफल हो गया। इंडिया इंटरनेशनल सेंटर, इंडिया हैबिटेट सेंटर, इंदिरा गांधी नेशनल सेंटर तथा दिल्ली विश्वविद्यालय के विभिन्न कॉलेजों में मेरे व्याख्यानों में वे बाधा पैदा नहीं कर सके। सभी सभाओं में बड़ी संख्या में श्रोता उपस्थित रहे।

□

गोवा में

गोवा अनेक गिरजाघरों का देश है। एक जमाने में वहाँ 80 से ज्यादा चर्च हुआ करते थे। आज 10 चर्च भारतीय पुरातत्त्व सर्वेक्षण के अधीन हैं। बॉम जीसस सबसे प्रमुख गिरजाघर है। विशुद्ध संत घोषित सेंट जेवियर का पार्थिव शरीर वहाँ सुरक्षित रखा गया है। हर वर्ष नवंबर महीने में चर्च देखने के लिए भक्त लोग आते हैं। सुरक्षित रखे विशुद्ध शरीर दस वर्षों में एक बार बाहर निकालते हैं और सेंट कैथेड्रल नामक दूसरे चर्च में ले जाते हैं। उधर चालीस दिनों तक आम लोगों के दर्शन के लिए रखा जाता है। ऐतिहासिक स्मारकों का अध्यक्ष भारतीय पुरातत्त्व सर्वेक्षण का अधिकारी होता है। सन् 1994 में इसका उत्तरदायित्व मुझ पर था। बॉम जीसस में धार्मिक समिति का प्रभारी था फादर रीगो। बॉम जीसस का संरक्षण निर्धारित समय के पहले करने की वजह से उनको मुझसे वैयक्तिक रूप से आदर और प्यार था। पार्थिव अवशेष बॉम जीसस से सेंट कैथेड्रल में बदलने के समारोह में मुझे आमंत्रित किया गया और मैं सपरिवार गया।

केरल में मलाबार के राजा सामूतिरी के सैनिक कुआली मरक्कार को गोवा में फाँसी पर चढ़ाया गया था। ऐतिहासिक दृष्टि से महत्त्वपूर्ण यह स्थान पेड़-पौधों से भरा पड़ा था। केरल के निवासियों का कुआली मरक्कार से आत्मीय संबंध का रहना सहज स्वाभाविक है। इसलिए इस जगह को स्वच्छ करके संरक्षित करने का निर्णय ले लिया। इसके लिए आवश्यक कोष के लिए भारतीय पुरातत्त्व सर्वेक्षण को आवेदन कर प्रतीक्षा करना है। कोष की मंजूरी हो जाने के लिए कितना समय लगेगा, उस समय तक मैं गोवा में रहूँगा या नहीं ? कुछ पता नहीं था।

इसलिए मैंने आस-पास के कॉलेजों में जाकर मामला छात्रों के सामने रखा। छात्र सहायता करने के लिए तैयार हो गए। एक दिन हमने सारे झाड़-झंखाड़ को काटकर स्वच्छता अभियान चलाया। एक महीने में स्मृति-कमान की मरम्मत करके पॉइंट डालकर सुंदर बनाया। सरकारी सहायता के लिए इंतजार न करके छात्रों की सहायता से काम हो गया। भविष्य के मेरे सेवाकाल में यह मेरे लिए प्रेरणा रही। पैतृक संपत्ति का हस्तांतरण नई पीढ़ी को करने का एक महत्त्वपूर्ण संदेश भी इसमें मैंने देखा।

इसी बीच गोवा के कुछ लोगों को बिना प्रार्थना के रहे चर्चों में प्रार्थना की इच्छा हुई। भारतीय पुरातत्त्व सर्वेक्षण के नियमानुसार किसी धार्मिक स्थान को लेते समय अगर प्रार्थना या पूजा-पाठ चल रहा हो तो उसे जारी रखने की अनुमति देते हैं। नए सिरे से कुछ भी शुरू करने की अनुमति नहीं दी जाती, चाहे वह किसी भी धर्म का हो। उदाहरण के लिए—अजंता में पूजा नहीं होती है। एलोरा और महाबलीपुरम् में भी यही स्थिति है। अतः ये पर्यटन स्थल माने जाएँगे। बृहदेश्वर मंदिर और ताजमहल की मस्जिद भा.पु.स. द्वारा संरक्षण में लेने के समय प्रार्थना होती थी, किंतु वहाँ भी कुछ नियंत्रण लगाए गए। शुक्रवार को नमाज की अनुमति है। आगरा किला और लाल किले में मस्जिद है। लेकिन पहले से यहाँ प्रार्थना न होने के कारण अनुमति नहीं दी गई। इस तरह भा.पु.स. द्वारा लेते समय प्रार्थना न होने से गोवा के इन चर्चों को प्रार्थना के लिए खोला नहीं जा सकता था। संरक्षित ऐतिहासिक स्मारक सेंट फ्रांसिस चर्च और सेंट रसोरिया चर्च में प्रार्थना की अनुमति के लिए धार्मिक आचार्यों ने माँग उठाई, परंतु अनुमति नहीं दी गई। चर्च के अध्यक्षों को हमने समझाया और वे मान गए; लेकिन कुछ लोग मानने के लिए तैयार नहीं थे। प्रार्थना के लिए अनुमति न देनेवाले भा.पु.स. के साथ रहे गिरजाघरों के पक्ष और विपक्ष में मीडिया माध्यमों से समाचार फैले। फिलहाल के नियमों में छूट देकर अगर एक चर्च प्रार्थना के लिए खुल जाए तो अजंता, एलोरा व लाल किला जैसे कई स्थानों पर भी यह समस्या उत्पन्न हो जाएगी। इसलिए मैं अपने निर्णय पर अडिग रहा। धीरे-धीरे विरोध कम होने लगा।

उस समय एच.डी. देवगौड़ा प्रधानमंत्री थे और गोवा के रमाकांत खलाप कानून मंत्री। जाँच करके रिपोर्ट पेश करने को संस्कृति विभाग के सचिव को नियुक्त किया गया। बाद में मेघालय के राज्यपाल बने बी.पी. सिंह उसके सचिव थे। उन्होंने पूर्व धारणा से विषय को देखा। उनकी धारणा थी कि शिक्षा-संपन्न ईसाई लोग नियम का पालन करेंगे। जाँच आगे बढ़ी।

अगर एक ईसाई चर्च प्रार्थना के लिए खुल जाए तो पूरे देश में हिंदू-मुस्लिम, बौद्ध लोग अब तक प्रार्थना न हो रहे धार्मिक स्थलों की माँग करेंगे। कुतुबमीनार, लाल किला, आगरा किला आदि प्रतिबंधित स्थानों पर संघर्ष शुरू हो जाएगा। मंदिरों को तोड़कर ही कुतुबमीनार के पास कुत्वतुल इसलाम मस्जिद का निर्माण किया गया था। आप किसको प्रार्थना की अनुमति देंगे, हिंदुओं को या मुसलमानों को? कुछ वर्ष पहले दिल्ली की मस्जिदों में इस विषय पर संघर्ष हुए थे। तत्कालीन प्रधानमंत्री श्रीमती इंदिरा गांधी ने मुसलमानों के सामने घुटने नहीं टेके। वर्ष 2009 में दिल्ली में यह समस्या दोबारा उभरी थी, उस समय श्रीमती शीला दीक्षित दिल्ली की मुख्यमंत्री थीं। मैं तब भा.पु.स. दिल्ली मंडल में अधीक्षण पुरातत्त्वविद् था। मुसलमानों ने चार मस्जिदों में बलात् नमाज शुरू कर दी। केंद्रीय गृहमंत्री की सहायता एवं पुलिस के सहयोग से मुस्लिम गुट के प्रयत्न को हमने नाकाम कर दिया। यदि एक जगह पर अनुमति दी गई, तो सभी जगहों पर अनुमति देनी पड़ेगी। यही मेरा स्पष्टीकरण था। दिल्ली में मुस्लिम कट्टरपंथियों की इस लड़ाई में सबसे ज्यादा साथ दिया श्री सुहैल हाशमी और दिल्ली के हिंदी और अंग्रेजी अखबार, खासतौर से हिंदुस्तान टाइम्स। श्री सुहैल हाशमी शहीद सफदर हाशमी के भाई हैं, जो आदर्शवादी कम्युनिस्ट नेता थे। जिन्होंने हिंदू और मुसलमान कट्टरपंथियों से कभी समझौता नहीं किया।गोवा के तत्कालीन राज्यपाल रोमेश भंडारी की मेरे बारे में अच्छी राय थी। बॉम जीसस के फादर रीगो, सेंट कैथेड्रल के फादर सक्कीरा, जस्यूट फादर ने मेरे पक्ष का समर्थन किया। कुछ लोग विपक्ष में भी बोले। फादर रेगो ने सेंट काजेटन चर्च के तत्कालीन आर्च बिशप की ओर से बुलाई गई बैठक में मेरे पक्ष में जोरदार

भाषण दिया। चर्च के एक धड़े के अलावा, गोवा के बुद्धिजीवियों जैसे डॉ. नंदकुमार कामत, डॉ. धूमे, सज्जन भटकर आदि और जान-माने कलाकार, मारियो मिरांडा तथा स्वतंत्र पत्रकार, मारियो कब्राल का समर्थन मेरे साथ था, जिन्होंने मुद्दों पर आधारित समर्थन दिया, क्योंकि उन्होंने चर्च परिसर में अभूतपूर्व संरक्षण कार्य की प्रगति को देखा था। गोवा के एक और प्रसिद्ध कलाकार, डॉ. मार्टिन ने भी लगातार मेरा समर्थन किया, जिनकी पेंटिंग बॉम जीसस चर्च में लगी है। डॉ. मार्टिन ने पैसों से भी गोवा के अंदर होनेवाली अनेक सांस्कृतिक गतिविधियों का समर्थन किया और उन लोगों के लिए एक पुरस्कार की शुरुआत की, जिनका गोवा के सांस्कृतिक विकास में योगदान था। सकारात्मक सोच रखनेवाले डॉ. मार्टिन से मुझे सदैव प्रेरणा मिलती रही।

संस्कृति विभाग के सचिव श्री बी.पी. सिंह को मामले की गंभीरता के अनुसार उचित रिपोर्ट देने से मैं बच गया। मेरे खिलाफ कुछ विद्यालयों के माध्यम से प्रधानमंत्री को चिट्ठी लिखी गई थी। किंतु वे सब नकली थीं। स्कूल में पढ़नेवाले बच्चों से दस्तखत करवाया गया था। जाँच पूरी करके दिल्ली वापस जाते समय सचिव ने मुझसे एक सवाल किया, "अगर लियन देकर आपको बिहार में तैनात करें तो जाने के लिए तैयार हैं क्या?" उस समय बिहार में नौकरी करने से लोग डरते थे। "मैं बिहार का निवासी हूँ। आपके जैसा एक कामयाब अफसर मुझे वहाँ चाहिए।"

मैं हमेशा समस्याओं को चुनौती के रूप में लेनेवाला था। मैंने कहा, "सर, बिहार में काम करने के लिए मैं तैयार हूँ।" उनके अनुसार काम न करनेवाले एक वरिष्ठ अधिकारी को बदलकर श्री बी.पी. सिंह के प्रयास से बिहार में मेरा स्थानांतरण लियन के साथ हुआ।

□

नालंदा, वैशाली, विक्रमशिला

दुनिया का सबसे पहला आधुनिक विश्वविद्यालय पेरिस में है; उसके बाद कैंब्रिज और ऑक्सफोर्ड हैं। ये 13वीं सदी में थे। लेकिन इसके 700 वर्ष पहले इससे भी आधुनिक विश्वविद्यालय भारत में था। वह था नालंदा विश्वविद्यालय। बहुत पहले ही उत्खनन में उसके अवशेष निकाले गए थे। सबसे पहले वहाँ अलेक्जेंडर कनिंघम ने उत्खनन किया। फिर कई पुरातत्त्वविदों ने उत्खनन कार्य को आगे बढ़ाया। सुबूतों से पता चलता है कि तीन पुस्तकालयों सहित एक विश्वविद्यालय के लिए आवश्यक सबकुछ वहाँ था।

नालंदा विश्वविद्यालय से यात्रा करते समय हमें याद रखना है कि 1,300 साल पहले ह्वेनसांग जिस रास्ते से चल रहे थे, हम भी उन्हीं यादों का पीछा कर रहे हैं। ह्वेनसांग की यादें उनके आत्म-चैतन्य के कुछ अंशों को आत्मसात् करने में सहायक होंगी। इस परिवर्तन की ऊर्जा अपनाने से ही ऐतिहासिक भूमिका हमारी यात्रा सफल होगी।

एक बार नालंदा के चंडी मऊ नाम के एक स्थान पर, हेरिटेज एक्टिविस्ट श्री तुफैल अहमद खान सूरी ने कई हिंदू तथा बौद्ध मूर्तियों को देखा और इसकी जानकारी मुझे तथा नालंदा स्थित चीनी मठ के मुख्य पुजारी भंते पन्यालंकार को दी। स्थानीय लोग इस बात का विरोध कर रहे थे कि मूर्तियों को नालंदा म्यूजियम ले जाया जाए। वे चंडी मऊ में ही म्यूजियम बनाने की माँग कर रहे थे। चूँकि म्यूजियम की उनकी माँग को तुरंत मान लेना संभव नहीं था, इस बीच उन्हें पुरानी चीजों के तस्करों से सुरक्षित रखने के लिए हमने स्थानीय शिव मंदिर के पास, जो सबसे सुरक्षित स्थान था, तुरंत एक ग्रामीण म्यूजियम

बनाया। इस पूरे प्रयास में भंते पन्यालंकार, आर.एस.एस. के स्थानीय कार्यकर्ता, श्री राम चंद्र, तुफैल अहमद खान सूरी तथा गाँव के अनेक वरिष्ठ लोगों ने सहायता की। स्थानीय लोगों ने इस काम के लिए सामग्री और श्रमशक्ति का दान किया। इस प्रकार जनता के सहर्ष सहयोग से हम पहला ग्रामीण संग्रहालय बना सके। सबसे बड़ा सहयोग भंते पन्यालंकार से मिला, जो एक अद्भुत व्यक्ति हैं, जिन्होंने हमेशा दबे-कुचले लोगों का साथ दिया है।

हमारे पुराणों और इतिहास में बताए गए महत्त्वपूर्ण क्षेत्रों का उत्खनन करके इतिहास की सच्चाई सामने दिखाने में बहुत विलंब हो गया है। हस्तिनापुर, अहिछत्रा, कांपिल और मथुरा जैसे स्थलों की दशा और भी दयनीय है। भले ही उनमें से कुछ संरक्षित हैं, लेकिन उनका स्वामित्व भारतीय पुरातत्त्व सर्वेक्षण के पास नहीं है। उनमें से कई की चारदीवारी भी नहीं है, जिसके कारण बेशकीमती विरासत स्थल अतिक्रमण का शिकार है और उसका रख-रखाव भी अच्छा नहीं है।

ऐसी ऐतिहासिक जगह से अतिक्रमण हटाकर झुग्गी-झोंपड़ी निकलवाकर सुंदर ऐतिहासिक पार्क बनाने को एक अनोखा प्रयास किया है श्री विनीत जैन ने। उन्होंने अपनी ब्रिज फाउंडेशन के जरिए मथुरा में कई ऐतिहासिक जगह जैसे नंदगाँव, बरसाना, गोवर्धन, गोकुल आदि को एक नै उरझ और पहचान दी है। श्री विनीत नारायण कितना बड़ा काम कर रहे हैं। यह समझने के लिए उन जगह की पहले शकल, अतिक्रमण और गंदगी के बारे में पता रहना चाहिए। शायद भारत में किसी ऐतिहासिक जगह के पुनर्जीवन के लिए किसी ने इतना बड़ा काम नहीं किया। आशा करता हूँ, उनके साथ कुछ पुरातत्त्ववेत्ता रहे होते तो उन्हीं जगहों के भग्नावशेष (Antiquities) को संगृहीत करके एक संग्रहालय बना देते।

यहाँ तक कि कुतुबमीनार, पुराना किला, लाल किला, फतेहपुर सीकरी, ताजमहल जैसे स्थानों पर भी भारतीय पुरातत्त्व सर्वेक्षण ऐसा कोई व्याख्या केंद्र स्थापित करने में बुरी तरह से विफल रहा है। वे किसी फिल्म के माध्यम से यह दिखा सकते थे कि इतिहास की दिशा बदलने में इन स्थलों की कितनी

असाधारण भूमिका रही है और इस प्रकार वहाँ जानेवालों की जानकारी को समृद्ध किया जा सकता था। एक बार उस स्थल के अनोखे मूल्य की जानकारी दे दी जाए और आगंतुक को बता दिया जाए कि वह उसी 'महान् धरती' पर चल रहा है, जहाँ उसके महान् पूर्वज उसके आज को बेहतर बनाने के लिए इकट्ठा हुए थे, तो उन यात्रियों के मन में राष्ट्र गौरव की भावना भर जाएगी, जिससे उसकी सोई पड़ी कुंडली को जगाना संभव होगा। इस उद्देश्य की प्राप्ति के लिए, प्रत्येक स्मारक में एक 'व्याख्या केंद्र' होना आवश्यक है जहाँ इतिहास, उस स्थल पर लड़ी गई लड़ाइयों और वहाँ से शासन चलानेवाले राजाओं के बारे में एक लघु फिल्म के माध्यम से बताया जा सके। साथ ही, यात्रियों को किसी योग्य गाइड के द्वारा वास्तविक स्थल पर ले जाया जाए, जिससे कि वे प्रत्यक्ष रूप से उस स्थल को देख सकें।

यदि पुराना किला, फतेहपुर सीकरी, हंपी, चंपानेर, कुमराहर आदि जैसे उत्खनन स्थल हैं तो उन स्थलों को फिर से उजागर किया जाए, उनकी परतों को मजबूत बनाया जाए और उस स्थल से मिली पुरातात्विक भग्नावशेषों (Antiquities) की प्रतिकृतियों को उन परतों में लगाया जाए। यात्रियों को एक उचित दूरी से उन ऐतिहासिक परतों को देखने का अवसर दिया जाना चाहिए। यहाँ भी साइबर आर्कियोलॉजी, डिजिटल कल्चरल हेरिटेज (डी.सी.एच.), थर्ड ग्राफिक टेक्नोलॉजी, ऑगमेंटेड रिएलिटी सिस्टम (ए.आर.एस.) जैसी आधुनिक तकनीकों की सहायता से यात्रियों को जानकारी उपलब्ध कराई जानी चाहिए। किसी स्थल की प्रस्तुति इस प्रकार किए जाने से वस्तुओं और विलुप्त हो चुकी संस्कृतियों के विषय में सच्ची कहानी को बुनकर उन्हें जीवंत बनाने के साथ ही आगंतुक के लिए एक यादगार अनुभव की रचना करना संभव है। ऐसी जगहों का स्थान-निर्णय और सीमा-निर्धारण करके सरकारी भूमि के रूप में संरक्षण करना आवश्यक है। ऐतिहासिक दृष्टि से महत्त्वपूर्ण जगहों का संरक्षण हमारा दायित्व है। सांस्कृतिक केंद्रों के संरक्षण के लिए विशेष सीमा-निर्धारण नियमों का गठन करना है। अब भी बहुत देरी नहीं हुई है। यदि आगे कुछ काररवाई न की गई तो हमेशा के लिए इतिहास नष्ट हो जाएगा।

ऐतिहासिक दृष्टि से महत्त्वपूर्ण जगह है वैशाली। यह जैन धर्म के संस्थापक महावीर का जन्मस्थान और गौतम बुद्ध का कर्म स्थान है। वैशाली के राजा का चयन वैशाली के निवासी करते थे। इसलिए विश्व इतिहास में गणतांत्रिक शैली के शासन का यह प्रतीक है। वैशाली में कई पाठशालाएँ होती थीं और दूर-दूर के विद्वान् यहाँ आकर भाषण और परिचर्चा में भाग लेते थे। इधर डॉ. लालचंद सिंह के किए हुए उत्खनन में गौतम बुद्ध से संबंधित कई बातें सामने आईं। वर्षों से गौतम बुद्ध यहाँ रहते थे। बुद्ध के निवास-स्थान, महिलाओं को सबसे पहले बौद्ध संघ में प्रवेश करानेवाली जगह, बुद्ध के पार्थिव शरीर के संरक्षण हेतु बनाए गए स्तूप आदि प्राप्त हुए। इसमें मर्कट हृदय टैंक प्रमुख है। ऐसा बताया जाता है कि वानरों द्वारा बुद्ध को नहाने के लिए बनाया गया तालाब है यह। सम्राट् अशोक ने स्मारक स्तंभ का निर्माण करवाया था। मेरी कृतार्थता इसमें है कि इन सभी जगहों पर मैं संरक्षण (Conservation) का कार्य करवा सका। संरक्षण और खुदाई के समय पर कुछ आपराधिक तत्त्वों ने बाधा डाली। जो पैसा हम खर्च कर रहे थे, उसके एक हिस्से की वे माँग करते थे। मैंने इस घटना के बारे में पुलिस को सूचित किया। पुलिस ने दो घंटे में सबको पकड़कर अंदर कर दिया। सहायक पुरातत्त्वविदों, डॉ. अशोक गुप्ता और डॉ. मनोज द्विवेदी ने केस फाइल करने और उसे आगे बढ़ाने में असाधारण साहस का परिचय दिया। इस गिरफ्तारी के बाद किसी भी गुंडा गुट ने भारतीय पुरातत्त्व सर्वेक्षण को धमकी देने की हिमाकत नहीं की।

भारत का पहला राजधानी शहर है राजगीर। पहले राजा बिंबिसार की राजधानी। यहाँ गौतम बुद्ध की अस्थि दफनाए गए स्तूप मिल गए। उनके पार्थिव शरीर का एक हिस्सा राजगीर में दफनाया गया था; परंतु वह स्थान कहाँ है, इतिहासकारों में इस पर अलग-अलग राय है। अन्वेषण जारी रखने से अचानक हमें वहाँ एक टीला मिल गया। राजगीर से बोधगया की ओर मैं कार में सफर कर रहा था। मेरे साथ डॉ. दानी बाबू, डॉ. अम्बस्था, डॉ. जलज तिवारी, डॉ. डी.के. सिंह, डॉ. डी.एन. सिन्हा, डॉ. के.सी. श्रीवास्तव, डॉ. नीरज सिन्हा और कुछ अन्य पुरातत्त्वविद भी थे। यात्रा के बीच में अचानक एक टीला मेरे

ध्यान में आ गया। मेरे अंत:करण ने मुझसे कहा कि जिस स्थान की खोज में तुम निकले हो, यह स्थान वही है। मैंने गाड़ी रोकी और टीले के ऊपर चढ़ा। जाँच में कुछ ईंट और पत्थर प्राप्त हो गए। यह सब सम्राट् अशोक के जमाने का है। उत्खनन के दौरान तत्कालीन रेल मंत्री श्री नीतीश कुमार ने निर्धारित जगह पर रेलवे लाइन का प्रस्ताव रखा। प्रारंभिक काम जब शुरू हुआ, तब भारतीय पुरातत्त्व सर्वेक्षण विभाग ने उसको रोका। फिर हमें उत्खनन में गौतम बुद्ध के दफनाए गए पार्थिव शरीर वही स्तूप प्राप्त हुए। उसके बाद ऐतिहासिक दृष्टि से महत्त्वपूर्ण उस जगह के संरक्षण के लिए सरकार बाध्य हो गई और रेल लाइन में दिशा–परिवर्तन कर दिया गया।

संसार का सबसे ऊँचा स्तूप 'केसरिया' उत्खनन से प्राप्त हुआ। यह गौतम बुद्ध के वैशाली से निर्वाण–प्राप्ति के लिए कुशीनगर जाने के रास्ते में है। कालक्रम में यह मिट्टी का टीला बन गया था और वहाँ पेड़–पौधों का जंगल हो गया। उसके अंदर से स्तूप प्राप्त हुआ। केसरिया स्तूप की खुदाई में डॉ. के.सी. श्रीवास्तव, डॉ. डी.एन. सिन्हा, डॉ. मनोज द्विवेदी, डॉ. गर्सिया, मि. अविनाश, मि. रजनीश और के.पी. सिंह जैसे लोगों ने अहम रोल अदा किया।

उत्खनन से डॉ. बी.पी. सिन्हा और डॉ. बी. एस. वर्मा विक्रमशिला विश्वविद्यालय को खोज कर निकाला था, जिसका संरक्षण करने का मौका मिला। पहले यह एक विशाल टीले के जैसा था। लेकिन पच्चीस वर्षों से भी अधिक समय के दौरान इन दोनों विद्वानों के निरंतर कार्य से एक बहुत विशाल विश्वविद्यालय परिसर सामने आया है, जिसके केंद्र में एक बड़ा स्तूप है। हालाँकि, मैं जब इस स्थल पर पहली बार गया तब इसे इतनी बुरी हालत में देखकर सन्न रह गया था। उसके संरक्षण महत्त्वपूर्ण हैं। चार वर्षों में इन सबके संरक्षण का काम पूरा हो गया। बगीचा आदि बनाकर एक ऐतिहासिक पर्यटन केंद्र के रूप में इनको विकसित कर दिया गया। विक्रमशिला के संरक्षण में वाई. पी. ठाकुर और एल.एन. झा ने काबिले तारीफ काम किया। डॉ. अशोक कुमार पांडे और और डॉ. डी.एन. सिन्हा ने साइट म्यूजियम बनाने में काफी महत्त्वपूर्ण भूमिका निभाई। इस प्रयास में श्रीमती कोमल आनंद, डी.जी., भा.पु.स., डॉ.

आर.सी. अग्रवाल, डॉ. उर्मिला संत और डॉ. बी.पी. सरन ने भी सहयोग किया।

बिहार में काम करते समय मौर्य साम्राज्य की राजधानी पटना के कुम्राहार (भारत की दूसरी राजधानी) देखने का मुझे अवसर मिला। चारों ओर दीवार न होने से यह अपराधियों का अड्डा बन गया था। ग्रीक इतिहासकार मेगस्थनीज ने इस जगह का पर्शिया के प्रसिद्ध सुसा और एकवताना से बड़े शहर के रूप में उल्लेख किया है। भारतीय पुरातत्त्व सर्वेक्षण ने इसके महत्त्व को मानकर चारों ओर दीवार बनाकर संरक्षण की योजना बनाई। खेद की बात है कि उस दीवार की उम्र मात्र एक दिन की थी। राजनीतिक प्रभाववाले अपराधी गुटों ने इसको तोड़ दिया। इसका कैसे सामना करेंगे, मैंने सोचा। मेरे सामने एक उपाय आया, मीडियाकर्मी, विश्वविद्यालय के अध्यापक, अन्य बुद्धिजीवी वर्ग आदि को एकत्रित करके दीवार का पुनर्निर्माण करना। इस प्रकार, भारत की दूसरी राजधानी के संरक्षण के लिए इन लोगों को निमंत्रण दिया। नेतृत्व में वामपंथी इतिहासकार आर.एस. शर्मा और दक्षिणपंथी इतिहासकार बी.पी. सिन्हा आ गए। इनमें प्रो. शर्मा ने वैयक्तिक रूप से मुझसे घनिष्ठता दिखाई। प्रो. इरफान हबीब और मेरे बीच की समस्याओं की वास्तविकता उनको मालूम थी। जिन कार्यक्रमों में मैं भाग लेता था, उनमें ज्यादातर में प्रो. शर्मा अध्यक्ष होते थे। मीडियाकर्मियों और समाज के प्रतिष्ठित लोगों के खड़े होने से अपराधी संघ विरोध नहीं कर पाए। सबके परिश्रम से चारों ओर मजबूत दीवार बनाकर कुम्रार का संरक्षण कर दिया और आगे के काम के लिए रूपरेखा भी तैयार की गई। भविष्य की योजनाओं में, सबसे महत्वपूर्ण यह था कि एक व्याख्या केंद्र की स्थापना की जाए, जहाँ एक ऐसी फिल्म दिखाई जा सके, जो उन ऐतिहासिक महत्त्व तथा पुरातात्त्विक संपत्ति की प्रस्तुति करे, जिनसे कभी वह शहर संपन्न था। एक अन्य योजना के अनुसार अस्सी स्तंभवाले सभागार की एक प्रतिकृति की स्थापना की जानी थी, जिसके अवशेष उत्खनन में प्राप्त हुए थे। मेरे मन में एक अस्सी स्तंभों वाले वैसे ही सभागार को बनाने की बात चल रही थी, जिसे कभी ग्रीक राजदूत मेगास्थनीज ने प्रत्यक्ष रूप से देखा होगा। विभिन्न स्थलों से मिले अशोक के स्तंभों की प्रतिकृतियों की स्थापना के विषय पर भी वाद-विवाद हुआ। कुम्राहार

में अतिक्रमण हटाने के लिए और अस्सी स्तंभोंवाला सभागार के रूपरेखा तैयार करने का श्रेय डॉ. दानी बाबू को और डॉ. ताश्कंद अलोने को जाता है।

एक बार चारदीवारी बनकर तैयार हो गई, तब सी.बी.आई. के क्षेत्रीय निदेशक, श्री यू.एन. बिस्वास, जिन्होंने बिहार के तत्कालीन मुख्यमंत्री, श्री लालू यादव की जाँच चारा घोटाले के संबंध में की थी, इस स्थल को देखने के लिए दो बार आए। चूँकि उन्हें सभी जानकारियों में काफी दिलचस्पी थी, इसलिए उन्होंने मुझसे कहा कि वह इस स्थान को पहले ही देखना चाहते थे, लेकिन उनके सुरक्षाकर्मियों ने उन्हें यहाँ न आने की सलाह दी थी क्योंकि यहाँ कोई चारदीवारी नहीं थी। उन्होंने यह कहते हुए मेरी सराहना की, ''अब आपने जंग जीत ली और दीवार तैयार हो गई है, इसलिए मैं यहाँ आ सका।''

उत्तर प्रदेश का सारनाथ बौद्ध धर्म के लिए उन चार महत्त्वपूर्ण स्थानों में से एक है, जहाँ भगवान् बुद्ध ने बोध गया में बोधत्व ज्ञान प्राप्त करने के बाद बौद्ध धर्म की स्थापना वास्तविक रूप से की थी। यहाँ धामेख और धर्मराजिक नाम के दो स्तूप हैं, जिसके दर्शन के लिए दुनिया भर से हजारों लोग आते हैं। बौद्ध धर्म को माननेवाले अधिकांश देशों ने इसके आसपास अपने विहारों का निर्माण किया है। भारतीय पुरातत्त्व सर्वेक्षण ने सारनाथ में जब टिकट लेना शुरू किया और स्तूप स्थल के चारों और दीवार खड़ी कर दी, तब बी.जे.पी. और वी.एच.पी. से करीबी का दावा करनेवाली, श्रीलंका महाबोधी सोसाइटी ने श्रीलंकाई विहार से स्तूप तक अलग से एक द्वार बनाए जाने की विचित्र माँग रख दी। साथ ही, समूह में प्रार्थना करने की अनुमति भी माँगी। भा.पु.स. ने इसका विरोध किया, क्योंकि यह नियम के विरुद्ध था और इससे अन्य विहार भी इसी प्रकार की माँग करने लग जाते। महाबोधी सोसाइटी ने विश्व हिंदू परिषद् के अशोक सिंघलजी और तत्कालीन शिक्षा और संस्कृति मंत्री, डॉ. मुरली मनोहर जोशीजी के माध्यम से दबाव डाला था, जो श्रीलंकाई सोसाइटी के मंदिर से सारनाथ के स्मारकों तक अलग से एक द्वार खोलने और समूह में प्रार्थना की अनुमति दिए जाने के पक्ष में थे। इस पहल का डॉ. आई.डी. द्विवेदी, डॉ. एस.के. शर्मा और डॉ. अजय श्रीवास्तव ने पुरजोर विरोध किया, जिसके बाद श्री जोशीजी ने

आई.ए.एस. और अतिरिक्त महानिदेशक श्री एस.बी. माथुर को इस स्थल का दौरा करने और एक सकारात्मक हल निकालने की जिम्मेदारी सौंपी।

इस समय तक श्री अशोक सिंघलजी स्वयं द्वार खुलवाने के लिए 4.7.99 में सारनाथ आ चुके थे। इस आंदोलन का नेतृत्व एक पुजारी श्री सुमेध थेरो द्वारा किया गया था, जो सारनाथ में ही रहते थे। अशोक सिंघलजी की मौजूदगी का इस्तेमाल करते हुए कलकत्ता में महाबोधी सोसाइटी के मुख्य पुजारी, रेवत थेरो और भंते सुमेध थेरो ने यह कहते हुए इस मामले को सांप्रदायिक रंग देने का प्रयास किया कि सारनाथ में सारी समस्याएँ इस कारण उत्पन्न हुई हैं, क्योंकि एक मुसलमान ने भारतीय पुरातत्त्व सर्वेक्षण के पटना सर्कल में प्रमुख के रूप में पदभार सँभाला है। अशोक सिंघलजी चाहते थे कि भा.पु.स. के जिन अधिकारियों ने उस द्वार को बंद किया है, उनके विरुद्ध कठोर काररवाई की जाए। बनारस हिंदू यूनिवर्सिटी के कुछ वरिष्ठ प्रोफेसर जैसे विदुला जायसवाल तथा अन्य ने अमर उजाला में 6.7.99 को एक प्रेस वक्तव्य देकर खुलकर हमारा समर्थन किया। सच्चाई का पता लगाने के लिए, माननीय मंत्री, डॉ. मुरली मनोहर जोशी ने श्री अजय सिंह को भेजा, जो संघ परिवार के करीब थे और जो बातचीत की कला में निपुण थे।

लंबी बातचीत के बाद जब भंते सुमेध यह समझ गए कि उन्हें कुछ भी हासिल नहीं होने वाला, तब उन्होंने श्री अजय सिंह और हमारे सामने यह कहा कि यदि वह सच में इस द्वार को खुलवाना चाहें तो प्रधानमंत्री कार्यालय से यह काम दो मिनट में करा सकते हैं। हमने भी बेधड़क उन्हें कह दिया कि वे इसे प्रधानमंत्री कार्यालय से करा लें, ताकि हम भी अपनी जवाबदेही से मुक्त हो जाएँ। श्री अजय सिंह ने भंते सुमेध की बात का कोई जवाब नहीं दिया, क्योंकि वह इस समय तक समझ चुके थे कि भा.पु.स. की दलील सही है। कुछ दिनों बाद महाबोधी सोसाइटी उप प्रधानमंत्री, श्री आडवाणीजी को सारनाथ बुलाने में सफल हो गई। वे स्मारक के प्रांगण में नहीं आए। महाबोधी सोसाइटी मंदिर से उस द्वार की तरफ देखते हुए उन्होंने बस इतना कहा कि कश्मीर जाना आसान है, लेकिन सारनाथ के स्मारकों तक जाना

कठिन है। लेकिन उन्होंने न तो दखल दिया न ही कोई निर्देश जारी किया। हम अपने निर्णय पर कायम रहे।

चूँकि आधिकारिक रूप से श्री एस.बी. माथुर और निजी तौर पर पेश सारी रिपोर्ट भा.पु.स. के रुख के पक्ष में थीं, इसलिए, पहले महाबोधी सोसाइटी के लिए नरम रुख रखनेवाले, श्री मुरली मनोहर जोशीजी ने अपना विचार बदल लिया और भा.पु.स. के पक्ष में आ गए। भा.पु.स. के दृष्टिकोण से अलग अन्य किसी भी निर्णय का परिणाम अन्य समुदायों की ओर से इन निर्गुण स्मारकों में पूजा, नमाज और प्रार्थना के दरवाजे खोलने की माँग के रूप में सामने आ सकते थे। जब यह पूरा प्रकरण समाप्त हो गया, तब डॉ. मुरली मनोहर जोशी ने श्री एस.बी. माथुर से कहा, "आप इतने दमदार नोट्स लिखते हैं कि मैं आपकी दलीलों से परे जा ही नहीं सका।" डॉ. जोशी ने आधिकारिक रूप से अपना समर्थन श्रीलंकाई महोबोधी सोसाइटी से वापस ले लिया।

यह मुद्दा एक बार ठंडा पड़ गया, तब मैंने श्री अजय सिंह को पूरे प्रकरण की याद दिलाते हुए पत्र लिखा और इस मामले को हल करने में उनकी निर्णायक भूमिका का वर्णन किया। पत्र में लिखा था, "मुझे यह विषय आपके संज्ञान में लाने के लिए विविश होना पड़ा, क्योंकि श्री अशोक सिंघलजी इसमें कूद पड़े थे, जबकि उनके मन में यदि देशहित सर्वोपरि था तो उन्हें ऐसा नहीं करना चाहिए था। वी.एच.पी. का हित देश का सर्वोच्च हित नहीं था और फिर पुजारी, श्री सुमेध ने उन्हें यह बता दिया था कि धमेख स्तूप में सामूहिक प्रार्थना पर एक मुस्लिम ने रोक लगा दी थी। स्वाभाविक रूप से सिंघलजी इस मुस्लिम से नाराज थे। (यह विश्वस्त रूप से ज्ञात है)।"

"मैं इस प्रकार की सांप्रदायिकता के विरुद्ध अपना घोर विरोध दर्ज कराता हूँ और मैं सुमेध, जो एक विदेशी है या वी.एच.पी. से सेकुलर सर्टिफिकेट लेना में जरा भी दिलचस्पी नहीं रखता हूँ।" इस पत्र की एक प्रति श्री अशोक सिंघलजी को भी दिल्ली स्थित वी.एच.पी. के मुखयालय भेजी गई, ताकि वे भी इस मुद्दे की संवेदनशीलता का एहसास कर सकें, जिसमें सगुण और निर्गुण स्मारक शामिल थे।

भा.पु.स. के तत्कालीन महानिदेशक और आई.ए.एस. अधिकारी, अजय शंकर को जब यह पता चला कि मैंने अशोक सिंघलजी को अपने पत्र की प्रति भेज दी है, तो वे मुझ पर आग-बबूला हो गए। उन्होंने मुझे फोन किया और कड़ी फटकार लगाई। फिर बोले, ''एक बार जब तुम्हारी बात मान ली गई और वे पीछे हट गए तो भी वी.एच.पी. अध्यक्ष को चिट्ठी लिखने की क्या जरूरत थी।'' राजनीतिक रूप से उनका कहना सही था इसलिए मैं चुप रह गया।

भंते सुमेध को जब कोई रियायत नहीं मिली, तब उन्होंने स्थानीय लोगों के एक समूह को नई टिकट प्रणाली के विरुद्ध सारनाथ स्मारक के सामने धरना देने के लिए भड़काया। गेट के बाहर प्रदर्शनकारी भारतीय पुरातत्त्व सर्वेक्षण के विरुद्ध नारेबाजी और हंगामा कर रहे थे। डॉ. अजय श्रीवास्तव, जो ऐसे कई प्रदर्शनों का सामना कर चुके थे, मेरे पास आए और कहा कि मैं दफ्तर में बैठूँ, जो धरना स्थल से महज पाँच मीटर की दूरी पर था, जबकि वे प्रदर्शनकारियों से निपटेंगे। डॉ. श्रीवास्तव एक बेहद साहसी अधिकारी थे और उनके संबंध पुलिस और आम जनता से अच्छे थे। वे धरना स्थल से महज दस मीटर की दूरी पर कुरसी लगाकर बैठ गए और स्पष्ट रूप से कहा कि वे नारेबाजी करें लेकिन स्मारक स्थल में प्रवेश न करें। कुछ देर तक नारे लगाने और औपचारिक भाषण देने के बाद प्रदर्शनकारी चले गए। मैंने इस स्थिति से शांति तथा सख्ती से निपटने के लिए डॉ. अजय को सलाम किया।

एक अन्य घटना में एक बार कुछ शरारती तत्त्वों ने सारनाथ के स्मारकों के सामने कुछ हिंदू देवी-देवताओं की मूर्तियाँ रख दीं। यह काम रात को तब किया गया जब मैं वहाँ के दौरे पर था। शरारती तत्त्व भा.पु.स. की प्रतिक्रिया जानने की कोशिश कर रहे थे। डॉ. एस.के. शर्मा और डॉ. अजय ने मिलकर उन्हें तत्काल मेरी मौजूदगी में हटवा दिया। समय पर हस्तक्षेप ने उस स्थल को बचा लिया और वह आज तक मुक्त है। □

ताज कॉरिडोर

ऐतिहासिक स्मारकों की आज की स्थिति बताने के लिए मैंने इस अध्याय को जोड़ दिया है। प्राचीनता को नष्ट किए बिना इन स्मारकों का संरक्षण और पुनर्निर्माण संभव है, परंतु वाणिज्यिक दृष्टि से इनको देखनेवालों से हम क्या कहेंगे? कभी ऐसे लोगों का विरोध भी हम नहीं कर सकेंगे। धनार्जन की कामना करनेवाले ऐसे षड्यंत्र करनेवालों से जुड़ने से सरकारी अफसरों को कई फायदे होते हैं।

उस समय मैं आगरा परिमंडल में अधीक्षण पुरातत्त्वविद् था। ताज के 500 मीटर तथा आगरा किले के 300 मीटर के अंतर्गत नियम के अनुसार किसी भी प्रकार का निर्माण कार्य नहीं कराया जा सकता। किंतु इसका उल्लंघन करके उत्तर प्रदेश की तत्कालीन मुख्यमंत्री सुश्री मायावती के कुछ अफसरों ने ताजमहल और आगरा किले के बीच 200 से अधिक व्यापार समुच्चय बनाने की योजना बनाई। इसके लिए भारतीय पुरातत्त्व सर्वेक्षण की अनुमति आवश्यक थी। अनुमति देने का अधिकार भा.पु.स. को है। नियम के विरुद्ध होने से भा.पु.स. से अनुमति प्राप्त नहीं होगी, सोचकर लिखित रूप से मेरे पास कुछ भी नहीं पहुँचा। औपचारिक रूप से मात्र एक बैठक बुलाई गई। बैठक के अनुसार विस्तृत परियोजना रिपोर्ट (Detailed Project Report—DPR) हमें प्रस्तुत करनी थी; लेकिन ऐसा हुआ नहीं। किसी भी सूचना के बिना दुकान के निर्माण के लिए जमीन समतल करने का काम शुरू हो गया। मैंने उच्च अधिकारियों से शिकायत की। यह परियोजना अगर साकार

हो जाएगी तो ताजमहल की भावनात्मकता को क्षति पहुँचाएगी। अपने ही बेटे का कैदी बनकर आगरा किले के मुसम्मम बुर्ज में बैठकर अनश्वर प्रेम के इस प्रतीक ताज को देखकर शाहजहाँ ने अपना प्राण त्याग दिए थे। इस तरह के भावनात्मक स्थल पर वाणिज्यिक भवन उभरेगा तो? इसकी कल्पना भी नहीं की जा सकती। मौखिक शिकायतों पर काररवाई न होने पर मैंने आयुक्त को पत्र लिखा। उन्होंने बैठक बुलाई। कुछ काररवाई न करने पर ताज कॉरिडोर के प्रभारी उत्तर प्रदेश राज्य प्रदूषण नियंत्रण विभाग के कर्मचारियों को आयुक्त ने काफी डाँट पिलाई। भारतीय पुरातत्त्व सर्वेक्षण तथा अन्य अभिकरणों की अनुमति के बिना जमीन समतल करने के काम की आलोचना की।

किंतु बाद में उत्तर मिला कि राजधानी लखनऊ से प्राप्त निर्देशों के अनुसार सब कार्य चल रहे थे। इस पर आयुक्त ने उत्तर प्रदेश के प्रदूषण सचिव से दूरभाष पर बात की। सचिव की बात सुनने पर आयुक्त स्तब्ध रह गए। मुख्यमंत्री का ड्रीम प्रोजेक्ट है और उसको अमल में लाना है। फिर उच्च न्यायालय द्वारा गठित विशेषज्ञ समिति के सामने भी मैंने विरोध प्रकट किया। मेरी टिप्पणियों को रिपोर्ट में शामिल करने को मैंने कहा, अन्यथा अन्य अधिकारियों की तरह मेरे ऊपर भी काररवाई होनी थी। इस मामले पर तीन बार मुझे केंद्रीय अन्वेषण ब्यूरो के कार्यालय में जाना पड़ा।

मेरे द्वारा लिखे गए पत्रों और अन्य कार्यों के आधार पर मीडिया ने समाचार प्रकाशित किए। इससे ताज कॉरिडोर परियोजना राष्ट्रीय स्तर पर खबरों में आ गई। तुरंत ही तत्कालीन केंद्रीय संस्कृति मंत्री श्री जगमोहन ने इस मामले में हस्तक्षेप किया। कुछ लोगों ने उच्च न्यायालय में मुकदमा भी दायर किया। मुख्य सचिव डी.एस. बग्गा सहित चार सचिवों का निलंबन हुआ।

अपने अधीन कर्मचारियों पर आरोप लगाकर मैं बच सकता था; परंतु यह मेरी प्रकृति और रीति के खिलाफ था। उच्च न्यायालय द्वारा गठित विशेषज्ञ समिति की बैठक में मेरी बातों को कार्यवृत्त में शामिल किया गया था। कार्यवृत्त को उद्‍धृत करके मैंने एक अच्छा उत्तर भेजा। कार्यवृत्त के बल पर मैं शायद बच सकता था; परंतु बलात् जमीन समतल करने के संबंध

में मुझे रिपोर्ट न करनेवाले कर्मचारियों पर काररवाई हो सकती थी। उनको बचाने के लिए भी मैंने एक उपाय ढूँढ़ा। मेरे ही निर्देश के अनुसार अधीनस्थ कर्मचारियों ने जमीन समतलीकरण की रिपोर्ट मुझे नहीं भेजी। अगर किसी के प्रति काररवाई करनी है तो पहले मेरे प्रति होनी चाहिए। मेरे इस उत्तर को पढ़कर एक उच्च अधिकारी डॉ. के.पी. पुनाचा ने मुझे कहा कि यह अत्यंत खतरनाक रवैया है। "आपके बच जाने से दूसरों को आप बचा सकते हैं, इसलिए और लोगों को भी इसमें शामिल करना अच्छा है।" उन्होंने मुझे सलाह दी। परंतु मैं इसके लिए सहमत नहीं था। जवाबी पत्र के साथ मैं सीधे मंत्रालय गया। पत्र पढ़ने के बाद संस्कृति मंत्री जगमोहनजी ने मुझसे पूछा, "आर यू श्योर?"

"हाँ सर!" मैंने उत्तर दिया। मेरे निलंबन के लिए फिर कुछ लोगों ने कोशिश की। लेकिन जगमोहन जी माने नहीं।

'आज तक' चैनल से हुए एक साक्षात्कार में उत्तर प्रदेश की तत्कालीन मुख्यमंत्री मायावती ने दो बार पूछा कि ताज के प्रभारी पुरातत्त्व अधिकारी के खिलाफ काररवाई क्यों नहीं की गई? बाद में इसी ताज मामले पर भाजपा और मायावती का संयुक्त मंत्रिमंडल गिर गया। यह समाचार टी.वी. में फ्लैश होते समय मैं मंत्री जगमोहनजी के कमरे में बैठा था। समाचार देखकर वे अर्थपूर्ण ढंग से मुसकराए। उस समय श्री जगमोहन संस्कृति और पर्यटन दोनों मंत्रालय देखते थे। जिन राजनीतिक नेताओं से मेरा संबंध है, उनमें श्री जगमोहन को मैं सर्वश्रेष्ठ राजनेता मानता हूँ। दिल्ली का आज का सुंदर चेहरा उन्हीं की देन है। जामा मस्जिद के चारों ओर की गंदगी स्लम और छोटी-छोटी दुकानों को हटाकर शुद्धीकरण कर दिया। जिनको हटाया गया, उन सभी को दुकानें भी दी गईं। पहले जिन लोगों ने उन्हें मुस्लिम-विरोधी कहा था, बाद में उन्होंने उनके 'स्वच्छता अभियान' को देखकर सराहना की। राष्ट्र का उन्नयन ही उनका एकमात्र लक्ष्य था। भाजपा मंत्रिमंडल में उन्होंने पहले शहरी विकास मंत्रालय का कार्यभार सँभाला था। तुगलकाबाद में उनकी काररवाई पर सभी राजनीतिक दलों के लोगों ने उनके खिलाफ आवाज उठाई। किंतु श्री जगमोहन

ने राजनीतिक दलों के हितों को न मानकर देश के हित में काम किया। हर मामले में उनका सीधा हस्तक्षेप होता था। वोट नष्ट हो जाने के भय से बाद में भाजपा ने उनको शहरी विकास मंत्रालय से बदलकर संस्कृति और पर्यटन मंत्रालय में भेजा। शासक लोग अकसर संस्कृति को राजनीतिक फायदे के लिए उपयोग करते हैं। हमारी सांस्कृतिक विरासत का संरक्षण और सांस्कृतिक दृष्टि से महत्त्वपूर्ण स्थानों को सुरक्षित रखने में बहुत कम शासक वर्ग को रुचि है। उन कम नेताओं में एक हैं श्री जगमोहनजी।

अपने स्वार्थ के लिए हिंदू एवं मुसलमान गुट ताज का इस्तेमाल करते हैं। कुछ हिंदू गुटों ने ताज के पीछे के भाग में स्थित मंदिर को बलात् विकसित करने की कोशिश की। मैंने उस समय जिला प्रशासन की मदद से बुलडोजर का उपयोग करके अनधिकृत रूप से बनाए गए मंदिर के भागों को हटाया। झगड़ा व संघर्ष न होने के लिए जिला प्रशासन और पुलिस की मौजूदगी में यह सब किया। केंद्र में भाजपा के शासन करते समय आगरा परिमंडल के भारतीय पुरातत्त्व सर्वेक्षण के अधिकारी ने मंदिर हटाया। इसके विरोध में आगरा में विश्व हिंदू परिषद् ने मेरा पुतला जलाया। उसके पहले वि.हि.प. ने मुझ पर आक्रमण की पद्धति अपनाई थी। आक्रमणकारी लोगों के मेरे कार्यालय में आने के पाँच मिनट पहले मैं सरकारी काम के लिए बाहर गया था। इसलिए मैं बच गया। उन्होंने कार्यालय का फर्नीचर आदि सब नष्ट कर दिया। इस खबर को सुनकर आर.एस.एस. नेतृत्व ने वि.हि.प. कार्यकर्ताओं को फटकार लगाई।

मुस्लिम लीग के सांसद श्री बनातवाला एक बार एक संसदीय समिति के सदस्य के रूप में आगरा में आए। करीब 10 अन्य सांसद भी उनके साथ थे। उनके सभी सवालों का संतोषजनक उत्तर देना अधीक्षण पुरातत्त्वविद् के रूप में मेरा दायित्व था। समिति में अध्यक्ष श्री अशोक प्रधान जी शिवसेना पार्टी के थे। बनातवाला बहुत वरिष्ठ होने से अन्य सदस्य उनका आदर करते थे। उन्होंने यह सवाल पूछा कि ऐतिहासिक स्मारकों के लिए खर्च की गई राशि में से कितनी राशि केंद्र ने मध्यकाल के मुगल ऐतिहासिक स्मारकों के लिए खर्च की है ? सवाल का आशय स्पष्ट था।

मैंने यूँ उत्तर दिया, ''आगरा परिमंडल के अधीन उत्तर प्रदेश के ही नहीं, उत्तरांचल के कुछ स्मारक भी शामिल हैं। वहाँ बहुत सारे जीर्ण-शीर्ण मंदिर समूह हैं। उनमें कई दूर-दूर के गाँवों में पहाड़ों में हैं। पर्याप्त मात्रा में विशेषज्ञ न होने से और वहाँ पहुँचना मुश्किल होने से स्वीकृत राशि का 90 प्रतिशत मध्यकाल के आगरा के स्मारकों के लिए खर्च करने के लिए हम मजबूर हो गए हैं।'' उस समय अशोक प्रधान जी मुझे देखकर मुसकराए। बाद में ताज के पीछे के मंदिर के विकास के प्रयास को बुलडोजर से ढहाए जाने के संबंध में जानकारी मिलने से बनातवाला ने इस प्रकार कहा, ''केंद्र में भाजपा के शासन करते समय किया हुआ मंदिर विस्तार को तोड़ना और बिहार के सासाराम में मंदिर निर्माण बंद करवाना आदि बड़े साहसी ही कर सकते हैं। आज के समय में कोई इसके लिए तैयार नहीं होता है।''

उनको यह मालूम नहीं था कि मैं केरल निवासी हूँ। उनके विचार में मैं उत्तर प्रदेश के मुरादाबाद, सहारनपुर जैसे प्रदेश का एक मुहम्मद था। संसदीय समिति के तीन दिन के कार्यक्रम समाप्त होकर सबके प्रशंसा का पात्र बनने के बाद मैंने बनातवाला से कहा कि मैं केरल के कालिकट जिले का निवासी हूँ। उस समय उन्होंने कहा कि आपकी उर्दू-हिंदी सुनने से पहचान नहीं हो पाई कि आप मलयाली हैं। मैंने कहा कि मैंने अलीगढ़ मुस्लिम विश्वविद्यालय से पढ़ाई की है।

इससे पहले, आगरा में पर्यटक शाहजहाँ के शयनकक्ष तक जाते थे, जहाँ उसने ताजमहल को देखते हुए अंतिम साँसें ली थीं। इसी तरह दीवान-ए-खास तक भी सभी जा सकते थे। इन दोनों के ढाँचों में सबसे नाजुक और बेशकीमती कलमकारी की गई है। कुछ पर्यटक उस कलमकारी को निकालकर और उन्हें कुरेदकर तोड़-फोड़ दिया करते थे। दुनिया में कहीं भी महान् हस्तियों के शयनकक्ष तक आम लोगों को इतनी आसानी से आने-जाने नहीं दिया जाता है। यहाँ तक कि इलाहाबाद स्थित, आनंद भवन में भी, पंडित जवाहरलाल नेहरू का शयनकक्ष सिर्फ बाहर से ही देखा जा सकता है। लंबी चर्चा के बाद, यह तय किया गया कि लोगों की पहुँच को एक उचित सौंदर्य वाली

चेन के बाड़े से रोका जाए, ताकि वे अंदर जाने की बजाए बाहर से ही उसे देख सकें। आगरा में मेरे कुछ करीबी मित्रों, जैसे श्री अभिनव जैन, विवेक जैन, एस.के. शर्मा और एम.सी. शर्मा आदि ने मुझे इसके गंभीर परिणामों के बारे में आगाह किया था। लेकिन मेरा विचार था कि जो बात स्मारक के सर्वोच्च हित में होती है, वह पर्यटकों के सबसे अच्छे हित में नहीं हो सकती है और स्मारक के संरक्षण को ही प्राथमिकता दी जानी चाहिए। इसलिए एक सोचा-समझा जोखिम लिया गया और असुरक्षित तथा संवेदनशील जगहों पर बैरिकेड लगाए गए, ताकि पर्यटक सशरीर अंदर दाखिल हुए बिना या छुए बिना ही उसे देख सकें।

जल्दी ही हाय-तौबा मच गई। आगरा के लोग, पर्यटन उद्योग और गाइड संघ मेरे फैसले से परेशान हो गया, क्योंकि उन्हें शाहजहाँ के शयनकक्ष से ताजमहल को देखने की आदत पड़ गई थी। इंडियन एक्सप्रेस में मोटी-मोटी हेडलाइन छप गई। आगरा के तत्कालीन सांसद, श्री राज बब्बर ने दखल दिया। जल्दी ही भारतीय पुरातत्त्व सर्वेक्षण और उस समय के माननीय मंत्री श्री जगमोहनजी से मेरे खिलाफ कई शिकायतें की गईं। जगमोहनजी ने जब मेरे कदम के बारे में पूछा तो मैंने अपना पक्ष विस्तार से रखा, लेकिन यह नहीं कहा कि आगरा के स्मारकों को लेकर उठाया गया मेरा कदम 'फ्रोजन टरबुलेंस' था, जो उनकी ओर से कश्मीर में उठाए गए कदम की ओर एक इशारा था, जिस पर उनकी किताब 'माइ फ्रोजन टरबुलेंस' आधारित थी। बजरंग दल और वी.एच.पी. भी इस मामले में कूद पड़े और मेरे खिलाफ काररवाई का दबाव बनाया, क्योंकि मैंने ताजमहल के किनारे बने एक मंदिर के बढ़े हुए हिस्से को गिरा दिया था। इस मिली-जुली काररवाई के कारण मेरा तबादला समय से पहले ही आगरा से रायपुर कर दिया गया, जो छत्तीसगढ़ में बना नया सर्कल था, और जो मेरे लिए डिमोशन की तरह था।

□

दृष्टिकोण में सहृदयता

छत्तीसगढ़ में वर्ष 2002-03 में नई सरकार शासन में आई। आगरा से मेरा तबादला उस समय छत्तीसगढ़ में हुआ था। नया राज्य होने से मेरे लिए काम करने के लिए सुविधाएँ बिल्कुल नहीं थीं। वहाँ ऐतिहासिक स्मारकों के संरक्षण के लिए कुछ कदम नहीं उठाया गया था। मंदिर ज्यादातर जंगल के अंदर थे। वह सब नक्सल प्रभावित जगह थी। मैंने जब काम शुरू कर दिया, तब ऐतिहासिक स्मारकों में जो परिवर्तन आया, उसको मीडिया ने प्रकाशित किया। इससे आम जनता का ध्यान उनकी ओर गया। मेरे कार्यकाल में किसी भी काम को शुरू होने के पहले मेरा पहला काम जमीन को नापकर निर्धारित करना और दीवार बनाकर सुरक्षित करना रहा है। इसके बाद स्मारकों की मरम्मत शुरू करना होता है। सिरपुर नामक जगह में एक रुपया भी न देकर कई एकड़ जमीन का अधिग्रहण किया। छत्तीसगढ़ की ज्यादातर खुदाई डॉ. ए.के. शर्मा ने की। विपरीत परिस्थितियों में लड़कों का काम करना आसान नहीं था। लेकिन डॉ. ए.के. शर्मा अनेक चुनौतीपूर्ण स्थितियों का सामना करते रहे और छत्तीसगढ़ के विभिन्न हिस्सों में, विशेष रूप से सिरपुर में अनेक स्थानों पर उत्खनन का काम किया। यदि उन्होंने इन स्थानों पर उत्खनन नहीं किया होता तो मेरे लिए उन्हें संरक्षित करना संभव नहीं होता। सिरपुर में उत्खनन का पूरा श्रेय डॉ. शर्मा को जाता है। पुरातत्त्व में उनके बहुमूल्य कार्य के लिए, डॉ. शर्मा को वर्ष 2016-17 में पद्मश्री से सम्मानित किया गया है।

अपने कार्यकाल में जो काम मैंने वहाँ किया, शायद उसके फलस्वरूप

यह जगह आज छत्तीसगढ़ के सबसे बड़े पर्यटन केंद्र के रूप में बदल गई। इस जगह ने 'विश्व विरासत सूची' के अस्थायी सूची में स्थान भी ग्रहण किया। आज के बाजार में करोड़ों रुपए कीमतवाली जमीन को भा.पु.स. के अधीन करके उत्खनन का काम किया। नवीकरण के बाद लोगों का ध्यान आकर्षित करने के लिए कई जगहों पर बोर्ड भी लगवाए गए। एक बोर्ड पर लिखवाया था—'1300 साल पहले सिरपुर देखने के लिए ह्वेनसांग चीन से पैदल यहाँ आए थे। आप किसका इंतजार कर रहे हैं ?' इस तरह की पंक्तियों ने आम जनता तथा अधिकारियों को आकर्षित किया। युवा पुरातत्वविद जैसे डॉ. अनिल तिवारी, डॉ. नवरत्न कुमार पाठक, डॉ. शिवकांत वाजपेयी ने असाधारण प्रयास कर इन सभी सांस्कृतिक विरासतों को सजाया और सँवारा। प्रदेश के संस्कृति मंत्री बृजमोहन अग्रवाल और छत्तीसगढ़ के राज्यपाल ने हमारी काफी मदद की। मेरी सभी माँगों की उन्होंने पूर्ति की।

जगदलपुर के जंगल के अंदर का सांलूर नक्सल गतिविधियों का केंद्र था। दंतेवाड़ा इसके पास है। यहाँ से सांलूर के शिव मंदिर की दूरी 8 कि.मी. है। सरकार का ध्यान सांलूर मंदिर की ओर नहीं गया था। ऐसी जगह में पुनर्निर्माण का काम जब शुरू हो गया, तब लोग स्तब्ध हो गए। एक भी सरकारी अफसर वहाँ जाने के लिए तैयार नहीं था। एक दिन मैं अपने सहकर्मियों के साथ वहाँ पहुँचा तो नक्सली लोगों ने हमें घेर लिये। संख्या में हम कम थे। मेरे साथ वाई. पी. ठाकुर, सुखदेव, नीरज तिवारी, कांट्रेक्टर बघेल, सुधीर झा और पंकज झा भी थे। छत्तीसगढ़ का मेरा पता और केरल का मेरा पता दोनों उन्होंने ले लिया था। नक्सलवादियों का सूचना-तंत्र इतना विशाल है कि हर प्रदेश में उनका अपना आदमी होता है। मैंने उन लोगों से कहा, ''लगभग एक हजार साल के बाद कुछ इन भग्नप्राय मंदिरों के पुनर्निर्माण के लिए आया हूँ। इन मंदिरों के भक्तगण यहाँ के साधारण आदिवासी लोग हैं। यदि आप लोग इसे रोकते हैं तो हम निर्माण बंद करेंगे। अन्य जगहों के स्मारकों के निर्माण के लिए इस पैसे को खर्च करेंगे।'' मैंने आगे यह भी कहा, ''निर्माण कार्य में लगे हुए श्रमिक यहाँ के हैं। उन्हें सरकार द्वारा निर्धारित वेतन दिया जाता है। किसी भी प्रकार

का शोषण नहीं है। कुछ अधिकारी आदिवासियों को उनका पूरा वेतन नहीं देते हैं; लेकिन हम पूरा वेतन देते हैं। पत्थर और सीमेंट में मिलावट नहीं करवाते हैं।'' मैंने उनसे यह भी कहा, ''यह सब आपकी भलाई के लिए है।''

उन्होंने सब सुन लिया और उनके मुहीम को आगे चलाने के लिए डोनेशन की माँग की। मुझे मालूम हो गया कि उनकी माँग छोटी सी राशि के दान (Contribution) के लिए है। इस पर मैंने अपना मत व्यक्त कर दिया, ''छोटी सी राशि की माँग है तो मैं कोशिश करूँगा। माँग ज्यादा है तो मंदिर निर्माण के लिए दी गई राशि से लेना पड़ेगा।'' यह सुनते ही उन्होंने दस हजार रुपए माँगे। इस दस हजार रुपए के बदले में उन्होंने यह कहा, ''जब आंध्रा से उनके विरोधी नक्सल गिरोह यहाँ आएँगे तब वो हमें खबर करेंगे, और हमें कुछ दिन के लिए काम बंद करना पड़ेगा। उनके जाने के बाद सूचना देने के बाद ही काम दोबारा शुरू करना है।'' इस समझौते पर काम आगे बढ़ा। छत्तीसगढ़ के कई क्षेत्र नक्सलियों के अड्डे हैं। हमारे प्रेमपूर्वक व्यवहार से सभी जगहों पर काम पूरा हो सका। चाहे लोग जितने बुरे हों, आप अपने अच्छे व्यवहार से उनको ठीक कर सकते हैं, इससे मैंने यही सीखा है। आदिवासी क्षेत्र के कल्याण के लिए सरकार भारी मात्रा में धन का आवंटन करती है, परंतु रुपए उनके पास पहुँचते नहीं हैं। कुछ अधिकारी और राजनीति से जुड़े लोग इसको हड़पते हैं। ऐसे इलाकों में काम करनेवाले सरकारी अधिकारी सामाजिक प्रतिबद्धता से सेवा करने से ही नक्सलवादियों को सही रास्ता दिखा सकते हैं। उनको करीब से जानने से यह मालूम हो जाएगा कि गलती नक्सलियों की नहीं है, समाज की है; परंतु उनकी आक्रमणकारी राजनीति निंदनीय है।

ऐसे नक्सल प्रभावित इलाकों में सरकार को डॉ. बिनायक सेन, प्रो. साईं बाबा, सलमान रवि, मालिनी सुब्रह्मण्यम जैसे सामाजिक रूप से प्रतिबद्ध लोगों की मदद से सामाजिक उत्थान तथा कल्याणकारी कार्यों को चलाना चाहिए। उन्हें विभिन्न मामलों में फँसाने की बजाय, उनके प्रभाव, सच्चाई और समर्पण का प्रयोग नक्सल प्रभावित इलाकों में कल्याणकारी उपायों के लिए किया जाना चाहिए।

देखने में नक्सलवादियों को पहचानना मुश्किल है। उनकी वेशभूषा आम लोगों के जैसी होती है। उत्तर भारत के जंगलों में स्वच्छंद विहार करनेवाले डाकुओं को हम आसानी से पहचान सकते हैं। वे पुलिस और सैनिक वेश में होते हैं। प्रदेशवासियों को धमकी देकर लूटना उनकी शैली है। नक्सलवादी पहले धमकी देकर हमें बंदी बनाकर सौदा करते हैं। ग्रामीणों और आदिवासियों के बीच वे रहते हैं। सामाजिक शोषण को बंद करना उनका लक्ष्य है।

छत्तीसगढ़ में कार्य करने के दौरान एक दिन मैं पहाड़ के ऊपर लाफागढ़ मंदिर देखने के लिए गया। मंदिर की हालत अत्यंत दयनीय थी। वह लगभग गिरने की स्थिति में था। मंदिर के पुजारी पांडेजी ने मुझसे पूछा, ''सर, कुछ कर सकते हैं क्या?''

मैंने खेद के साथ अपनी असमर्थता व्यक्त की। छत्तीसगढ़ नया परिमंडल है। अनुभव-संपन्न श्रमिक नहीं हैं। अनुभव-संपन्न श्रमिक सब भोपाल में हैं। सबकुछ शून्य से शुरू करना है। भोपाल और आस-पास में कई मंदिरों में काम चल रहा है। इसलिए माँगने पर भी उनका मिलना मुश्किल है। मैंने पांडेजी को इससे अवगत कराने की कोशिश की। उस समय पांडेजी का आत्मगत मैंने सुना, ''सबके लिए भगवान् कोई रास्ता दिखाएगा।'' पांडेजी के साथ चायपान के बाद हमने विदा ली। उसी समय मेरे साथ मंडल प्रभारी बी.बी. सुखदेव और बघेल भी थे।

उसी रात मैंने एक सपना देखा। सपने में प्रत्यक्ष होकर भगवान् शंकर ने मुझसे कहा, ''मेरा मंदिर गिरने वाला है, जाकर उसकी मरम्मत करो।''

मैंने उत्तर दिया, ''मैं क्या करूँ? इसके लिए कुशल श्रमिक नहीं हैं। वे भोपाल में हैं।''

''उसके लिए मैं अवसर बनाऊँगा।'' भगवान् ने कहा।

इतने में मेरी नींद टूट गई। वास्तव में सपने के बारे में मैं ज्यादा चिंतित नहीं था। मैं उसको भूल गया। अगले दिन सवेरे 11.30 बजे मुझे एक फैक्स संदेश मिला। मुझे भोपाल और छत्तीसगढ़ दोनों परिमंडल के प्रभारी के रूप में नियुक्त किया गया। उसी समय मैंने पिछले दिन के सपने को याद किया।

नास्तिक न होने पर भी तर्कसंगत विचार रखनेवाले मेरे लिए यह कैसे संभव हुआ ? उसका उत्तर अभी तक मुझे नहीं मिला।

बारहवीं सदी के प्रसिद्ध ईसाई संत फ्रांसिस असीसी को इस तरह का एक स्वप्न-दर्शन हुआ था। वहाँ ईसा-मसीह ने उनको बुलाया था, "Fransis, my temple is falling down. go and repair it." सेंट फ्रांसिस को मैं हमेशा उद्धृत करता हूँ। मैं उनको बहुत मानता हूँ। उनका जीवन-वृत्त गौतम बुद्ध की याद दिलानेवाला है। मैं पुराने गोवा में सेंट फ्रांसिसं गिरजाघर के एक भाग में रहता था। शायद फ्रांसिस का प्रभाव मेरे अबोध मन में शिव भगवान् के रूप में प्रत्यक्ष हुआ होगा। अपने सपने को तर्कसंगत करने की मैंने कोशिश की।

लाफागढ़ के गिरनेवाले भग्नप्राय उस मंदिर को एक साल के अंदर जीर्णोद्धार करके सुंदर बनाया गया। आज भगवान् शंकर के दर्शन के लिए कई लोग पहाड़ पर चढ़ते हैं। पांडेजी ने भी एक सपने की कहानी सुनाई। मेरे लाफागढ़ में मंदिर के जीर्णोद्धार के लिए पहुँचने के एक दिन पहले उन्होंने भी एक सपना देखा था। मंदिर संरक्षण के लिए एक कामयाब अफसर आ रहे हैं। फिर हँसकर उन्होंने कहा कि वह एक मुस्लिम अफसर होगा, यह कभी सोचा नहीं था। उसके बाद हर शिवरात्रि को पांडेजी मुझे फोन करते थे। बाद में आए पुरातत्त्व अधिकारी व्यास, शास्त्री, मिश्रा—सब ब्राह्मण थे; परंतु पांडेजी का मुझसे जो हार्दिक संबंध था, वह शायद दूसरों से नहीं था।

□

वटेश्वर पूछता है, कौन डाकू है?

मेरा सौभाग्य है कि अपने सेवाकाल के दौरान मुझे सौ से ज्यादा मंदिरों के जीर्णोद्धार का अवसर प्राप्त हुआ। उनमें मध्य प्रदेश के वटेश्वर मंदिर समूहों का जीर्णोद्धार मेरे लिए सबसे सुखद है। वर्ष 2004 में भारतीय पुरातत्त्व सर्वेक्षण के छत्तीसगढ़ परिमंडल से दोनों राज्यों के प्रभारी बनाकर भोपाल में तबादला हुआ। वटेश्वर का काम तब संभव हुआ। एक अपरिचित प्रदेश में पहुँचने के पहले उस जगह के बारे में जानकारियाँ प्राप्त करना एक स्वाभाविक प्रक्रिया है, यह मेरी नौकरी की विशेषता नहीं है। ऐसी परिस्थिति में हर आदमी का ऐसा करना स्वाभाविक है। डाकुओं के विहार केंद्र चंबल का एक भाग यहाँ है। यहाँ भारतीय पुरातत्त्व सर्वेक्षण के अधीन मंदिर समूह और कई स्मारक हैं; परंतु डाकुओं के डर से कोई अधिकारी संरक्षण के लिए वहाँ जाने के लिए तैयार नहीं हुआ। यह सब सुनकर वास्तव में मैं डर गया।

भोपाल में जाकर मैंने कार्यभार ले लिया। एक हफ्ता बीत गया। चंबल के बीहड़ों के अंदर वटेश्वर मंदिर जाकर देखने का इरादा किया। जीर्णोद्धार का काम शुरू करना है। कंबोडिया के प्रसिद्ध अंकोरवाट मंदिर का छोटा सा रूप है वटेश्वर। ज्यादातर शिव मंदिर हैं। भा.पु.स. के अधीन यहाँ कई मंदिर हैं। मध्यकाल में आए भूकंप में लगभग सब क्षतिग्रस्त हो गए। डाकुओं के क्षेत्र में इसके जीर्णोद्धार के लिए कोई आसानी से तैयार नहीं होता था। वहाँ के हालात अत्यंत नाजुक थे। फिर भी, मेरी आत्मा से पुकार आई कि हर कीमत पर इसका जीर्णोद्धार करना है। डाकुओं से बात करने को एक मध्यस्थ मिल गया। उनके माध्यम से डाकुओं से बात हुई। नष्ट हुए मंदिरों के पुनर्निर्माण की क्या आवश्यकता है तथा मंदिर निर्माण से एक मुसलमान का क्या तात्पर्य

है ? डाकुओं ने मुख्य रूप से ये दो सवाल उठाए। उनसे तर्क करने से कुछ फायदा नहीं, इसलिए मामले की गंभीरता से उन्हें अवगत कराने की कोशिश की। उनकी शंकाओं को दूर करके अनुमति मिलने में चार महीने लग गए। मध्यस्थ के जरिए निर्धारित समय में वटेश्वर की यात्रा शुरू की। भोपाल से ग्वालियर तक रेल मार्ग से, फिर कई गाँव पार करके अंत में वटेश्वर पहुँचा। वहाँ ले जाने में सबसे ज्यादा हिम्मत दिखाई, ग्वालियर रेंज के ऑफिसर डॉ. अच्युतानंद झा उनके साथ डॉ. एस.एस. गुप्ता, डॉ. ए.के. पांडेय, के.एम. सक्सेना एवं शशिकांत राठौर भी थे। हम लोग वहाँ का जायजा लेना शुरू कर दिया। मंदिरों के अवशेष, पत्थर आदि इधर-उधर बिखरे हुए थे। उस पर चढ़कर बिखरे हुए पत्थरों का हमारी टीम ने सूक्ष्म निरीक्षण किया। उसके बाद डाकुओं की अनुमति से चार मंदिरों और प्रवेशद्वार के पुनर्निर्माण का काम शुरू कर दिया। बिखरे हुए पत्थरों को समेटकर काम शुरू होने पर शायद बड़ेश्वर में संभावित परिवर्तन डाकुओं को मालूम हुआ होगा। उनकी सहायता से फिर निर्माण कार्य जारी रखा गया।

इसी बीच डाकुओं के सरदार निर्भय गुज्जर ने मुझसे सीधे बात करने का आग्रह किया। मुझे उस पर पूरा यकीन नहीं था, इसलिए मैंने बात करने से बचने की कोशिश की। शायद यह जानकारी उसे मिली होगी। एक दिन नष्ट हो गए मंदिरों के अवशेष का मैं निरीक्षण कर रहा था, तभी एक आदमी के उस अवशेष में खड़े होकर बीड़ी पीने का दृश्य मैंने देखा।

यह देखकर मैं नाराज हो गया और मैंने पूछा, "यहाँ बीड़ी पीने में आपको शर्म नहीं आती ? आपको मालूम नहीं है कि यह एक पवित्र स्थान है ?"

उसने अवज्ञा के साथ मुझे देखा। जहाँ खड़े होकर वह बीड़ी पी रहा था, वह स्थान यहाँ का सबसे प्रमुख मंदिर था। मैंने ऊँची आवाज में अपनी बातें दोहराईं। यह सुनकर हमारे मध्यस्थ रामगोपाल वर्मा ने दूर से भागकर आकर मेरा हाथ पकड़कर कहा, "सर, उनसे कुछ नहीं कहना।" मेरे साथ वरिष्ठ संरक्षण सहायक के.एम. सक्सेना, सहायक पुरातत्ववेत्ता श्री शशिकांत राठौर, राम गोपाल, ओम प्रकाश नरवरिया, जसवंत सिंह गुर्जर, हुकुम चंद और सुंदरलाल जैसे लोग भी थे।

खुदाई से पूर्व 'इबादतखाना'।

IBADAT KHANA (Hall of interreligious discussions)
EXCAVATED STRUCTURE

IBADAT KHANA when the full mound was excavated. Compare numbers 1,2,3,4,5,6,7,8 with similar numbers in the IbadatKhana painting. No. 1 Excavated boundary wall, No.2. Step to the platform, No.3. Lowermost platform, No.4. Middle platform, No.5. Top platform, No.6. Antichamber, No.7. Arches, No.8 Dome.

PAINTING OF IBADAT KHANA
(Hall of interreligious discussions)

No. 1. Boundary wall, No.2 Step, No.3. Lowermost platform, No.4 Middle platform, No.5 Top platform, No. 6 Door of anti chamber, No. 7 Arches, No. 8 Dome.

Emperor Akbar the Great is sitting on the top platform (No.5) The middle platform (No.4) is shared by Abul Fazal and Faizi in white dress and Father Rudolf Acquaviva from Italy and Fr. Monserrate from Spain in black dress. The lowermost platform (No.3) has been occupied by priests of other religions)

खुदाई और मुगल पेंटिंग के तुलनात्मक अध्ययन के बाद 'इबादतखाना'।

गोवा।

गोवा।

केसरिया स्तूप (पहले)।

खुदाई के बाद केसरिया स्तूप।

ताज हेरिटेज कॉरिडोर; निर्माण-कार्य के लिए यमुना का पिछला हिस्सा समतल किया जा रहा है।

एक संसदीय कमेटी के साथ मुहम्मद, जिसकी अध्यक्षता श्री अशोक प्रधान और श्री बनत वाला द्वारा की गई।

संरक्षण-कार्य की शुरुआत से पूर्व बाटेश्वर मंदिर।

संरक्षण-कार्य से पूर्व बाटेश्वर मंदिर-क्षेत्र का एक और भाग।

संरक्षण और पुनर्निर्माण के बाद बाटेश्वर मंदिर।

अधीक्षण पुरातत्वविद्
भारतीय पुरातत्व सर्वेक्षण
भोपाल मण्डल,
जी.टी.बी. काम्पलेक्स, टी.टी.नगर,
भोपाल (म.प्र.) 462003

भारत सरकार
GOVERNMENT OF INDIA

प्रत्नकीर्तिमपावृणु

SUPERINTENDING ARCHAEOLOGIST
Archaeological Survey of India
Bhopal Circle
G.T.B. Complex, T.T. Nagar
Bhopal (M.P.) - 462 003
Ph.: (0755)-2558250(T-F), 2558270
E-Mail : asibpl@rediffmail.com

SPEED POST

क्रमांक-1/1/पी/ स्मा/केकेएम- 279 / भोपाल, दि0 15-10-2007

विषय- मध्यप्रदेश के मुरैना जिले में स्थित बटेश्वर, पढ़ावली एवं मितावली के प्राचीन मन्दिरों के आस पास जारी अवैध खनन के सम्बन्ध में।

आदरणीय महोदय,

उपरोक्त विषयांकित लेख है कि भारतीय पुरातत्व सर्वेक्षण द्वारा मध्यप्रदेश के मुरैना जिले में स्थित बटेश्वर, पढ़ावली एवं मितावली में संरक्षण से पूर्व इस क्षेत्र को देखने से ऐसा प्रतीत होता था कि यहाँ एक भयंकर जलजला आया होगा जो इन सैकड़ों मन्दिरों को तहस नहस कर गया। किन्तु यह विभाग 100 से ज्यादा प्राचीन मन्दिरों के बिखरे पड़े पुरावशेषों को एकत्र कर हजारों साल प्राचीन इन मन्दिरों का जीर्णोद्धार एवं ढांचागत संरक्षण कार्य करने में सफल हुआ है। इस कार्य में हमें डाकुओं से भी अप्रत्यक्ष रूप से सहायता मिली है क्योंकि उन्हीं के कारण इस अमूल्य धरोहर को तस्कर चुरा कर नहीं ले जा सके। हम अपना पूरा प्रयास कर रहे हैं कि इस क्षेत्र की प्राचीन पवित्रता एवं गौरव को फिर से पुर्नस्थापित कर सके। विभाग द्वारा वर्तमान में भी इन मन्दिरों का संरक्षण एवं विकास कार्य जारी है। विभाग द्वारा पिछले दो वर्षों में यहाँ किये गये कार्यों की एक सीडी आपके अवलोकन हेतु इस पत्र के साथ संलग्न कर प्रेषित की जा रही है।

यह पत्र मैं आपको इसलिए लिख रहा हूँ कि इस क्षेत्र में पूर्व में काफी अवैध खनन कार्य जारी था जिस पर विभाग द्वारा जिला प्रशासन एवं अन्य सम्बन्धितों से काफी मदद मांगी गई किन्तु केवल मध्यप्रदेश की तत्कालीन पर्यटन मंत्री श्रीमंत यशोधरा राजे सिंधिया (वर्तमान में सांसद सदस्य) द्वारा ही इस दिशा में महत्वपूर्ण सहयोग प्रदान किया गया और इस अवैध खनन कार्य को पूर्णतः रूकवा दिया गया था। यदि वे वर्तमान में मध्यप्रदेश शासन की संस्कृति या पर्यटन मंत्री होती तो इन अवैध खनन कर्ताओं द्वारा फिर से यह विनाश कार्य करने की हिम्मत नहीं जुटाई गई होती।

किन्तु हाल ही में इस कार्यालय को जानकारी प्राप्त हुई है कि इस क्षेत्र में अवैध विस्फोटक खनन कार्य पुनः प्रारंभ हो गया है। इन अवैध उत्खननकर्ताओं द्वारा पत्थर उत्खनन के लिये भारी मात्रा में विस्फोटक सामग्री का उपयोग किया जाता है और रात में कई बार चट्टानों में विस्फोट किया जाता है। इन विस्फोटों की वजह से भारी कंपन होता है जो इन प्राचीन मन्दिरों में दरारें उत्पन्न कर रहा है। इन अवैध खननकर्ताओं द्वारा इन मन्दिरों को जो क्षति पहुँचाई जा रही है वह हमें मोहम्मद गजनवी और औरंगजेब द्वारा भारतीय प्राचीन संस्कृति को पहुँचाई गई क्षति के समकक्ष ही प्रतीत होती है। जिस पर अंकुश लगाया जाना अति आवश्यक है। यदि इन अवैध खनन कार्यो पर तत्काल कार्यवाही कर अंकुश नहीं लगाया गया तो यह निश्चित है कि ये मन्दिर जिन्हें इतने प्रयासों के बाद पुर्नस्थापित/ संरक्षित किया गया है वे वापस उसी खण्डहर एवं छिन्न भिन्न अवस्था में पहुँच जायेंगे और इस क्षेत्र को एक महत्वपूर्ण पर्यटक स्थल के रूप में विकसित करने का हमारा प्रयास असफल हो जायेगा।

जैसा कि सर्व विदित है कि राष्ट्रीय स्वयं सेवक संघ, प्राचीन भारतीय संस्कृति की रक्षा एवं उसके विकास हेतु सदैव तत्पर रहती है पर यह बडे ही खेद की बात है कि मध्यप्रदेश में भारतीय जनता पार्टी का शासन होते हुये भी मुरैना जिले में इन अवैध खननकर्ताओं के कारण हजारों वर्ष प्राचीन इन सैकड़ों मन्दिरों की सुरक्षा व अस्तित्व खतरे में है।

क्रमशः 2

राष्ट्रीय स्वयंसेवक संघ के सरसंघचालक श्री सुदर्शनजी को खनन कंपनियों द्वारा बड़े पैमाने पर खनन-कार्य के संदर्भ में लिखे पत्र।

13 » राहुल द्रविड़ का संन्यास
06 » समाजवादी प्रासंगिकता का नया दौर

आईपीएस की हत्या

- बानमोर में ट्रैक्टर चालक ने कुचल डाला
- मुख्यमंत्री ने दिए न्यायिक जांच के आदेश
- कांग्रेस का 13 को प्रदेश बंद का आह्वान

माइनिंग लॉबी के पास एक युवा आई.पी.एस. अफसर की हत्या की प्रेस-रिपोर्ट।

अतिक्रमण अवशेषों को हटाने और संरक्षण से पहले अमरकंटक मंदिर समूह।

अतिक्रमण हटाने, संरक्षण करने और भू-निर्माण के बाद अमरकंटक मंदिरों का समूह।

संरक्षण से पूर्व भोजपुर का शिव मंदिर।

संरक्षण और पुनर्निर्माण के बाद भोजपुर मंदिर।

कुतुब मीनार के निकट स्थित योगमाया मंदिर से शेख बक्तियार काकी की दरगाह पर फूल लेकर जाना; एकता की ऐसी परंपरा, जो अभी भी एडवोकेट ऊषा कुमार द्वारा जिंदा रखी गई है।

श्री परवेज मुशर्रफ और श्रीमती शीबा के साथ मुहम्मद।

हुमायूँ के मकबरे में श्री बराक ओबामा और श्रीमती मिशेल ओबामा के साथ मुहम्मद।

सिरी फोर्ट के 'रेपलिका संग्रहालय' में एक अद्‌भुत पशुपति शिव मूरत।

संरक्षण से पूर्व सत्धारा स्तूप, मध्य प्रदेश।

संरक्षण के बाद सत्धारा स्तूप, मध्य प्रदेश।

साधनों के अभाव में दिल्ली की ऐतिहासिक इमारतों में चल रहे पाँच स्कूलों में से एक।

दिल्ली की विभिन्न ऐतिहासिक इमारतों में स्लम स्कूलों की शुरुआत के लिए 'सिटिजंस जर्नलिस्ट अवार्ड'।

हुमायूँ के मकबरे में गरीब बच्चों के साथ श्री बराक ओबामा और श्रीमती मिशेल ओबामा ।

काले पत्थर के स्तंभों का मसजिद में पुनःउपयोग यहाँ मसजिद से पहले मंदिर की उपस्थिति को दरशाता है। *(सौजन्य मीनाक्षी जैन)*

अयोध्या की खुदाई में निकले स्तंभ के लिए तैयार किया गया ईंटों का ढाँचा। *(सौजन्य मीनाक्षी जैन)*

मंदिर से अभिषेक-जल के बहाव के लिए इस्तेमाल की गई मकड़ा प्रणाली यहाँ बाबरी मसजिद से पहले मंदिर के होने का एक सशक्त प्रमाण है।

विश्नुहरी शिलाफलक *(सौजन्य मीनाक्षी जैन)*

राम जन्मभूमि की खुदाई में निकला एक अर्धगोलाकार मंदिर। *(सौजन्य मीनाक्षी जैन)*

एक संसदीय कमेटी के साथ मुहम्मद, जिसकी अगुआई श्री सीताराम येचुरी ने की।

दिल्ली की सबसे सक्रिय और सांस्कृतिक रूप से संवेदनशील पूर्व मुख्यमंत्री श्रीमती शीला दीक्षित के साथ मुहम्मद।

साँची स्तूप के संरक्षण और उसे पर्यटनानुकूल बनाने के लिए 'राष्ट्रीय पर्यटन पुरस्कार'।

लालकिले के संरक्षण एवं उसे पर्यटनानुकूल बनाने के लिए 'राष्ट्रीय पर्यटन पुरस्कार'।

हुमायूँ के मकबरे के संरक्षण और उसे पर्यटनानुकूल बनाने के लिए 'राष्ट्रीय पर्यटन पुरस्कार'।

कुतुबमीनार के संरक्षण और उसे पर्यटनानुकूल बनाने के लिए 'राष्ट्रीय पर्यटन पुरस्कार'।

'श्री गुलजार और सार्क (SAARC) पुरस्कार' से पुरस्कृत श्रीमती अजीत कौर के साथ।

बात मुझे समझ में आ गई कि मेरे सामने खड़ा वह आदमी कौन है! चंबल का भयानक सपना, डाकुओं का नेता निर्भय गुज्जर! उनका एक साक्षात्कार 'आज तक' चैनल पर मैंने देखा था। 5 फीट 8 इंच ऊँचाई, दाढ़ी और मूँछ, पैंट और शर्ट है वेशभूषा। भागने से भी मैं बच नहीं सकता। अब मैं क्या करूँ? मैं उनके पैर के पास बैठ गया। फिर मैंने सावधानी से कहा, "आपके यहाँ रहने से मंदिर के विष्णु और महेश्वर की मूर्तियाँ सुरक्षित रहती हैं। आप यहाँ नहीं रहे तो ये सब विदेशों में बेचकर लोग लाखों रुपए कमाएँगे। इनके संरक्षण के लिए हम आपके अत्यंत आभारी हैं।" यह सुनते ही गंभीर भाव में खड़े गुज्जर के चेहरे से रौद्र भाव दूर होने लगा। फिर मैंने बात जारी रखी, "भगवान् ने कुछ उद्देश्य से आपको यहाँ भेजा है। ईसा के बाद 8 और 10 सदी के बीच इस मंदिर का निर्माण किया गया। उस समय गुज्जर प्रतिहार राजवंश उत्तर भारत में शासन कर रहे थे। उनके कठिन परिश्रम का परिणाम हैं ये मंदिर। नाम के साथ गुज्जर होने से आप इस राजवंश के उत्तराधिकारी हो सकते हैं। आप राजकुमार हैं, शायद इसलिए भगवान् ने इस मंदिर की सुरक्षा के लिए आपको इधर भेजा है। इस मंदिर का पुनर्निर्माण आपका दायित्व है। इसके लिए अब आपको अवसर प्राप्त हुआ है। बाद में इस तरह का अवसर नहीं मिलेगा।"

सरकार का मोस्ट वांटेड अपराधी था निर्भय गुज्जर! डर के कारण कोई अधिकारी उसके पास जाने के लिए तैयार नहीं था। वह दस्यु सरदार या तो मेरे मधुर वचनों में डूब गया होगा, नहीं तो अपने अस्तित्व और कर्तव्य के बारे में उसने सोचा होगा, जैसे महर्षि वाल्मीकि के जीवन में हुआ था।

"आगे मंदिर के पुनर्निर्माण के लिए केवल अनुमति ही नहीं, सभी तरह का संरक्षण भी आपसे मिलना है।" मैंने जोड़ दिया।

उन्होंने सब सुन लिया और अंत में एक शर्त रखी। डाकू लोग डकैती के लिए जाने से पहले यहाँ के हनुमान मंदिर में इकट्ठा होते हैं और पूजा-प्रार्थना करते हैं। उसके बाद यहाँ से रवाना होते हैं। उनका विश्वास है कि इस साधना के बल से डकैती में विजय प्राप्त होती है। खेद की बात है कि केवल डाकू लोग ही नहीं, सभी मौलिकवादी डकैती और हत्या के लिए ईश्वर को साथ लेते हैं। उनका विश्वास है कि इस रीति को भंग करने से डकैती पराजित हो

जाएगी। वे डकैती से प्राप्त होनेवाले धन का एक अंश भगवान् को अर्पित करते हैं। उनकी शर्त यह रही कि आगे भी यह सुविधा उन्हें मिलती रहे।

मैंने उनसे कहा कि सवेरे से शाम 6 बजे तक यहाँ काम चलेगा और उसके बाद यह जगह आपकी है और हम लोग नहीं रहेंगे। गुज्जर ने इसे मान लिया और पुनरुद्धार का काम शुरू हो गया। काम बहुत कठिन था। पत्थरों का ढेर। पत्थर बिखर भी गए थे। यह हैरान करने वाली बात है कि पत्थरों को इकट्ठा करके ठीक करने के लिए डाकू लोग भी मदद करते थे। टूटे हुए पत्थरों को जोड़कर स्थापित करने का काम मुश्किल था। टूटे हुए पत्थरों को लोहे का डंडा और एरेलडाइट रखकर चिपकाना, चार साल के कठिन परिश्रम से मंदिरों के पुनरुद्धार का काम पूरा हो गया। काम के पूरा हो जाने पर मैंने स्वयं को अत्यंत कृतार्थ अनुभव किया। अपने कर्तव्यों के सफल निर्वहन के पश्चात् मैं उसमें आई बाधाओं को भूल जाता हूँ।

इसी बीच और एक घटना हुई। गुज्जर के लोगों और पुलिस के बीच संघर्ष हुआ और गुज्जर के कई लोग मारे गए। फोटो के साथ यह खबर अखबारों में प्रकाशित हुई थी, परंतु चार महीनों के बाद ही लोगों ने क्षेत्र को विश्वास में ले लिया। धीरे-धीरे वह क्षेत्र डाकुओं से मुक्त होने लगा। बाद में हुआ क्या, जंगल के डाकुओं के स्थान पर सज्जनता का मुखौटा पहने डाकू लोग सामने आने लगे!

वटेश्वर में जब डाकुओं का राज समाप्त हो गया, तब खनन माफिया ने उस क्षेत्र को अपने कब्जे में ले लिया। वटेश्वर के पहाड़ की चट्टानें बहुत गुणयुक्त एवं उपयोगी हैं। उसे अमेरिका व ब्रिटेन आदि देशों में निर्यात करके पैसा कमा सकते हैं। बिना निवेश अच्छी आमदनी। सभी राजनीतिक दलों के लोग इस खनन उद्योग से जुड़े हुए थे। वे आधुनिक तकनीक की सहायता से चट्टान तोड़ने के काम में सक्रिय हो गए। खनन के कंपन एवं विस्फोट पुनर्निर्मित मंदिरों को नुकसान पहुँचाने लगे। परंतु इसके खिलाफ आवाज उठाने के लिए कोई तैयार नहीं हो पाया। इसलिए भा.पु.स. इसको रोकने के लिए आगे आया। राज्य के संस्कृति मंत्री लक्ष्मीकांत शर्मा आदि से मिलकर शिकायती पत्र दिया; लेकिन काररवाई कुछ नहीं हुई। मैंने शिकायत करना जारी रखा, परंतु कुछ लाभ नहीं हुआ। तत्कालीन संस्कृति मंत्री लक्ष्मीकांत

शर्मा (वे कुख्यात व्यापम केस में कुछ दिन जेल में बंद थे) ने कहा कि उनको शिकायती पत्र मिला नहीं है। यह सब राजनीतिक दलों का खेल है। राजनीति में खनन माफिया का बड़ा प्रभाव था, लेकिन मैंने अपना प्रयत्न नहीं छोड़ा। उस समय मध्य प्रदेश में भाजपा की सरकार थी, इसलिए मामले को स्पष्ट करते हुए मैंने ऐसा एक पत्र तत्कालीन आर.एस.एस. सरसंघचालक सुदर्शनजी को लिखा—"इस मामले में मैं निम्न से लेकर उच्च स्तर के सभी अधिकारियों से मिला, परंतु कहीं से कारखाई नहीं हुई। खनन माफिया का राजनीतिक प्रभाव कितना मजबूत है, उसका यह दृष्टांत है। आश्चर्य की बात है कि भाजपा शासित मध्य प्रदेश में यह सब चल रहा है। बड़े खेद की बात है कि महमूद गजनवी और औरंगजेब के जमाने में हुआ मंदिरों को तोड़ने का काम भाजपा शासन में भी निर्विघ्न चल रहा है।"

सुदर्शनजी को मेरा पत्र प्राप्त हुआ और 24 घंटे के अंदर कारखाई हुई। जिलाधीश पुलिस आयुक्त के साथ वटेश्वर आए। खनन माफिया और पुलिस के बीच गोलीबारी हुई। लंबे समय तक चली मुठभेड़ के बाद खनन माफिया पीछे हट गए। इसके संबंध में अखबारों में समाचार आने से तत्कालीन केंद्रीय संस्कृति मंत्री श्रीमती अंबिका सोनी ने वटेश्वर में भा.पु.स. की समस्याओं के बारे में और संरक्षण व सुरक्षा प्रदान करने के संबंध में मध्य प्रदेश के मुख्यमंत्री शिवराज सिंह चौहान को पत्र लिखा। शिवराज सिंह ने अपने उत्तर में लिखा कि 'वटेश्वर में अनियंत्रित उत्खनन चल रहा था और पुलिस ने उसे रोका है।' पत्र के अंतिम पैरा में लिखा कि 'सुदर्शनजी को शिकायती पत्र लिखनेवाले अफसर के खिलाफ कारखाई की बात मैं आप पर छोड़ देता हूँ।' मीडिया से इस घटना को खूब प्रचार मिल गया। सी.एन.एन., सहारा, इंडिया टी.वी., एन.डी.टी.वी. आदि चैनलों ने इस पर विशेष कवरेज कर समाचार प्रसारित किए। दैनिक भास्कर, दैनिक जागरण, नवभारत टाइम्स, नयी दुनिया टाइम्स ऑफ इंडिया, इंडियन एक्सप्रेस, हिंदुस्तान टाइम्स आदि अखबारों ने भारतीय पुरातत्त्व सर्वेक्षण के काम पर रिपोर्ट प्रकाशित कीं। सी.एन.एन. आई.बी.एन. से मनोज शर्मा, एन.डी.टी.वी. से कुमार शक्ति शेखर ने इस पर विशेष कार्यक्रम चलाए थे।

खनन माफिया के बढ़े राजनीतिक प्रभाव के कारण भा.पु.स. के

अधिकारियों को दूरभाष पर धमकियाँ मिलने लगीं। हमारे कुछ लोगों पर हमला भी किया गया। मुझसे वाद-विवाद किया गया था, लेकिन मुझ पर शारीरिक आक्रमण नहीं हुआ। शायद वटेश्वर के डाकुओं के साथ मेरे रिश्ते के संबंध में उन्हें सूचना मिली होगी। इस घटना के सिलसिले में कुछ पुलिस अधिकारियों को अपनी जानें गँवानी पड़ीं।

वर्ष 2012 में अपने बेटे की शादी के लिए मैं अपने गाँव (केरल) आया था। खनन माफिया की भयानक एवं क्रूर करतूत की खबर उस समय मुझे मिली। आई.पी.एस. अफसर नरेंद्र कुमार की हत्या कर दी गई। ट्रैक्टर से रौंदकर उन्हें मारा गया। मारे गए अफसर की पत्नी भी एक आई.रा.एस. अफसर थीं, अत: इस जघन्य हत्या को दुर्घटना के रूप में बदलने की उनकी साजिश विफल हो गई। मारे गए नरेंद्र कुमार को मैंने देखा नहीं था, लेकिन मेरे कार्य को उन्होंने जारी रखा था। वटेश्वर के मंदिर के भगवान् की प्रीति के पात्र होने से और उन मंदिरों को पुण्य तीर्थ माननेवाले भक्तजनों की प्रार्थना से मेरा तबादला हो गया। उस समय केंद्र सरकार वर्ष 2010 में दिल्ली में होनेवाले राष्ट्रमंडल खेलों के उपलक्ष्य में ऐतिहासिक स्मारकों का जीर्णोद्धार कर सुंदर बनाने के काम के लिए एक अफसर की तलाश में थी। मेरे नाम पर विचार करने का सुझाव हुआ और वर्ष 2008 में दिल्ली में मेरा स्थानांतरण हुआ। अगर उस समय यह तबादला नहीं हुआ होता तो यह कहानी आपसे बाँटने के लिए शायद मैं जिंदा नहीं रहता।

बटेश्वर के बारे में ज्यादा जानने के लिए Youtube में "Rebirth of a forgotten temple comlex bateshwar" वाला Documentory देखिए।

हाल ही में (30 सितंबर, 2017) बटेश्वर गया। माइनिंग के जोरदार धमाकों से सारा इलाका गूँज रहा था। प्रदेश बी.जे.पी. सरकार से कोई उम्मीद नहीं। कई सालों से मरम्मत और पुनर्निर्माण का काम भी बंद है। चारों तरफ अँधेरा है। लेकिन रोशनी की एक किरण दूर दिखाई दे रही है। वो है अखिल भारतीय वीर गुज्जर महासभा और उसके नेशनल प्रेसीडेंट

श्री अनुराग गुज्जर। जैसे उनसे इस विषय के बारे में बात किया वैसे उन्होंने बटेश्वर के लिए आंदोलन चलाने के लिए तैयार हो गए। उम्मीद है अखिल भारतीय गुज्जर समाज और अनुराग गुज्जर के प्रयास से मंदिरों का पुनर्निर्माण आगे बढ़ेगा।

□

उदरनिमित्तं बहुकृतवेषम्

मैं इसलिए बहुत कृतार्थ हूँ कि मध्य प्रदेश के अपने सेवाकाल में मैं कई मंदिरों का जीर्णोद्धार कर सका। गुजरात सहित चार राज्यों से बहनेवाली नर्मदा नदी का उद्भव स्थान अमरकंटक है। नदी का उद्भव स्थान होने से यह एक पुण्य स्थान भी है। आठवीं और ग्यारहवीं सदी के बीच में यहाँ कई मंदिर बरबाद हो गए थे। यह जगह समाज-विरोधी तत्त्वों का अड्डा भी बन गया था।

भारतीय पुरातत्त्व सर्वेक्षण द्वारा संरक्षित स्थान होने पर भी हमें जमीन का स्वामित्व (Ownership Right) नहीं मिला था। इसलिए अतिक्रमणकारियों को बाहर निकालकर मंदिर का संरक्षण संभव नहीं था। मंदिर के संरक्षण के हमारे प्रयत्नों को दूसरी ओर एक धार्मिक समस्या के रूप में बदलकर लाभ उठाने की कोशिश भी की गई। भा.पु.स. द्वारा सरकार पर प्रभाव डालने पर भी कुछ संभव न होने की स्थिति हो गई थी। कई लोगों तक मामला पहुँचाया, परंतु काररवाई कुछ नहीं हुई। भूमि अधिग्रहण करने का प्रयत्न भी नाकाम हो गया। सभी दरवाजे बंद होने की स्थिति में मैंने भारतीय पुरातत्त्व सर्वेक्षण के महानिदेशक को लिखा। अमरकंटक के मंदिरों की आराधना मूर्ति में प्रमुख हैं भगवान् शंकर। वे परमेश्वर स्वयं अपनी रक्षा न कर सके, तो बेचारा मुहम्मद क्या कर सकता है? यह पढ़कर लोग हँसे, टिप्पणियाँ हुईं; लेकिन काररवाई कुछ नहीं हुई। 'नर्मदा नदी पुनर्निर्माण बोर्ड' के अध्यक्ष रह चुके यू.के. वर्मा चौबीस अवतार मंदिर को बदलकर स्थापित करने के लिए दी गई धनराशि

भा.पु.स. के पास थी। मेरे ध्यान में यह निधि आई। प्राक्कलन 25 लाख का था। कुछ तकनीकी कारणों से मेरे पूर्व के अधिकारियों ने जिस काम को नहीं किया, उसे करने को मैं तैयार हो गया। चौबीस अवतार मंदिर को अपने मूल स्थान से 5 कि.मी. की दूरी पर पुनः स्थापित करने का काम मैंने किया। इस काम में भा.पु.स. को 10 लाख रुपए और मिलने थे। उस राशि को देने के लिए जब वे तैयार हो गए, तब मैंने उत्तर दिया कि यह रकम भा.पु.स. को देने की जरूरत नहीं है, बल्कि अमरकंटक की जमीन अधिगृहीत करके भा.पु.स. को देना है। नियम के मुताबिक मुझे ऐसा बताने का अधिकार नहीं था, परंतु अच्छा काम हो जाने के लिए कभी-कभी कुछ समझौता करना पड़ता है। जैसे मैंने सुझाव दिया, उसी के अनुसार परियोजना के प्रभारी वर्माजी ने मंत्री महोदय से बात करके अमरकंटक की भूमि का अधिग्रहण करने के लिए वह धनराशि जिलाधीश को दे दी और जिलाधीश ने भूमि का अधिग्रहण कर लिया।

जमीन का स्वामित्व भा.पु.स. को मिल गया, लेकिन अतिक्रमणकारी जाने के लिए तैयार नहीं हुए। पर एक दिन एस.के. सिंह, भा.पु.स. के एक बहुत कर्मठ अधिकारी ने बिना किसी पुलिस के सहायता के सारे अतिक्रमणकारियों को बाहर निकाला। उनकी नशा बनानेवाली जगह को नष्ट कर दिया गया। गोशाला, झोंपड़ी और नशीले पदार्थों की दुकानवाला यह क्षेत्र आज एक सुंदर जगह है। इस क्षेत्र के नजदीक है द्वारकापीठ शंकराचार्य का आश्रम। द्वारका और हरिद्वार उनके अधीन हैं। शंकराचार्य के अनुयायियों द्वारा अमरकंटक की 100 मीटर सीमा में जब निर्माण कार्य शुरू कर दिया गया, तब रोकना पड़ा। मेरे और मेरे विभाग के खिलाफ उन्होंने मुकदमा दायर कर दिया। यह तर्क और मुकदमे के मामले केंद्रीय संस्कृति मंत्री अंबिका सोनी के सामने आए। कुछ लोगों ने मुझे समस्या पैदा करनेवाले आदमी के रूप में चित्रित करने की कोशिश की, क्योंकि वटेश्वर में मंदिर के जीर्णोद्धार के बाद खनन माफिया को रोकने का प्रयास मैंने किया था। वटेश्वर में भाजपा मुजरिम थी। इधर शंकराचार्य के अनुयायी और कांग्रेसवाले।

एक दिन मंत्री अंबिका सोनी ने मुझे अपने कमरे में बुलवाया। शायद

उनको विश्वास नहीं आया होगा कि मध्य प्रदेश में भाजपा और द्वारका के शंकराचार्य से एक साथ लड़नेवाला छोटा सा मनुष्य मैं ही हूँ। उन्होंने पूछा, "आर यू मि. के.के. मुहम्मद?"

"जी हाँ।" मैंने उत्तर दिया। उत्तर के रूप में मैंने फाइल की तीन फोटो दिखाई। बिना स्वच्छता के गोशाला, झोंपड़ी और नशीले पदार्थों के इस्तेमाल करनेवाले लोगों की जगह की एक फोटो। फिर उन लोगों को निकालने के बाद की एक फोटो। फिर एक तीसरी फोटो, जिसमें मंदिरों की मरम्मत के बाद चारों ओर बगीचे आदि का सुंदर दृश्य। मंत्री महोदया ने फोटो को बार-बार देखा। उनके चेहरे पर मैंने आश्चर्य का भाव देखा। उन्होंने धीमे स्वर में कहा, "अनबिलीवेबल ट्रांसफॉर्मेशन! इस तरह के परिवर्तन की कल्पना कोई कर नहीं सकता।"

मंत्री महोदया के कमरे में भा.पु.स. के महानिदेशक अंशु वैश्य मौजूद थीं। मैंने आगे स्पष्टीकरण दिया, "इस स्थान का संरक्षण भा.पु.स. करता है, लेकिन स्वामित्व उसका नहीं है। फिर अतिक्रमणकारियों को कैसे बाहर कर दिया गया, खासकर संत वेशधारियों को? जमीन अधिग्रहण करने के लिए भा.पु.स. के बड़े अधिकारियों की अनुमति के लिए सालों परिश्रम किया गया। कुछ परिणाम न आने पर एक छोटा सा उपाय अपनाया गया। भा.पु.स. के बजट आवंटन से एक रुपया भी खर्च न करके 'नर्मदा विकास बोर्ड' के माध्यम से श्री यू.के. वर्मा की सहायता से यह संभव हुआ। तीन एकड़ जमीन इस तरह प्राप्त हुई।"

मेरे इतना कहने पर मेरे पास बैठे संस्कृति विभाग के सचिव और भा.पु.स. के महानिदेशक मुसकराने लगे। सचिव ने अपनी कुरसी से उठते हुए मुझसे कहा, "अब अपनी यह कुरसी मैं आपके लिए खाली करता हूँ।"

मंत्री महोदया के सामने का आसन था यह। मैंने अपनी बातें जारी रखीं, "आदि शंकर ने इसी मंदिर में 8वीं सदी में पूजा-पाठ किया था। इस जगह को लोग नशे और कूड़े-कचरे का ढेर बनाते हैं। इस पुण्यभूमि को नशे का अड्डा बनाने से रोकना, यही मेरी गलती है। किंतु अब यह जगह पूर्णत: एक पुण्यभूमि के समान सुंदर और स्वच्छ है।"

यह सब सुनकर मंत्री महोदया ने आश्चर्य के साथ मुझे देखा। उन्होंने एक शर्त मेरे सामने रखी कि शंकराचार्य के अनुयायियों ने जो भवन बनाया है, फिलहाल उसे तोड़ना नहीं। इस पर मैंने कहा कि मैं नियम के अनुसार काम करनेवाला हूँ और जिन भवनों को पहले बनाया गया है, उन्हें तोड़ा नहीं जाएगा।

उस रात मुझे एक फोन आया। शंकराचार्य के पक्ष के वकील थे। उन्होंने मेरा अभिनंदन किया और कहा कि यह जगह अब अत्यंत सुंदर है और विरोधी पक्ष में होने पर भी मैं आपका समर्थक हूँ। मैंने उत्तर में कहा कि मैं नियम के अनुसार काम करूँगा और जो भवन पहले बनाया गया है, उसे तोड़ा नहीं जाएगा। फिर एक दिन शंकराचार्य भोपाल आए। हिंदी के एक सर्वाधिक प्रसारित अखबार के मालिक के घर पर ठहरे। आचार्य के कुछ अनुयायियों ने मेरे खिलाफ अखबार में लिखने के लिए दबाव डाला। इसके लिए सहायक संपादक शर्माजी मेरे पास आए। उन्होंने सच्चाई के बारे में मुझसे पूछा। अखबार के उच्च अधिकारियों ने मेरे खिलाफ स्टोरी तैयार करने को उन्हें प्रेरित किया था। जिन चित्रों को मैंने मंत्री महोदया को दिखाया था, उनको मैंने उन्हें भी दिखाया। भारत के पुण्यस्थलों में एक। मैं केरल का निवासी हूँ। केरल में जनमे आदि शंकराचार्य का पूजा-स्थल। मेरा इससे भावनात्मक संबंध है। संपादक शर्माजी सच्चाई से अवगत हो गए। फिर उन्होंने शंकराचार्य और मेरे बयान एक साथ प्रकाशित करके संतुलन का मार्ग अपनाया। बाद में समस्याएँ कुछ नहीं हुईं।

यह जगह लड़ाई करके इतना सुंदर बनाने के लिए सबसे ज्यादा आगे आए वहाँ के भा.पू.स. अधिकारी मि. एस.के. सिंह।

यदि वे इन स्मारकों को लेकर अधिवक्ता अनिल सिंह और ठेकेदार के.पी. प्यासी तथा एस.एस. परिहार के साथ किसी कार्यकर्ता की तरह संघर्ष नहीं करते, तो अमरकंटक के स्मारक उतने सुंदर नहीं होते, जितने कि आज हैं। □

शिवरात्रि समारोह में अतिथि

वर्ष 2004 में भोपाल परिमंडल में मेरे कार्यकाल के समय की बात है। संसार के सबसे विशाल शिवलिंग की प्रतिष्ठापना भोजपुर मंदिर में है। मंदिर की 28 फीट ऊँचाई की प्रतिष्ठा एक हजार साल पुरानी है। प्रतिष्ठा की कई विशेषताएँ हैं। आश्चर्यजनक बात यह है कि चट्टानों को काट-काटकर इसका निर्माण किया गया है। राजा भोज ने इसकी स्थापना की थी। राजा भोज स्थापत्य कला में निपुण थे। निर्माण कार्यों के संबंध में उन्होंने पुस्तकें लिखी हैं। इनमें प्रसिद्ध है, 'समरांगण सूत्रधार' नामक ग्रंथ। फिर भी मंदिर के शिखर बनाते समय गणित में कुछ गलती हुई। समय के पहले चलनेवालों से होनेवाली कुछ संभावित गलतियाँ। परिणाम यह हुआ कि निर्माण के दौरान छत नीचे गिर गई। शिवलिंग क्षतिग्रस्त हो गया, फिर भी पूजा-पाठ जारी रहा। हिंदू धर्म के अनुसार, मूर्ति को क्षति पहुँचने पर प्रार्थना नहीं करनी चाहिए। लेकिन यहाँ इस तरह की नई मूर्ति की प्रतिष्ठा करना असंभव था, इसलिए क्षतिग्रस्त मूर्ति को रखकर पूजा-पाठ जारी रहा। मंदिर के ऊपर की छत खुली हुई थी और उससे पानी शिवलिंग पर पड़ता था। सालों से इसको ठीक करने के लिए काम हुआ, लेकिन सफलता नहीं मिली।

इसे रोकने के लिए नए पत्थर लगाये जाएँ तो क्या वे भार को सँभाल सकेंगे? मुझे यही डर था। दूसरी बार अगर छत टूट जाए तो एक संस्कृति का विनाश हो जाएगा। मंदिर निर्माण के लिए चट्टान में उत्कीर्ण नक्शा और बड़े-बड़े पत्थरों को ऊपर पहुँचाने के लिए आवश्यक रैंप को मैंने देखा।

भारतीय पुरातत्त्व सर्वेक्षण ने अपना काम डी.एस. सूद, मि. एन.के. भारद्वाज और एस.एन. श्रीवास्तव की देखरेख में कांट्रेक्टर रवि मित्तल के साथ काम किया। मरम्मत के लिए आवश्यक पत्थरों को तकनीकी सहायता से ऊपर लाकर शिखर में लगाया गया। पत्थर लगाने से भारी होकर नीचे गिरने की संभावना के कारण कुछ स्थानों में फाइबर ग्लास से छत बनाई गई, जिसमें हस्तशिल्प का काम भी कर दिया गया। नीचे से देखने पर वह फाइबर नहीं लगेगा। छत्र के हस्तशिल्पियों से तालमेल करनेवाले लाल पत्थर जैसा लगा फाइबर का यह काम। फाइबर का रंग भी लाल पत्थर के जैसा होने से कुछ अस्वाभाविक नहीं लगा। मंदिर महंत श्री पवन गिरि को पुनर्निर्माण का काम पसंद आया। मंदिर के चारों ओर एक बगीचे के निर्माण का भी हमने निर्णय लिया। आवंटित राशि कम होने से आवश्यक मिट्टी देने के लिए मंदिर के महंथ श्री पवन गिरि से अनुरोध किया गया। मंदिर के चारों ओर सुंदर बगीचे का काम भी पूरा हो गया। उस वर्ष से भोजपुर मंदिर के 'शिवरात्रि महोत्सव' में लगातार तीन साल अतिथि के रूप में भाग लेने का सौभाग्य मुझे प्राप्त हुआ।

कुछ तत्त्वों ने साँची में समस्या खड़ी करने की कोशिश की और अल्पसंख्यक आयोग के सदस्य को वहाँ लेकर आए। इसे चुनौती के रूप में स्वीकार करते हुए श्री एस.के. वर्मा ने उपयुक्त संरक्षण कार्य किया, जिसकी प्रशंसा सभी ने की। डॉ. आर.के. चतुर्वेदी ने कैमिकल क्लीनिंग और वाटर प्रूफिंग किया। बागवानी के निदेशक, डॉ. हरबीर सिंह और उनके सहयोगी, श्री शर्मा की देखरेख में इसके चारों तरफ एक हरी-भरी चादर सी बिछाई गई, जिससे यह मध्य प्रदेश के सबसे आकर्षक स्थलों में से एक बन गया। दिल्ली आए कुछ टूर ऑपरेटरों ने इस उद्यान की तुलना राष्ट्रपति भवन के घास के मैदानों से की। भा.पु.स. की तीन शाखाओं के अधिकारियों के साझा प्रयासों का परिणाम था कि इसे उस वर्ष का नेशनल टूरिज्म अवॉर्ड मिला। यह इस बात का एक उदाहरण है कि किस प्रकार कुछ स्वार्थी तत्त्वों की ओर से पेश की गई चुनौती से उसी ताकत से निपटा जा सकता है और उसे एक अवसर में बदला जा सकता है।

एक कर्म कुशल ऑफिसर थे—इंजीनियर डी.एस. सूद जिन्होंने मध्य प्रदेश के कई स्मारकों की मरम्मत व पुनर्निर्माण का कार्य किया। अंगोरवाट में भी इंजीनियर सूद ने महत्त्वपूर्ण काम किया। मध्य प्रदेश के श्री पंकज शरण, मरदन सिंह, ए.के. सोनी, भगवंता, विजय शर्मा, अशोक कुमार, राहुल तिवारी, सुभाष कुमार, मिलिंद अन्गोटकर जैसे लोगों ने मध्य प्रदेश के स्मारक सजाने और सँवारने में महत्त्वपूर्ण योगदान प्रदान किया। डॉ. मैनुल जोशफ, डॉ. दिलीप खमारी, डॉ. हाशमी शोधकर्ता होने की वजह से सारे कार्यों का मार्गदर्शन किया।

श्री डी.के. रिछारिया एक समर्पित अधिकारी थे, जिन्होंने मांडू में संरक्षण का काफी काम डॉ. एस.एस. गुप्ता के दिशा-निर्देश में किया था। उन्होंने अधिकांश भग्नावशेषों के संरक्षण का कार्य धन और मूल्यांकन की प्रतीक्षा किए बिना ही व्यापक स्तर पर किया था। अनधिकृत गाइडों को रोकने और सौ मीटर के दायरे में निर्माण करनेवालों के खिलाफ नोटिस जारी करने से उनके विरुद्ध झूठे मुकदमे दायर किए गए और उनमें से ही एक केस दिल्ली में अनुसूचित जाति आयोग में दायर किया गया था, जिसके बाद आयोग के एक सम्मानित सदस्य द्वारा तत्कालीन महानिदेशक श्री सी. बाबू राजीव को तलब किया गया था। रिछारिया के अफसर इंचार्ज होने के नाते मैं, और प्रशासन निदेशक, श्री अग्रवाल उनके साथ पेशी के लिए गए थे। हमारे ऊपर अनुसूचित जाति के व्यक्ति को परेशान करने और गाली देने के आरोप लगाए गए थे। मैंने यह कहते हुए रिछारिया का बचाव किया कि वे एक आम व्यक्ति नहीं, बल्कि मूल्यों से जुड़े व्यक्ति हैं और रामचंद्र मिशन के सदस्य हैं, जो जाति और धर्म में विश्वास नहीं रखते। डी.जी. सी. राजीव ने उनसे कहा कि वे उस अधिकारी को नहीं जानते और उनके लिए प्रत्येक उप-सर्कल अधिकारी की जानकारी रखना भी संभव नहीं है। उन्होंने उनसे स्पष्ट रूप से कहा कि अगर उन्हें किसी से कोई भी शिकायत है तो वे महानिदेशक की बजाए उस अधिकारी को बुलाएँ। अगर यह कोई नीतिगत मामला होता तो मैं अपनी मौजूदगी को समझ सकता था लेकिन यह तो एक मामूली सी बात

है। श्री बाबू राजीवे की ओर से दी गई पंद्रह मिनट की प्रस्तुति काफी दमदार और स्पष्ट थी। उसके बाद वे आयोग के कक्ष से बाहर चले गए तथा वह केस फिर कभी नहीं उठाया गया। यह इस बात का उदाहरण है कि किस प्रकार ईमानदार और सच्चे अधिकारियों को परेशान किया जाता है और इसकी भी मिसाल है कि इस प्रकार के व्यक्तियों का बचाव कैसे किया जाना चाहिए। मध्य प्रदेश के जितने भी मोन्यूमेंट्स के केसेस थे वह डॉ. रेखा राधा वल्लबी के नेतृत्व में होता था। मध्य प्रदेश के सीनियर एडवोकेट्स जैसे जसवंत सिंह राठौर, के.एन. पेठिया, आर.डी. जैन और इनोश जॉर्ज के निगरानी में होने की वजह से काफी कामयाब रहा।

मैंने पाया कि दो राजनेता, श्रीमती यशोधरा राजे सिंधिया और श्री ज्योतिरादित्य सिंधिया विरासत को लेकर असाधारण रूप से सहयोगी और संवेदनशील थे। चूँकि दोनों ही विरासत की गहरी समझ रखते हैं और उनमें उच्च सौंदर्य-बोध है। इसलिए उनके क्षेत्र की परियोजनाओं को लेकर मैं अत्यधिक सतर्क था। लोगों के हितों को लेकर दोनों ही किसी भी तरह की मदद के लिए सदैव उपलब्ध रहते थे और यह पता लगाते थे कि उनसे माँगी गई मदद हमें मिली या नहीं। मुझे दो वाकये याद हैं, जब ज्योतिरादित्य सिंधियाजी दिल्ली स्थित भा.पु.स. के दफ्तर आए थे, तब वे केंद्रीय मंत्री थे और भा.पु.स. अधिकारियों से शिष्टता व सौम्यता से बात किया करते थे। सभी अधिकारियों को अपने ऑफिस में बुलाने की बजाय उन्होंने भा.पु.स. के जनपथ ऑफिस आने का फैसला किया। मैं नहीं जानता कि किसी अन्य केंद्रीय मंत्री ने अब तक ऐसा किया है या नहीं। यह किसी व्यक्ति के बारे में बहुत कुछ कहता है! हमें उनके जैसे कार्यकुशल मंत्रियों की आवश्यकता है।

चंदेरी, जो श्री ज्योतिरादित्य सिंधिया का क्षेत्र है और शिवपुरी, जो श्रीमती यशोधरा राजे सिंधिया का क्षेत्र है, वहाँ के अधिकांश कार्य एक युवा इंजीनियर और क्षेत्र में सक्रिय कर्मी मिलन अंगेतकर के जिम्मे थे। चार वर्षों के भीतर उन्होंने इतने बड़े पैमाने पर चंदेरी किले और आसपास के इलाकों में डॉ. जी.एन. श्रीवास्तव की देखरेख में संरक्षण का कार्य किया कि वह एक

मिसाल बन गई, जिसे पीछे छोड़ना बेहद मुश्किल था। उसी दौरान कदवाया तथा अन्य इलाकों के कई जीर्ण-शीर्ण मंदिरों को गिराकर फिर से उनका पुनर्निर्माण किया गया।

एक असाधारण अधिकारी, जिनके साथ मुझे काम करने का अवसर मिला, वे थे श्री अश्विनी लोहानी, जो मध्य प्रदेश के पर्यटन विभाग के प्रबंध निदेशक थे। इससे पहले वे भारत सरकार के आई.टी.डी.सी. के प्रबंध निदेशक थे। उन्होंने ही मध्य प्रदेश पर्यटन को घाटे में डूबे संगठन से भारी मुनाफा कमानेवाला विभाग बनाया।

प्रत्येक राज्य के पर्यटन विभाग को केंद्र सरकार से भारी भरकम पैसा मिलता है। सवाल अकसर यही होता है कि इसका इस्तेमाल कितना जायज तरीके से किया जाए। अगर पर्यटन विभाग स्मारकों के पास सुधार का कार्य करता है, तो ए.एस.आई. प्रतिबंधित क्षेत्र और नियंत्रित क्षेत्र के नियमों को लेकर खड़ा हो जाता है, भले ही पर्यटन विभाग भा.पु.स. के स्मारकों को ही बेहतर दिखाना चाहता हो। इससे दो विभागों के बीच अनावश्यक टकराव होता है। इस समस्या को गहराई से समझने के बाद, उन्होंने स्मारक के आसपास किसी भी कार्य को करने से पहले भा.पु.स. से बातचीत करना शुरू किया, ताकि पैसा बरबाद न हो। पहले अकसर पर्यटन का पैसा स्मारक के अंदर इस्तेमाल नहीं किया जाता था। लेकिन उनके समय में स्मारक का जरूरतों के हिसाब से उन्होंने पर्यटन का पैसा स्मारक के अंदर भी इस्तेमाल करना शुरू किया, ताकि पर्यटकों को अच्छे शौचालय, बैठने की व्यवस्था, पार्किंग, साइनेज आदि उपलब्ध कराया जा सके। यह भा.पु.स. के लिए काफी राहत की बात थी, जिसके पास स्मारक की साज-सज्जा और चमकाने के लिए पैसे नहीं होते थे। इस सकारात्मक सहयोग ने मध्य प्रदेश में भा.पु.स. के लगभग सभी स्मारकों की हालत काफी हद तक सुधार दी और पिछले वर्षों की तुलना में पर्यटकों की तादाद काफी बढ़ गई। उन्होंने राज्य के विभिन्न हिस्सों में पर्यटन के सारे होटलों को भी अपग्रेड कर दिया और वहाँ ठहरने वालों की संख्या बढ़ गई। भले ही वे रेलवे सेवा से आए थे, लेकिन अपनी

विलक्षण कार्य शैली और लीक से हटकर काम करने की वजह से पहले वे एयर इंडिया के प्रबंध निदेशक बने और अब रेलवे को ठीक-ठाक करने के लिए रेल मंत्रालय में प्रबंध निदेशक हैं।

सन् 1857 के पहले मुगल राजवंश के अंतिम शासक बहादुरशाह जफर ने अंग्रेजों से लड़ाई करने के लिए लोगों को एकजुट करने हेतु 'फुलवालों की सैर' नाम से एक समारोह का प्रारंभ किया था। हिंदू-मुस्लिम एकता के लिए आयोजित इस समारोह का अपना महत्त्व था। जाति-धर्म की सीमा को पारकर भारतवासी एक हो जाएँ, यही समारोह का संदेश था। समारोह के उपलक्ष्य में कुतुबमीनार के पास के योगमाया मंदिर से मुसलमान सूफी संत बख्तियार काकी की दरगाह में प्रार्थना की सामग्री भेजते थे और वापसी में दरगाह से मंदिर को भी सामग्री भेजी जाती थी। वर्ष में एक बार संपन्न होनेवाले इस समारोह में भारत के प्रथम प्रधानमंत्री जवाहरलाल नेहरू ने भी भाग लिया था। सँकरा रास्ता, व्यवस्था और सुरक्षा कारणों से अति विशिष्ट लोग अब इस समारोह में भाग नहीं लेते हैं। सभी धर्मावलंबियों के लोगों की भागीदारी से प्रसिद्ध 'फूलवालों की सैर' समारोह में एक बार अतिथि के रूप में भाग लेने का सौभाग्य मुझे भी प्राप्त हुआ। वर्तमान में इस संगठन की प्रेरणा अधिवक्ता एडवोकेट उषा कुमार हैं, जिन्होंने अपने महान् दादा स्वर्गीय योगेश्वर दयाल के पदचिह्नों पर चलते हुए दोनों समुदायों को एक साथ जोड़ने का काम किया। मेरी निजी राय यह है कि राजनीति के अति प्रभाव से धार्मिक सौहार्द खतरे में पड़ गया। धार्मिक मैत्री का संदेश देने के लिए इस तरह का प्रोग्राम सहायक सिद्ध होगा। उत्तर भारत के कई मंदिरों में जाने का मुझे अवसर मिला है। गंगोत्री, यमुनोत्री, लक्ष्मण झूला, काशी आदि जगहों पर तीर्थयात्रा करने का मुझे अवसर मिला। काशी और हरिद्वार की गंगा आरती में भाग लेने का जो अवसर मुझे मिला, उसको मैं अत्यंत महत्त्वपूर्ण मानता हूँ। गंगा आरती में नाव में गंगा नदी के मध्य भाग में जाकर मंत्रोच्चारण और आरती होती है। पुरातत्त्व के अध्ययन के समय से विभिन्न धर्मावलंबियों के आराधना-स्थल देखने का, उनका जीर्णोद्धार करने का तथा

एक जगह से दूसरी जगह में स्थापित करने का मुझे अवसर प्राप्त हुआ है।

पुरातत्त्व विभाग में मेरी पहली नियुक्ति चेन्नई परिमंडल में हुई थी। कोडुँल्लूर के मालिक इवन दिनार (चेरामान मस्जिद) के पुनरुद्धार का कार्य मेरे ध्यान में आया। मूल रूप से आगे का भाग तोड़कर काम चल रहा था। मैंने उसका विरोध किया। भारत में मुसलमानों के प्रथम बार आगमन का प्रमाण है यह मस्जिद। इसलिए मैंने कहा कि इसकी प्राचीनता नष्ट न हो जाए। इस बात के संबंध में मैंने मलयालम के दैनिक 'माध्यमम्' में लिखा। उसे पढ़कर मस्जिद की समिति ने मुझे उत्तर लिखा—"मस्जिद का कार्य देखनेवाला पुरातत्त्व विभाग नहीं है। उसको प्रदेशवासी देखेंगे। मस्जिद समिति के अनुसार पुनर्निर्माण कार्य चल रहा है।"

शायद मेरा नाम 'मुहम्मद' होने से इस तरह का जवाब दिया, अन्यथा उत्तर यह होता कि हमारे धर्म के मामले में दूसरे धर्म के लोगों को हस्तक्षेप करने की जरूरत नहीं है। उस समय केरल के पूर्व मुख्यमंत्री अच्युत मेनन विश्राम का जीवन बिता रहे थे। मेरी राय ठीक है, कहकर उन्होंने अखबार को लिखा और अखबारवालों ने उसको भी प्रकाशित किया।

तमिलनाडु का अपना एक अनुभव जरूर लिखना चाहूँगा। वर्ष 1990 में जब मैं मद्रास में काम करता था, उस समय दिल्ली में पुरातत्त्व विषय में अध्ययन करनेवाले छात्रों को मंदिर की वास्तुकला सिखाने के लिए मैं कांचीपुरम् के शंकराचार्य के कामाक्षी मंदिर ले गया। मंदिर में पूजा चल रही थी। सोपान खोलने पर पहला दर्शन स्त्रियों का होता है। पूजा के बाद पुजारी के बाहर आने पर किसी ने पुजारी से मेरा परिचय करवाया। तुरंत ही पुजारीजी मुझे लेकर चल पड़े।

"आज का पहला दर्शन आपको है, स्त्रियों को बाद में।" उनको शायद यह मालूम हुआ होगा कि उस समय के शंकराचार्य सत्येंद्र सरस्वती ने मुझे कुछ दायित्व सौंपा है। इसलिए इस तरह का सम्मान मिला। परंतु केरल में एक अहिंदू को मंदिर दर्शन संभव नहीं है। शिक्षा में अपने को बहुत आगे बतानेवाले केरलवासी कुछ मामलों में बहुत पीछे हैं और एक बार तमिलनाडु

के 'ब्रह्मस्थान' नामक एक मंदिर के संबंध में एक रिपोर्ट प्रस्तुत करनी थी। भारतीय पुरातत्त्व सर्वेक्षण में ब्राह्मण और अन्य योग्यता प्राप्त कई अधिकारी हैं। फिर भी, मंदिर समिति के अध्यक्ष ने रिपोर्ट तैयार करने के लिए मुझे भेजने के लिए उच्च अधिकारी डॉ. बी. नरसिम्हैय्या को कहा। केरल में इस तरह के माहौल की हम कल्पना तक नहीं कर सकते।

सेवानिवृत्ति के बाद केरल वापस जाकर शेष जीवन बिताने की मेरी अभिलाषा थी। परंतु केरल में हर विषय विवाद का कारण होता है। मशहूर गायक येशुदास के गुरुवायूर मंदिर में प्रवेश न होने का मामला चला। व्यक्तिगत तौर पर मेरा विचार यह है कि आस्तिकों को आचार मर्यादा का पालन करने से मंदिर में प्रवेश दिया जा सकता है। मंदिर और मस्जिद का आपस में संबंध रखनेवाली कुछ जगहें केरल में भी हैं। इसमें प्रमुख है शबरीमला। वावरस्वामी नामक मुस्लिम की पूजा के बिना शबरीमला दर्शन पूर्ण नहीं होता है। इस तरह की अन्य जगहें भी हैं। हमें ऐसे विचारों को प्रोत्साहन देना चाहिए। सभी विचारों को माननेवाले सूफी लोग इसका दायित्व ले सकते हैं। दोनों विभागों के सुन्नी मुस्लिम और शिया मुस्लिम हिंदू-मुसलमान एकता के लिए काम कर सकते हैं। पुराने समय में इस तरह का मधुर संबंध रहा था, लेकिन बाद में यह लगभग समाप्त हो गया। जमायते इसलामी, नद्वतुल मुजाहिदीन आदि ईद मिलन के माध्यम से हिंदू-मुसलमान एकता बनाए रखने की कोशिश कर रहे हैं। बाबरी ढाँचा ढहाने जाने के बाद केरल का धार्मिक वातावरण विषाक्त हो गया। उधर इंडियन मुस्लिम लीग ने संतुलित विचारों से शांति को बनाए रखा और समस्याओं का समाधान किया। इसमें मुस्लिम लीग के अध्यक्ष पाणक्काड शिहाबतगँला जैसे लोगों की बड़ी भूमिका रही। धर्मों को जोड़ने में सक्षम युवा नेतृत्व आज के समाज की माँग है। हम कब तक बाबरी मस्जिद मामले पर अटके रहेंगे? हमें आगे बढ़ना नहीं है क्या?

केरल की कई जगहों पर यात्रा करते समय एक बात मेरे ध्यान में आई कि संध्या समय में जब मंदिरों में दीप जलाते हैं, तब घरों में लोग दीप जलाते हैं। वह मुझे आत्मीय अनुभूति देते थे। मध्य प्रदेश के भोजपुर में कभी-कभी

सूर्यास्त के समय मैं पहुँचता था। पश्चिम के आसमान में अस्त हो रहे सूर्य की लाल किरणें, संध्या वेला में गूँजनेवाली मंत्र ध्वनियाँ, यह हमें एक विचित्र अनुभूति प्रदान करतीं। कालिकट (केरल में) के मेरे प्लॉट के नजदीक एक छोटा सा मंदिर है। मलयालम के कार्किटकम् (आषाढ़) महीने में मैं वहाँ गया था। धीमे-धीमे जलनेवाले दीपों को देखने से गंगा नदी तथा भोजपुर में भाग ली गई आरतियों की याद आई। आज दीप प्रज्वलित करना एवं योग आदि केरल में विवाद के विषय हैं। मेरे विचार में, ये सब भारत की सामासिक (Composite) संस्कृति के अंग हैं। मैं योग करनेवाला हूँ और अवसर मिलने पर दीप भी जलाता हूँ।

□

विदेशी राष्ट्राध्यक्षों के साथ

भारतीय पुरातत्त्व सर्वेक्षण के मेरे कार्यकाल में विभिन्न राष्ट्रों के अध्यक्षों को अपने देश की विरासत का परिचय देने का अवसर मुझे कई बार प्राप्त हुआ है। भा.पु.स. का अधिकारी होने की वजह से यह सौभाग्य मुझे प्राप्त हुआ है।

विदेशी राष्ट्राध्यक्षों के भारत-दर्शन के समय उन्हें मार्गदर्शन कराने के लिए कुछ पूर्व तैयारियाँ करनी होती हैं। उनका पर्यटन कड़ी सुरक्षा के बीच होता है। ऐतिहासिक दृष्टि से महत्त्वपूर्ण विषयों को जानने के लिए वे कई सवाल पूछते हैं। इसके लिए नाप-तौलकर उत्तर देना पड़ता है। छोटी सी गलती भी कभी समस्या खड़ी कर सकती है, इन सभी बातों को ध्यान में रखकर सतर्क होकर मैंने विभिन्न राष्ट्राध्यक्षों के मार्गदर्शक (Guide) का काम किया। वर्ष 2000 से दो वर्ष तक मैं ताजमहल का प्रभारी था। तीस से अधिक विदेशी राष्ट्राध्यक्षों और प्रतिनिधियों को ताज एवं अन्य ऐतिहासिक स्मारकों को मैंने दिखाया।

विदेशों से आनेवाले राष्ट्रपति या प्रधानमंत्री के साथ राजनयिक प्रतिनिधि भी होते हैं। वे कई किस्म के सवाल पूछते हैं। उत्तर राष्ट्रहित में होना चाहिए। सभी सवालों के उत्तर नहीं देने होते हैं, परंतु प्रतिक्रिया तो देनी होती है। केवल विषय से जुड़ी हुई बातें करना, अनावश्यक बातें नहीं करना।

जब मैं आगरा परिमंडल में था, तब पाकिस्तान के राष्ट्रपति परवेज मुशर्रफ और उनकी बेगम शेबा मुशर्रफ (shebha Musharraf) ताजमहल देखने के

लिए आए। भाजपा की सरकार थी। भारत-पाक संबंध मधुर नहीं थे। ताज की खूबसूरती के बारे में मेरी बातें सुनकर वे आश्चर्यचकित हो गए और फिर एक सवाल उठाया—"इसका निर्माण किसने करवाया था?" सवाल के द्वारा उनका लक्ष्य शाहजहाँ नहीं था। मैंने कुछ परिवर्तन के साथ उत्तर दिया, "महोदय, इसके मुख्य शिल्पी का नाम अहमद लाहौरी था। उन्हें पाकिस्तानी समझना स्वाभाविक है, परंतु इसके निर्माण काल में लाहौर भारत का हिस्सा था।" मैंने आगे कहा, "ताजमहल के वास्तविक निर्माता शाहजहाँ का जन्म लाहौर किले में हुआ था। मुमताज के साथ उनकी शादी भी वहीं हुई थी।"

यह सब कहकर आंतरिक रूप से यह संदेश प्रसारित करने की मैंने कोशिश की कि हम एक रहे थे और हमारी सांस्कृतिक विरासत भी एक है। वर्ष 2002 में चीन के प्रमुख (Premier) सुरोन गोसी जब ताजमहल आए, तब मैंने उन्हें सिल्क रूट, चीनी बरतन, फाहियान, ह्वेनसांग आदि चीनी यात्रियों के संबंध में तथा वर्ष 1644 में ताज निर्माण के समय पर चीन में हुए सत्ता-परिवर्तन के बारे में बताया।

दिल्ली परिमंडल में काम करते समय अमेरिकी राष्ट्रपति बराक ओबामा और उनकी पत्नी मिशेल ओबामा का स्वागत करने का अवसर मुझे मिला। हुमायूँ का मकबरा और अन्य ऐतिहासिक महत्त्व रखनेवाले स्मारकों को देखकर वे आश्चर्यचकित हो गए। निर्माण की शैली और समय के बारे में उन्होंने पूछा। मुझे मालूम था कि ओबामा पारंपरिक धर्मों से दूर मानव धर्म के विशाल आदर्श में विश्वास रखनेवाले अतींद्रिय दर्शनवाले व्यक्ति हैं। इस आध्यात्मिक दार्शनिक आशय का उपज्ञाता राल्फ वाल्डो इमर्सन, उनके गुरु जर्मन दार्शनिक आर्थर शुवैट सर, उनके गुरु अक्युरल डेफ्रान आदि पर भारतीय उपनिषदों का बड़ा प्रभाव था। शाहजहाँ के बड़े पुत्र दाराशिकोह ने उपनिषदों का पर्शिया भाषा में अनुवाद करके इस दर्शन को संसार के सामने रखा।

फिर अक्यूटल डेफ्रान ने उनका लैटिन भाषा में अनुवाद किया। उपनिषदों के अनुवाद ने अमेरिका के अतींद्रिय दार्शनिकों को प्रभावित किया। इस संघ से घनिष्ठ संबंध रखनेवाले हैं ओबामा। दाराशिकोह का मकबरा हुमायूँ के मकबरे

के बाहर है, कहने पर आत्मीय संबंध बढ़ गया होगा। जब मैंने दाराशिकोह का मकबरा दिखाया, तब दोनों ने उसके सामने आदर के साथ सिर झुकाया। शाहजहाँ का बड़ा बेटा दाराशिकोह सत्ता का उत्तराधिकारी नहीं बना। सत्ता के लिए भूखे उसके छोटे भाई औरंगजेब ने बड़े भाई दाराशिकोह की हत्या कर दी। संस्कृत में लिखे उपनिषदों को संसार के सामने लाने के महत्त्वपूर्ण कार्य के बाद वह मारा गया। मैंने देखा कि सभी राष्ट्र नेताओं की पत्नियाँ उच्च शिक्षा-संपन्न होती हैं। भारत के ऐतिहासिक स्मारकों के बारे में उनका गहरा ज्ञान भी होता है। उनको अवकाश का समय ज्यादा मिलने पर वे कई सवाल भी पूछती हैं। मैंने उनके सवालों का इंतजार किया था।

जर्मनी के राष्ट्रपति होरस्ट कोहलर के दौरे का मुझ पर ज्यादा प्रभाव हुआ। वे पर्यावरण और मौसम का आदर करनेवाले व्यक्ति थे। वातानुकूलन के उपयोग के बिना मौसम को नियंत्रित करने के बारे में उन्होंने बात की। आधुनिक तकनीकी का उपयोग न करके पानी को एक जगह से दूसरी जगह ले जाने के हुमायूँ के मकबरे के पारंपरिक तरीके को प्रोटोकॉल को माने बिना निकट आकर उन्होंने देखा और उसकी प्रशंसा की। प्रौद्योगिकी में अग्रसर राष्ट्र जर्मनी के राष्ट्रपति ने ऐसा किया। हम प्राचीनता को भूलकर आधुनिकता के पीछे दौड़ते समय प्राचीनता और आधुनिकता को जोड़कर आगे बढ़ने के बारे में सोचते हैं।

□

भारत-दर्शन के लिए प्रतिकृति (रेप्लिका) संग्रहालय

वर्ष 2008–12 के दिल्ली के अपने कार्यकाल में एक सरकारी अफसर के पद से ऊपर उठकर काम करने का मुझे अवसर मिला था। राष्ट्रमंडल खेलों की तैयारियों के लिए भोपाल से दिल्ली परिमंडल में मेरा तबादला हुआ। वटेश्वर जैसे क्षेत्रों में किए गए कार्यों के संबंध में संस्कृति मंत्रालय को अच्छी टिप्पणी मिलने के कारण शायद दिल्ली में मेरी नियुक्ति हुई थी। तीन विषयों पर बल देकर काम करने का सुझाव दिया गया। उन सुझावों और आदेशों से एक कदम आगे बढ़कर मैंने काम किया। मैंने अवसर का लाभ उठाया। स्मारकों के आगे के भागों की मरम्मत करके सुंदर बनाने की योजना थी। मैंने आवंटित राशि से स्मारकों के आगे का भाग ही नहीं, टूटे-फूटे अन्य भागों की भी मरम्मत करके पूरे रख-रखाव का काम किया। इससे कुतुबमीनार, तुगलकाबाद, आदिलाबाद जैसी कई जगहों पर बड़ा परिवर्तन ला सका।

इन तीन बातों पर ध्यान देते हुए काम करने का मुझे निर्देश मिला—

1. राष्ट्रमंडल खेलों में प्रतिभागी के रूप में तथा खेल-कूद देखने के लिए देश और विदेश से कई लोग दिल्ली पहुँचेंगे। खेल-कूद के दौरान स्वाभाविक है कि वे लोग ऐतिहासिक स्मारकों को देखने के लिए भी जाएँगे। इसलिए स्मारकों के आगे के भागों की मरम्मत करके उन्हें सुंदर बनाना।

2. बगीचों को आकर्षक एवं सुंदर बनाना।
3. ऐतिहासिक स्मारकों को शोभा देने के लिए रात में बिजली की व्यवस्था करना।

कुतुबमीनार और लाल किला सहित विभिन्न स्मारकों की मरम्मत का कार्य शुरू कर दिया गया। पर्यटक आनेवाली जगहों को सुंदर बनाने की योजना सरकार ने तैयार की और साथ ही ऐतिहासिक दृष्टि से महत्त्वपूर्ण तुगलकाबाद, आदिलाबाद आदि की भी मरम्मत की। टूटे-फूटे किले के दरवाजों, खिड़कियों तथा दीवारों को पूर्व स्थिति में स्थापित करके आकर्षक बनाने का काम किया गया।

देश की राजधानी दिल्ली में रोजाना देश और विदेश से सैकड़ों लोग आते हैं। उन्हें देखने के लिए कई ऐतिहासिक स्मारक यहाँ हैं—लाल किला, हुमायूँ का मकबरा, कुतुबमीनार, आगरा का ताजमहल, आगरा किला, फतेहपुर सीकरी आदि-आदि। ये सब मुगल सल्तनत के जमाने में बनाए गए हैं। केवल ये सब देखने से भारत के संबंध में एक पर्यटक का दृष्टिकोण क्या होगा? सब मुसलमानों का है। 'भारत' का मतलब दिल्ली के इर्द-गिर्द नहीं है। भारत के अन्य राज्यों में विभिन्न राजवंशों द्वारा बनाए गए और हमें गौरवान्वित करनेवाले स्मारकों को देखे बिना हम कैसे भारत को समझ सकेंगे? दिल्ली में आनेवालों को भारत के विभिन्न प्रदेशों के मंदिर, वहाँ के मनोहर शिल्प जैसे—बृहदेश्वर मंदिर, महाबलिपुरम्, अजंता-एलोरा, एलिफेंटा आदि देखने का अवसर नहीं मिलता है। अत: विविधताओं से संपन्न भारतीय संस्कृति के बारे में दिल्ली में आनेवाले पर्यटकों को पूर्ण जानकारी नहीं मिल पाती है।

इस कमी को दूर करने के लिए दिल्ली में 'प्रतिकृति (रिप्लिका) संग्रहालय' स्थापित किया गया। यह दिल्ली के प्रमुख सांस्कृतिक केंद्र सीरीफोर्ट के पास है। भारत के कई प्रदेशों में बिखरे पड़े प्रमुख सांस्कृतिक एवं ऐतिहासिक स्मारकों एवं शिल्पों की नकल यहाँ प्रदर्शित किया गया है। भारत के कई भागों में सेवा करने के कारण ऐतिहासिक दृष्टि से

महत्त्वपूर्ण स्मारक और शिल्प कहाँ-कहाँ हैं, मुझे अच्छी तरह मालूम है। कुछेक के बारे में पुस्तकों से प्राप्त जानकारी भी है। पद्मश्री अजीत कौर, उनकी मशहूर चित्रकार बेटी अर्पणा कौर नियमानुसार प्रयास करके रेप्लिका संग्रहालय स्थित दो एकड़ की जमीन भारतीय पुरातत्त्व सर्वेक्षण के अधीन आ गई। स्वामी विवेकानंद के आदर्शों की अनुयायी हैं अजीत कौर। उन्होंने 'पर्यावरण हेतु सार्क लेखक संघ' (SAARC writers forum for enviornment) नामक संघ का गठन अपने परिश्रम से किया है। केरल के वरिष्ठ साहित्यकार एवं ज्ञानपीठ पुरस्कार से सम्मानित एम.टी. वासुदेवन नायर एवं उड़ीसा के एस.के. महापात्र आदि इस संघ के सदस्य हैं। अपनी जेब से पैसा खर्च करके अजीत कौर ने समाज-सेवा की। 'रेप्लिका संग्रहालय' पहले दिल्ली विकास प्राधिकरण (DDA) के अधीन था। अजीत कौर द्वारा पूर्व प्रधानमंत्री वी.पी. सिंह से मिलकर लोकहित में मुकदमा चलाने से यह भा.पु.स. के अधीन आ गया। इसके लिए भी पैसा दोनों ने अपने पास से ही खर्च किया। न्यायिक फैसला भा.पु.स. के पक्ष में था। मैं उसी समय स्थानांतरित होकर दिल्ली आया था। जमीन का अंतरण नहीं हुआ था। उस जमीन में बनाए गए क्लब के भवन को तोड़ने के लिए भी फैसले में निर्देश दिया गया था। लेकिन भवन तोड़ने से सरकार को वित्तीय नुकसान होगा, कहकर डी.डी.ए. क्लब और जमीन भा.पु.स. को दे दिया गया। श्रीमती अजीत कौर और अर्पणा कौर के इस जगह को दिन रात संरक्षण करने में और लाठी लेकर खड़े होने में उनसे सहयोग किया था, भारतीय पुरातत्त्व सर्वेक्षण के एक कर्मचारी श्री प्रेम सिंह। अर्पणा जी कहती हैं, 'अगर प्रेम सिंह इतने दृढ़ता खड़ा नहीं हुआ होता ये पूरी जमीन कुछ शक्तिमान लोगों ने हड़प लिया होता।'

शहर के केंद्रीय भाग में स्थित इस जमीन को बिना उपयोग करके छोड़ेंगे तो लोग इस पर कब्जा करेंगे। इसलिए जमीन का सदुपयोग कैसे करेंगे, इस पर विचार-विमर्श हुआ। इसका सुखद परिणाम है संग्रहालय का प्रस्ताव। अजीत कौर और अर्पणा कौर से इसके संबंध में बात हुई।

तत्कालीन पर्यटन और संस्कृति मंत्री श्रीमती अंबिका सोनी से श्रीमती कौर की बातचीत का परिणाम बच्चों के संग्रहालय के रूप में सामने आया। श्रीमती अंशु वैश्य, महानिदेशक और वी.एस. मदान, सहायक महानिदेशक ने इसका सक्रिय समर्थन किया। श्रीमती अंबिका सोनी ने स्वयं इस संग्रहालय का उद्घाटन किया। उस समय यह प्रस्ताव आया कि पुरातन स्मारकों की मरम्मत के बाद बची हुई राशि से संग्रहालय का निर्माण किया जाना चाहिए। कुछ लोगों ने कहा कि ऐसा करने से लेखा-परीक्षा (Audit Objection) में आपत्ति हो सकती है और खर्च की गई राशि की वसूली मेरी तनख्वाह से की जाएगी। कुछ लोगों ने सलाह भी दी कि बिना सोचे-समझे मामले में कूदना जोखिम भरा होगा।

'मुहम्मद ने तय किया है तो करेगा', कहकर एक अफसर ने अपना विरोध बंद कर दिया।

बिहार से मेरे और डॉ. ए.के. पांडेय के परिचित ललित कला के छात्रों को इस कार्य के लिए आमंत्रित किया गया। संग्रहालय निर्माण का कार्य शुरू हो गया। भारत के विविध प्रदेशों के सुंदर शिल्पों की दस-पंद्रह फीट ऊँचाई की प्रतिकृति (Replica) तैयार की गई। उनके महत्त्व को दरशानेवाली छोटी टिप्पणियाँ तैयार करके साथ लगाईं। जमीन अतिक्रमण को रोकने के उद्देश्य से तीस से अधिक प्रतिकृतियाँ स्थापित की गईं। हर शिल्प का बाजार मूल्य सात-आठ लाख रुपए होने पर भी मेरा खर्च केवल एक लाख रुपए हुआ। संग्रहालय देखकर भा.पु.स. के सेवानिवृत्त पुरातत्त्वविद जैसे डॉ. बी.एम. पांडेय, पद्मश्री डॉ. आर.एस. बिष्ट, डॉ. आर.सी. अग्रवाल और डॉ. वी.आर. मणी बहुत खुश हुए। हर एक मूर्तियों के शानदार टिप्पणी डॉ. बी.एम. पांडेय के निर्देशन में किया गया।

भारत और विदेशों से 200 मूर्तियाँ स्थापित करने का मेरा आग्रह था। ऐसा होता तो यह एक 'एशियन संग्रहालय' के रूप में विकसित होता और आगंतुक भारत व अन्य देशों की सांस्कृतिक विरासत के बारे में भी जानकारी प्राप्त कर सकते थे। अपूर्ण रहे प्रतिकृति संग्रहालय का विकास अब भी मेरे

मन में है। इसके लिए आवश्यक कदम सरकार को उठाना है। परियोजना का पूर्ण रूप मन में रखते हुए मैं कहना चाहता हूँ कि भारत की कई जगहों का प्रतिनिधित्व करनेवाली प्रतिकृतियों को स्थापित करना है। छत्तीसगढ़ में रुद्रशिव की एक आकर्षक प्रतिकृति है। जैसा नाम है, वैसे रौद्र भाव की नहीं है वह। मेरे अध्ययन और सुबूत के अनुसार यह पशुपति शिव हैं। समस्त ब्रह्मांड के नायक माने जानेवाले भगवान् शिव है यह पशुपति मूर्ति।

सभी जीवों के समन्वय रूप हैं ये भगवान् शंकर। सिर बाँधने के लिए साँप है, कान मोर से बनाया है, मगरमच्छ और मेढक की आँखें, दो मछलियों को जोड़नेवाली मूँछ, केकड़े के छिलके से बनाई हुई दाढ़ी। मगरमच्छ के मुँह से निकलनेवाले हाथ, नवग्रहों को सूचित करनेवाला नौ मानव मुख, कछुए के सिर का उपयोग करके गुप्तांग, हाथी के पैर आदि। सभी प्राणियों का सम्मिलन है छत्तीसगढ़ के ताला मंदिर का यह पशुपति शिव। इसके अलावा महाबलीपुरम्, हंपी, बादामी, अजंता, एलोरा, एलिफेंटा, मथुरा, सारनाथ, पटना जैसे स्थानों की सुंदर शिल्पों की प्रतिकृतियाँ यहाँ हैं। एक भारतीय को यह सब देखने के लिए कम-से-कम तीन महीने का समय लगेगा। यहाँ संग्रहालय में एक घंटे में भारत-दर्शन पूरा हो जाएगा। हमारी महत्त्वपूर्ण संस्कृति के बारे में एक सामान्य चित्र प्राप्त होने में यह सहायक होगा। इस संग्रहालय का एक नया खंड, जो पर्यटकों को इसकी तरफ आकर्षित करता है, वह है राष्ट्रीय संग्रहालय की प्रो. मानवी सेठ की ओर से लगाई गई प्रदर्शनी, जिसके पीछे डॉ. विजय मदान का मार्गदर्शन था, जो भा.पु.स. के सहायक महानिदेशक के साथ ही राष्ट्रीय संग्रहालय के कुलपति भी थे। यह प्रदर्शनी वास्तविक तसवीरों के माध्यम से काफी स्पष्ट रूप से दिखाती है कि अपनी विरासत को सहेजने में हम कितने लापरवाह हैं। अतिक्रमणों और लोगों के द्वारा विरासत से जुड़े ढाँचों को तहस-नहस करने के चालाकी भरे तरीकों को भी एकदम स्पष्ट रूप से दिखाया गया है। अजीत कौर द्वारा अधिकृत जमीन में मंजूर की गई बजट राशि में कुछ समायोजन करके बहुत मितव्ययिता के साथ संग्रहालय का निर्माण किया

था। कंसप्ट प्लान (Concept Plan) और निधि के बिना सकारात्मक विचार और इच्छा-शक्ति के बल पर शून्य से योजना को कैसे पूर्णता में बदला जा सकता है, इसका एक अच्छा उदाहरण है 'रिप्लिका संग्रहालय'।

आज इस संग्रहालय को देखने के लिए काफी लोग आते हैं। स्कूल के छात्र ज्यादा आते हैं। कार्य-निर्वहन भा.पु.स. के अधीन है। आज भी जो संग्रहालय देखने के लिए आते हैं उन्हें श्री प्रेम सिंह और अरविंद सेमवाली पूरा संग्रहालय दिखाते हैं।

भले ही कुछ लोगों ने इस अवधारणा की आलोचना बी.जे.पी. के दिमाग की उपज कहकर की हो, लेकिन सत्ता में आने के बाद से बी.जे.पी. के पास ऐसी परियोजनाओं के लिए समय नहीं है। पार्टी नेतृत्व इस प्रकार के संग्रहालय के महत्त्व को समझ नहीं सका। लेकिन यह मान लीजिए कि अगर यह शोर मच जाए कि शरारती तत्त्वों ने यहाँ लगी किसी मूर्ति को तहस-नहस कर दिया है, तो सबसे पहले बी.जे.पी. ही अपने किसी सहयोगी संगठन को यहाँ भारतीय देवी-देवताओं की मूर्तियों के कथित तोड़-फोड़ के विरुद्ध धरना करने के लिए भेज देगी। निश्चित रूप से संस्कृति के प्रति यह सच्चा प्रेम नहीं है। बी.जे.पी. को संस्कृति और पुरातत्त्व की कोई भी परवाह नहीं है। संस्कृति का मुद्दा वे तब एक बार फिर उठाएँगे, जब सत्ता से बाहर हो जाएँगे।

ऐतिहासिक स्मारकों के संरक्षण के कार्य में नई पीढ़ी को भी शामिल करना है। नई पीढ़ी कभी इनके मूल्य को समझती नहीं है। छात्रों को इतिहास के बारे में अवगत कराना है। इस हेतु प्रारंभ किया कार्यक्रम था—अशोक स्तंभ के सामने हुई छात्रों की शपथ।

सम्राट् अशोक ने पूरे देश में, यानी भारत के कई इलाकों में शिलालेख खुदवाए हैं। इसकी अनुवर्ती कारवाही करके नए अशोक शिलालेखों को तैयार करके छात्रों से शपथ दिलवाई थी। 'मैं ऐतिहासिक स्मारकों की वंदना करूँगा, संरक्षण करूँगा और उन पर लिखकर उन्हें विकृत नहीं करूँगा।' राष्ट्रीय चिह्न सारनाथ के गरजनेवाले शेर के सामने बच्चों ने शपथ ली। यह

कार्यक्रम बिहार से शुरू किया गया और मध्य प्रदेश के साँची के स्तंभ के सामने तत्कालीन राज्यपाल श्री बलराम जाखड़ ने बच्चों को शपथ दिलवाई। दिल्ली और अन्य जगहों पर भी यह सिलसिला जारी रहा। छात्रों को भारत के इतिहास से अवगत कराने में यह सहायक हुआ। युवा पीढ़ी और छात्रों को धरोहर संरक्षण में भागीदार होना जरूरी है। दिल्ली के कई कॉलेजों से छात्रों को एकत्रित करके स्वच्छता अभियान भी चलाया गया। विस्मृति के गति में डूबे तथा अनाथ रहे कई स्मारकों में छात्रों ने स्वच्छता का काम किया। अनजाने में ही कई स्मारकों को इससे नई जान व स्फूर्ति प्राप्त हुई।

दिल्ली को 2010 के राष्ट्रमंडल खेलों के लिए एक मिसाल के तौर पर पेश करने के लिए, आई.टी.डी.सी. ने 'पुराना किला' में लाइट ऐंड साउंड शो की शुरुआत करने का प्रस्ताव रखा था। आमतौर पर इसकी स्क्रिप्ट दिल्ली सर्किल के अधीक्षण पुरातत्त्वविद् को सौंपी जाती है, जो गहराई से इसे देखने और सारी बातों को ध्यान में रखने के बाद महानिदेशक को भेजते हैं, जिनके द्वारा उसके तमाम पहलुओं की विवेचना के लिए भा.पु.स. के विशेषज्ञों की एक समिति नियुक्त की जाती है। ऐसी सभी बैठकों में हर एक बिंदु पर गहन चर्चा होती है, ताकि जब यह विषय जनता के सामने आए तो किसी भी प्रकार के ऐतिहासिक विवाद की गुंजाइश न रह जाए। भारत का इतिहास सदा से ही न सिर्फ इतिहासकारों के बीच, बल्कि प्रमुख राजनीतिक दलों के बीच भी विवाद की जड़ रहा है। एक बार इस प्रकार के विवाद खड़े हो जाते हैं तो समाज में किसी जंगल की आग की तरह तेजी से फैलकर तनाव को बढ़ा देते हैं। ऐसे किसी भी विवाद पर विराम लगाने के उद्देश्य से भा.पु.स. अतिरिक्त सावधानी बरतता है। लेकिन 'पुराना किला' के साउंड ऐंड लाइट कार्यक्रम की स्क्रिप्ट 2008 में भा.पु.स. को नहीं भेजी गई थी, जिसके कारणों की सच्चाई आई.टी.डी.सी. ही बेहतर तरीके से बता सकता है।

मुझे जब उस कार्यक्रम की पहली प्रस्तुति को देखने के लिए बुलाया गया था, तब मुझे लगा कि यह लाल किला पर होनेवाले साउंड ऐंड लाइट प्रोग्राम की तुलना में तकनीकी रूप से कहीं अधिक सशक्त और बेहतर है।

लेकिन मुझे यह देखकर हैरानी हुई कि जिस 'इंद्रप्रस्थ' की स्थापना पांडवों ने अपनी राजधानी के रूप में की थी और जहाँ लाइट ऐंड साउंड कार्यक्रम आयोजित किया जा रहा था, उस इंद्रप्रस्थ का स्क्रिप्ट में कोई जिक्र नहीं था। तिलपत, बागपत, सोनीपत और पानीपत के साथ ही, यह उन पाँच गाँवों में से एक था, जिसे समझौते के तहत पांडवों को दिया गया था। राजपूत स्रोतों के अलावा 'इंद्रप्रस्थ' नाम का जिक्र हसन निजामी लिखित ताजुल मआसिर और इसामी लिखित तारीख-ए-फिरोजशाही में मिलता है। 'पुराना किला' और हुमायूँ के मकबरे के बीच के इलाके में प्रो. बी.बी. लाल तथा डॉ. बी.आर. मनी द्वारा सालिमगढ़ में की गई खोज और उत्खननों के फलस्वरूप पर्याप्त संख्या में चित्रित धूसर पात्र मिले हैं, जो 'महाभारत पॉटरी' के नाम से लोकप्रिय हैं। स्वतंत्रता प्राप्ति से पहले तक दिल्ली के राजस्व संबंधी दस्तावेजों में इंद्रप्रस्थ नाम का एक गाँव था, जहाँ लोग रहते थे। इसलिए 'इंद्रप्रस्थ' का जिक्र न होना चौंकाने और परेशान करनेवाला था, विशेष रूप से 'पुराना किला' में आयोजित कार्यक्रम में, जबकि वह स्थान था, जिसे इंद्रप्रस्थ नाम दिया गया था। इन पुरातात्त्विक और ऐतिहासिक प्रमाणों के बावजूद, यदि एक समूह किसी मंशा से प्रेरित होकर इतिहास के एक प्रमुख तथ्य को छिपा देता है, तो भा.पु.स. उनके हाथों का खिलौना बनने के लिए तैयार नहीं है। मैंने तत्काल ही इस विषय को आई.टी.डी.सी. के श्री कुमार के समक्ष उठाया, जो साउंड ऐंड लाइट शो के प्रभारी थे। उन्होंने मुझे यह कहकर शांत किया कि यह एक ट्रायल-शो है और भारतीय पुरातत्त्व सर्वेक्षण तथा अन्य विद्वानों की ओर से जो भी सुझाव आएँगे, उन्हें जनता के सामने इस शो की प्रस्तुति से पहले संज्ञान में लिया जाएगा।

अगली स्क्रीनिंग में मेरे अलावा डॉ. गौतम सेन गुप्ता, महानिदेशक, भा.पु.स.; डॉ. बी.आर. मणी, संयुक्त महानिदेशक भी वहाँ मौजूद थे। स्क्रीनिंग जैसे ही समाप्त हुई, डॉ. गौतम सेन गुप्ता आनन-फानन में 'पुराना किला' से बाहर निकल आए, क्योंकि वे शो की विषयवस्तु से सहमत नहीं थे। डॉ. बी.आर. मनी और मैं उनके पीछे-पीछे निकल गए। अगले दिन डॉ. मनी ने महानिदेशक को उस स्क्रिप्ट की कमियों पर एक नोट तैयार कर दिया। आगे

चलकर स्क्रिप्ट में बदलाव किया गया और महाभारत के हिस्से को उसमें जोड़ दिया गया। लेकिन उस तरीके से नहीं जोड़ा गया जैसा कि होना चाहिए था। वास्तव में, उसकी कहानी महाभारतकाल के पी.जी.ड्ब्ल्यू. (महाभारत पॉटरी) से शुरू होनी चाहिए थी, क्योंकि यह ऐसी चीज है, जो दिल्ली के स्थलों पर सबसे शुरुआती स्तरों पर पाई जाती है। किंतु एक स्पष्ट कहानी को प्रस्तुत करने की बजाय, महाभारत के हिस्से को अब अनुचित रूप से दीनपनाह के साथ जोड़ दिया गया, जो हुमायूँ और शेरशाह की दिल्ली थी तथा दर्शक को इतिहास के प्रवाह में अचानक ही एक झटके का अनुभव होता है और वह समझ नहीं पाता कि उसके सामने क्या चल रहा है।

यह स्क्रिप्ट जेएनयू के एक प्रोफेसर प्रो. नजफ हैदर ने लिखी थी, जो अलीगढ़ मुस्लिम यूनिवर्सिटी के प्रो. इरफान हबीब के प्रिय शिष्य हैं। मैं उन्हें अलीगढ़ के दिनों से ही जानता था, जब वे इतिहास विभाग में थे। मैं जब आगरा में तैनात था, तब वे मुझसे दो बार मिलने आए थे। एक बार अपनी पत्नी के साथ, जब उन्होंने मेरे साथ नाश्ता किया था और फिर मुझे अलीगढ़ मुस्लिम यूनिवर्सिटी के जनरल एजुकेशन सेंटर में एक लेक्चर के लिए न्योता दिया था। लेक्चर का आयोजन श्रीमती नजफ हैदर कर रही थीं।

वे दूसरी बार 'परस्पेक्टिव' नाम की एक पत्रिका की महिला संपादक के साथ मेरे पास आए। पत्रिका का प्रकाशन विदेश मंत्रालय करता है। उन्होंने केसरिया स्तूप पर लिखे मेरे लेख को फौरन उठा लिया, जिसका उत्खनन मैंने बिहार में अपनी तैनाती के दौरान किया था। महिला संपादक के अनुसार, बुद्ध से संबंधित इस स्तूप के उत्खनन की खबर भारत से बाहर के लोग दिलचस्पी लेकर पढ़ेंगे, क्योंकि यह पत्रिका अनेक विदेशी भाषाओं में प्रकाशित की जाती है और विदेश में काफी लोग इसे पढ़ते हैं। बेशक वह लेख मेरी ओर से उपलब्ध कराई गई अच्छी तसवीरों के साथ छपा। वर्ष 2015 में मैंने किसी अखबार में पढ़ा कि डॉ. नजफ हैदर के साथ मुझसे मिलने आईं परस्पेक्टिव की महिला संपादक सुश्री माधुरी गुप्ता को पुलिस ने पाकिस्तान को खुफिया भारतीय दस्तावेज सौंपने के आरोप में गिरफ्तार कर लिया है।

डॉ. नजफ इस बात के लिए मुझे माफ नहीं कर सके, क्योंकि मैं ही

महाभारत की उस कहानी को उसका सच्चा स्थान दिलाने का जिम्मेदार लोगों में एक था, जिसे वे साजिश के तहत अनदेखा कर रहे थे। वे मुझसे बदला लेने के लिए मौके की ताक में थे। अलीगढ़ के कम्युनिस्ट इसके लिए कुख्यात हैं। उन्हें वह मौका तब मिला, जब मुझे जेएनयू में ऐतिहासिक अध्ययन विभाग की प्रो. महालक्ष्मी ने जे.एन.यू. में मेरे द्वारा बटेश्वर में किए गए उत्खनन कार्य पर लेक्चर के लिए बुलाया। मैं इसके लिए तैयार हो गया और तारीख तथा समय तय हो गया। निश्चित दिन से एक दिन पहले मुझे जे.एन.यू. से एक फोन आया कि मेरा लेक्चर रद्द हो गया है। मैंने जब एक पुराने परिचित प्रो. रनवीर चक्रवर्ती से पता किया तो उन्होंने बताया कि क्लास-रूम उपलब्ध न होने की वजह से उसे रद्द कर दिया गया। कुछ और पूछताछ के बाद पता चला कि डॉ. नजफ हैदर ने इसे यह कहकर रद्द कराया कि मैं बी.जे.पी. का आदमी हूँ और अगर मैं जे.एन.यू. में क्लास लेता हूँ तो यूनिवर्सिटी में हिंसा भड़कने की पूरी-पूरी आशंका है। बाद में मैंने जब इस पर प्रो. महालक्ष्मी से चर्चा की, तब उन्होंने क्षमा-याचना के अंदाज में कहा कि उनके पति को इन सारी बातों का बेहद दुःख है, क्योंकि इसके आयोजन की पहल उन्होंने ही की थी। आगे उन्होंने कहा कि वे विभाग में इतनी ताकतवर नहीं कि प्रो. नजफ हैदर का मुकाबला कर सकें।

राष्ट्रमंडल खेलों का आयोजन जब युद्ध-स्तर पर चल रहा था, तब डॉ. पुनाचा, डॉ. बी.आर. मणी, श्री जे. शर्मा और स्वयं मैं एक बैठक में शामिल थे। मैंने सुझाव दिया कि प्रो. लाल ने पुराना किला के जिन स्थलों पर खुदाई की थी, वहाँ फिर से उत्खनन किया जाए, उसके ऊपर खूबसूरती से तैयार किया गया कवर लगाया जाए, और परतों को मजबूत कर आम जनता को खुदाई के उस स्थल को देखने का अवसर उपलब्ध कराया जाए। मैंने यह सुझाव भी दिया कि एक व्याख्यान केंद्र भी खोला जाए, जो भारतीय पुरातात्त्विक खोजों के चमत्कारिक पलों की एक झलक दिखाए। कैसे जिस भारतीय सभ्यता को 600 सदी ईसा पूर्व का बताया जा रहा था, वह 600 ईसा पूर्व से 2600 ईसा पूर्व तक प्राचीन कैसे मानी गई? जॉन मार्शल ने जब भविष्य के इतिहास की भूलभुलैया के झरोखों

से एक नई हड़प्पा-मोहनजोदड़ो सभ्यता के जन्म की धुँधली झलक देखी, तब क्या कहा? कैसे फाहियान और ह्वेनसांग के पदचिह्नों पर चलते हुए, मरखम किट्टो और अलेग्जेंडर कनिंघम ने कौसांबी, संकिसा, पाटलिपुत्र, राजगीर, नालंदा आदि ऐतिहासिक स्थलों की पहचान की? कैसे प्रो. लाल ने वायुपुराण में वर्णित बाढ़ का संबंध हस्तिनापुर की बाढ़ के स्तर से स्थापित किया? पुरातत्त्व के इस प्रकार के रोचक और निर्णायक पलों को पुराना किला में व्याख्यान-केंद्र सह संग्रहालय में पेश किया जाना चाहिए। इन सारी बातों को जब विस्तार से समझाया गया, तब संरक्षण के निदेशक श्री जानवीच शर्मा बहुत खुश हुए। महानिदेशक श्री के.एन. श्रीवास्तव, आई.ए.एस. ऐसे नए विचारों के प्रति सदैव सकारात्मक रुख रखते थे। पुराना किला तथा उस हिस्से का भी फिर से उत्खनन करने का फैसला किया गया, जिनकी खुदाई पहले प्रो. बी. लाल ने की थी। उस हिस्से को सामने लाया जाए, परतों को स्थिर किया जाए, पुरावशेषों की प्रतिकृति को मूल स्थान में रखकर पर्यटकों को इस ऐतिहासिक कॉरिडोर का एक संचालित पर्यटन कराया जाए। यह इतिहास के मुगल, सल्तनत, राजपूत, हर्ष, गुप्त, कुषाण, शुंग, मौर्य, एन.बी.पी, पी.जी.डब्ल्यू और आर.बी.डब्ल्यू के काल और समय को पर्यटकों को परिचय कराएँगे। यह जन-सामान्य और विशेष रूप से छात्रों को इतिहास की विभिन्न परतों को देखने का अवसर देगा तथा वे यह देख पाएँगे कि पुरातत्त्वविद् किस प्रकार जमीन में दबी सभ्यताओं को ढूँढ़कर दुनिया के सामने लाते हैं।

इसकी प्रस्तावना के रूप में, मैंने इस विषय पर प्रो. बी.बी. लाल से चर्चा की। वे इस प्रकार की पहल को लेकर काफी खुश हुए। तदनुसार मैंने स्वीकृति के लिए भा.पु.स. में आवेदन दिया, जिसने उसे स्टैंडिंग कमेटी के समक्ष रखा; जो पूरे देश में उत्खननों की अनुमति देती है। समिति के सदस्यों में से एक थीं डॉ. शिरीन मुस्वी, जो ए.एम.यू. में प्रो. इरफान हबीब की एक करीबी सहयोगी थीं। उन्होंने जिस क्षण मेरा नाम 'पुराना किला' के निदेशक के रूप में देखा, उसी क्षण यह कहते हुए पुरजोर विरोध किया कि पहले लाल इसका उत्खनन कर चुके हैं और फिर से

इसकी खुदाई की आवश्यकता नहीं है। डॉ. बी.आर. मणी ने दबाव डाला, लेकिन डॉ. शिरीन मुस्वी अड़ गईं और यह ठान लिया कि उत्खनन का काम के.के. मुहम्मद के अधीन न हो। यदि यह उत्खनन नहीं किया गया तो इतिहास की परतों से वह सुरंग-यात्रा तथा जमीन के अंदर बननेवाला व्याख्यान केंद्र कभी वास्तविक रूप नहीं ले सके। इस प्रकार पर्यटकों और छात्रों को भूमिगत इतिहास-यात्रा के बहुत अच्छे अवसर से वंचित कर दिया गया, जिसका श्रेय डॉ. शिरीन मुस्वी को जाता है।

आई.ए.एस. काडर से आनेवाले कुछ एक महानिदेशक ही इस विभाग को नई ऊँचाइयों तक ले जा सके। उन्होंने इसमें नई ऊर्जा और प्राण का संचार किया, इसके दरवाजे निजी पक्षों, जैसे एन.टी.पी.सी., इंडियन ऑयल आदि के लिए खोले। श्री अजय शंकर, आई.ए.एस. की तैनाती के साथ ही एक उल्लेखनीय परिवर्तन हुआ, जिन्होंने भा.पु.स. की संपूर्ण गतिविधियों को पूरी ताकत से आगे बढ़ाया। एक दुर्घटना में उनकी असामयिक मृत्यु ने संगठन को बहुत बड़ा झटका दिया। अजय शंकर जहाँ एक नीति निर्देशक के रूप में काम किया करते थे, वहीं दिल्ली मुख्यालय के दैनिक प्रशासन की जिम्मेदारी एक और कुशल अधिकारी श्री एस.बी. माथुर सँभाल रहे थे। श्री अजय शंकर की मृत्यु के बाद, महानिदेशक पद पर आनेवाली एक और आई.ए.एस. अधिकारी श्रीमती कोमल आनंद, फैसले करने और उन्हें लागू कराने में तेजी से काररवाई करती थीं। तुगलकाबाद में अतिक्रमण को हटाए जाने के दौरान श्रीमती आनंद चट्टान की तरह खड़ी हो गईं। गौरी चटर्जी और अंशु वैश जैसे अधिकारियों ने अपना काम पूरी गरिमा और निष्पक्षता से किया। अयोध्या के अधिकांश खुदाई रामसेतु जैसे संवेदनशील मुद्दे इन्हीं दोनों के समय में हुआ। अतिरिक्त महानिदेशकों में श्री प्रवीन श्रीवास्तव और श्रीमती जुधिका पाटनकर बहुत अच्छी तरह विभाग को चलाया। श्रीमती पाटनकर बहुत गरीब परिवार की थी। दिल्ली में मैंने पुराना कपड़ा इकट्ठा करके गरीबों में बाँटने की एक मुहिम चलाई थी। इसमें सबसे ज्यादा कपड़ा श्रीमती पाटनकर देती थीं। वे कपडे ड्राईक्लीन करके खुद ही लेकर आती थीं।

सबसे उल्लेखनीय आई.ए.एस. महानिदेशक थे, श्री के.एन. श्रीवास्तव,

जो कर्नाटक काडर के अधिकारी थे, जिन्होंने भा.पु.स. को एक प्रमुख स्थान दिलाया। दुर्भाग्य से उनका कार्यकाल बेहद छोटा था। उन्होंने अनेक कार्यालयों पर अपने व्यक्तिगत संबंधों तथा मान-मनुहारवाली रणनीतियों का प्रयोग कर लंबित कामों को कराया तथा अधिकारियों के समय पर प्रमोशन का रास्ता भी साफ किया।

मुझे आज भी याद है कि किस स्पष्टता के साथ उन्होंने दिल्ली की मुख्यमंत्री शीला दीक्षित के सामने अतिक्रमणकारी मुसलमानों के विरुद्ध अपना पक्ष रखा था, जिन्होंने चार मस्जिदों में नमाज पढ़ना शुरू कर दिया था। इस विवाद को खड़ा करनेवाला विधायक मुख्यमंत्री के साथ बैठा था। श्री श्रीवास्तव की दलील इतनी पुख्ता थी कि उस विधायक को अपना मुँह बंद करना पड़ा और नमाजी समूह के प्रति लचीला रुख रखनेवाली मुख्यमंत्री को अपना विचार बदलना पड़ा। चूँकि मैं अधीक्षण पुरातत्त्वविद् था, इस कारण मुझे मुसलमानों के कोप का भाजन बनना पड़ रहा था। मुझे इस घटना से बड़ी राहत मिली। ऐसा ही वाकया अल्पसंख्यक आयोग के अध्यक्ष श्री शफीक कुरैशी की ओर से बुलाई गई मीटिंग में दोहराया गया। इस बैठक के अंत में न सिर्फ अल्पसंख्यक समिति के अन्य सदस्यों, बल्कि भारतीय पुरातत्त्व विभाग के विरुद्ध शिकायत लेकर आए इमाम भी इस बात से संतुष्ट हुए कि भा.पु.स. धर्मों के बीच भेदभाव नहीं करता और अपने सिद्धांतों पर कायम रहता है। भा.पु.स. से उनके चले जाने के बाद ही जब दिल्ली नगर निगम लाल किला के सामने भा.पु.स. की ओर से खड़ी की गई चारदीवारी को गिराने आया, तब मैंने श्री के.एन. श्रीवास्तव से मदद माँगी और अपनी सहृदयता का परिचय देते हुए वे स्वयं मौके पर आए और एम.सी.डी. के चेयरमैन से, जो उनके ही बैचमेट थे, बातचीत कर इस मुद्दे को सुलझाया। यदि वे दो वर्ष और रह जाते तो वे पूरे संगठन का कायापलट कर देते तथा भा.पु.स. नई बुलंदियों तक पहुँच गया होता। लेकिन किस्मत को कुछ और ही मंजूर था।

संस्कृत विभाग के सेक्रेटरी जैसे—श्री आर.सी. त्रिपाठी, बी.पी. सिंह, एन. गोपालास्वामी, धनेंद्र कुमार और जवाहर सरकार ने भारतीय पुरातत्त्व

सर्वेक्षण को पूरा भरपूर सहयोग दिया। इन्हीं लोगों के व्यक्तिगत सहयोग की वजह से विभाग काफी तरक्की कर पाए। श्री जवाहर सरकार के पास कई नूतन विचार थे। लेकिन इसको प्रयोग में लाने के लिए विभाग के पास न पैसा था और न ही मैन पावर था। इसलिए मुझे अकसर उनसे बचकर चलना पड़ता था।

पुरातत्त्वविदों की बिरादरी लंबे समय से यह माँग कर रही है कि महानिदेशक के पद पर उन्हें किसी अकादमिक पुरातत्त्वविद् की आवश्यकता है। वर्ष 2000 से पहले यह माँग सही कही जा सकती थी। लेकिन उसके बाद प्रशासनिक कार्य इस हद तक बढ़ गया है कि अकादमिक डी.जी. से काम नहीं चलनेवाला, बशर्ते वह असाधारण रूप से कुशल हो। अकादमिक प्रकृति के व्यक्तियों में निर्णय लेने को लेकर एक स्वाभाविक कमजोरी होती है, जो साल 2000 से पहले तक के लिए ठीक हो सकती थी। लेकिन अब वक्त बदल गया है और जिम्मेदारियाँ कई गुना बढ़ गई हैं। वर्तमान समय में किसी सीनियर आई.ए.एस. अधिकारी के लिए भी यह चुनौती आसान नहीं है। उस संबंधित आई.ए.एस. में भी विरासत के प्रति अगाध प्रेम तथा अन्य मंत्रालयों के साथ ही अधीक्षण पुरातत्त्वविदों के साथ बेहतर संबंध होना चाहिए, जिन पर संरक्षण के काम की असली जिम्मेदारी है।

'स्वयं' की संस्थापिका और प्रबंध निदेशक, श्रीमती एस. मीनू जिंदल एक करिश्माई व्यक्तित्त्व हैं, जिनसे बातचीत का सौभाग्य मुझे मिला। यदि कुतुबमीनार, लाल किला, ताजमहल और पुराना किला जैसे देश के स्मारकों तक उन लोगों के लिए जाना संभव हो सका है, जिनके लिए चलना-फिरना मुश्किल है, तो इसका श्रेय श्रीमती एस. मीनू जिंदल को जाता है। श्रीमती मीनू के अथक कार्यों की वजह से ही, पुरातत्त्व और पर्यटन उद्योग के प्रबंधों को स्मारकों में रैंपों के महत्त्व और आवश्यकता की बात समझ आ सकी, जिससे न सिर्फ शारीरिक रूप से लाचार पर्यटक, बल्कि वरिष्ठ नागरिक भी इन स्मारकों के चप्पे-चप्पे को देख सकते हैं।

मैंने जब उस प्रस्ताव को देखा, तब वित्तीय समस्याएँ थीं, लेकिन मैंने उन्हें तत्काल लागू किया और कुतुबमीनार को भारत का पहला बाधा

रहित स्मारक बनाया। आज इसकी इतनी सराहना की जाती है कि जिन लोगों को कोई शारीरिक समस्या नहीं है, वे भी रैंप से जाते हैं जिसे पहले सिर्फ शारीरिक बाधा वाले पर्यटकों के लिए बनाया गया था। इतना ही नहीं सभी रैंप के कारण स्मारकों में एक अनुशासन की शुरुआत हो गई, जो पहले नहीं हुआ करता था, विशेष रूप से जब स्कूली छात्र सैकड़ों की तादाद में स्मारक को देखने आते थे। इस पहल से प्रभावित होकर, भारत सरकार के पर्यटन विभाग ने कुतुबमीनार के लिए एक राष्ट्रीय पुरस्कार की घोषणा की, जिसे भारतीय पुरातत्त्व सर्वेक्षण और 'स्वयं' ने साझा किया, जो एस. मीनू जिंदल का संगठन है।

दिल्ली में इंडियन नेशनल ट्रस्ट फॉर आर्ट ऐंड कल्चरल हेरिटेज (INTACH) और आगा खाँ ट्रस्ट फॉर कल्चर (AKTC) काफी सक्रिय हैं। चूँकि भारतीय पुरातत्त्व सर्वेक्षण संरक्षण के क्षेत्र में प्रमुख संगठन है, इसलिए उनके बीच संरक्षण को लेकर कभी-कभार मतभेद हो जाते थे।

चूँकि मैं ए.एस.आई. के दिनों में भी न्यूनतम संरक्षण या न्यूनतम हस्तक्षेप को नहीं मानता था, इस कारण मैंने पुरानी स्थिति बहाल करने के कार्य का सदैव समर्थन किया। पूर्वी हिस्से में जहाँ की जलवायु अत्यंत कठोर है, वहाँ पश्चिमी संरक्षण के तरीकों के इस्तेमाल को अपनाने की जरूरत नहीं है, जैसा कि फाइव स्टार होटलों में बैठे सिद्धांतवादी बताते हैं। न ही जॉन मार्शल की बातों का पालन शब्दशः करना जरूरी है, जिन्होंने बरसों पहले अपने अनुभवों को लिखा था। अधीक्षण पुरातत्त्वविद्, निजामुद्दीन ताहिर जो स्वयं मानते हैं कि वे एक रूढ़िवादी संरक्षणवादी हैं, उनके सिद्धांत को मानें तो संरक्षण का तरीका और दर्शन अलग-अलग स्थल के अनुसार होना चाहिए। यदि हम कला, स्थापत्य, प्लास्टर और बाँधने वाली सामग्री के समय के बारे में जानते हैं, तो गिर चुके ढाँचे को उस पैमाने तक फिर से खड़ा करने में हर्ज ही क्या है, जहाँ से पर्यटक यह कल्पना कर सके कि यह मूल रूप में कैसा दिखता होगा जब यह खड़ा रहा होगा? परंपरागत पुरातत्त्वविदों में न्यूनतम हस्तक्षेप का कट्टर

रूप से पालन करने के साथ ही विकास के विभिन्न चरणों को दिखाने की जरूरत ने मिलकर नालंदा के नंबर 3 मंदिर को विकृत और बेढंगा रूप दे दिया है। अब यह भारत में किसी बौद्ध स्तूप और मंदिर की बजाए किसी ईसाई कब्रिस्तान में यूरोपीयन मकबरा की तरह खड़ा दिखता है। इस विकृत रूप को जरूरी सुधार के साथ ठीक करना जरूरी है। लेकिन कैसे और किस हद तक इसका निर्णय अंतरराष्ट्रीय जानकारों की एक समिति की ओर से तय किया जाना है।

मैंने वर्तमान संरचना में हेर-फेर किए बिना ही दुरुस्त करने के लिए गुप्त काल का मंदिर नंबर 3 का एक स्केल मॉडल बनाकर, जिसकी ड्रॉइंग मूल रूप से पर्सी ब्राउन ने तैयार किया था, वही मॉडल स्तूप के पास प्रदर्शित किया। पर्यटक इसे देखकर खुश हुए, क्योंकि उन्हें इसका अंदाजा मिला कि चौथी-पाँचवीं सदी में यह स्तूप कैसा दिखता रहा होगा। लेकिन मेरा तबादला जब पटना से हुआ और अगले डीजी के रूप में श्रीमती कस्तूरी गुप्ता मेनन, आई.ए.एस. ने कार्यभार सँभाला, तो उन्हें यह पसंद नहीं आया और उन्होंने इसे हटाने का आदेश दिया। इस वजह से पर्यटन को काफी नुकसान भी हुआ।

साँची में स्तूप नं. 1 के साथ बने स्तूप नं. 3 को जब पाया गया, तब यह बुरी तरह से टूटा-फूटा था और अवशेष चारों तरफ बिखरे पड़े थे। सिर्फ एक टीला ही दिखाई पड़ता था। लेकिन ब्रिटिश संरक्षकों ने अपनी कड़ी मेहनत से इसके बिखरे हुए पत्थर जोड़कर दोबारा मरम्मत और पुनर्निर्माण किया। इसके खिलाफ कोई चीख-पुकार नहीं मची। उस समय न सिर्फ मरम्मत की बल्कि पुनर्निर्माण की जरूरत थी।

इसी प्रकार भारतीय पुरातत्त्व सर्वेक्षण द्वारा मलबे को हटाकर मध्य प्रदेश के सतधारा स्तूप का उत्खनन और पुनर्निर्माण किया गया, जिसकी शुरुआत डॉ. आर.सी. अग्रवाल ने की और जिसे डॉ. ए.के. सिन्हा, पी.के. मिश्रा, डॉ. एस.बी. ओट्टा और मैंने आगे बढ़ाया। पहले यह सब एक बेढंग ढेर के रूप में बिखरा हुआ था। यहाँ प्रश्न यह है कि आप उसी स्थान पर जैसे मलबा

गिरा पड़ा था उसी तरह संरक्षण करें या एक-एक पत्थर सुव्यवस्थित रखकर ढंग से पुन: निर्माण करें। गोवा में डॉ. एन. ताहिर ने पहला तरीका अपनाया (Insitu Conservation) है। लेकिन यूनेस्को के जानकार सुव्यवस्थित संरक्षण का सुझाव देते हैं, जिसमें एक-एक पत्थर का उपयोग किया जाता है। सतधारा स्तूप का पुनर्निर्माण का पैसा यूनेस्को ने दिया था। इस वजह से पुनर्निर्माण का हर चरण उनकी निगरानी में पूरा किया गया। यह उदाहरण स्पष्ट रूप से बताता है कि यूनेस्को को मरम्मत और पुनर्निर्माण में कोई आपत्ति नहीं होती, जबकि हमें संरक्षण का काम सिखाने-बतानेवाले बताना चाहते हैं, उन्हें इस पर आपत्ति होती है।

सिकंदरा जैसे स्मारकों में, चित्रों में सुधार के बाद मुगल चित्रकला के बारे में काफी जानकारी मिलती है, जबकि बिना सुधारवाले हिस्से में पूरी चित्रकला ही गायब हो गई है। इनमें से सही संरक्षण कौन सा है ? वह जिसने इसे नष्ट हो जाने दिया या वह जिसने इसे बचाए रखा? दक्ष चित्रकारों द्वारा पेंटिंग को रि-टच करने दिया जाना चाहिए। अजंता और एलोरा के अधिकांश चित्रों में यह समस्या आनेवाली है। ब्रिटिश युग के दौरान सिकंदरा की कुछ मीनारें गिर गई थीं। हम आज जिस सिकंदरा को देखते हैं, उसके कई हिस्सों में न सिर्फ मरम्मत बल्कि पुनर्निर्माण का काम किया हुआ है। देश के सैकड़ों स्मारकों पर भी यही बात लागू होती है। यदि मरम्मत और पुनर्निर्माण करने की इजाजत नहीं दी जाती तो उनमें से कोई भी इस स्थिति में नहीं होता, जिस स्थिति में आज हम उन्हें देख पा रहे हैं। संरक्षण के क्षेत्र में काम करनेवाले अच्छी तरह जानते हैं कि जो लोग संरक्षण की शिक्षा और उपदेश देते हैं, उनके लिए न्यूनतम हस्तक्षेप का मंत्र लागू होता है, लेकिन उनके लिए नहीं जो इसे व्यावहारिक रूप से लागू करते हैं। व्यावहारिक स्तर पर काम करनेवालों को समय के साथ इस मुश्किल को दूर करने की जानकारी हो जाती है और वे एक ऐसा तरीका ढूँढ़ निकालते हैं, जो संरक्षण की शिक्षा देनेवालों से अलग होता है। लेकिन यह भी सच है कि जो पुनर्निर्माण का काम करते हैं वो भी पुनर्निर्माण के पक्ष में खुलकर नहीं बोलते हैं, क्योंकि वे पारंपरिक संरक्षकों

से झगड़ा मोल नहीं लेना चाहते। वक्त आ गया है, जब व्यावहारिक संरक्षण कार्य करनेवाले खुलकर अपनी बात कहें।

ए.के.टी.सी., जहाँ मैंने भा.पु.स. से अवकाश प्राप्त करने के बाद काम किया, उसने हुमायूँ के मकबरे में संरक्षण और मरम्मत का बहुत अच्छा काम किया है। भारतीय पुरातत्त्व सर्वेक्षण विभाग में मेरे कुछ सहकर्मियों, जैसे डॉ. जमाल हसन, निदेशक, डॉ. एस.बी. ओट्टा, संयुक्त महानिदेशक इस प्रकार के संरक्षण के कड़े आलोचक हैं, जबकि पूर्व संयुक्त महानिदेशक, डॉ. आर.सी. अग्रवाल और अतिरिक्त महानिदेशक, डॉ. बी.आर. मणि जैसे लोगों का दूसरा धड़ा इसकी प्रशंसा करता है। इस विषय के जानकारों के बीच जहाँ मतभेद को समझा जा सकता है, वहीं भारतीय इतिहास कांग्रेस के इतिहासकारों का इसमें दखल देना उनकी ईमानदारी पर संदेह पैदा करता है, क्योंकि अधिकार क्षेत्र के मुताबिक उनमें ऐसा करने की दक्षता नहीं है।

ए.के.टी.सी. के सी.ई.ओ. श्री रतीश नंदा ने भारत में ए.के.टी.सी. को लगभग शून्य से खड़ा किया है। विरले ही देखी जानेवाली दूरदर्शिता के साथ उन्होंने संरक्षण की वैसी सारी सामग्री जुटा ली है, जो कुछ वर्षों के भीतर उपलब्ध नहीं हो सकेगी, क्योंकि विभिन्न अदालतों ने उनके खनन पर पाबंदी लगा दी है। दस साल के भीतर ऐसी बहुत सामग्री नहीं मिलेगी, जिनका इस्तेमाल ए.के.टी.सी. ने हुमायूँ के मकबरे की मरम्मत के लिए किया है। और तब जाकर ही, विरासत को लेकर थोड़ी-बहुत वाजिब चिंता दिखानेवाले ए.के.टी.सी. के आलोचकों को समझ आएगा कि हुमायूँ के मकबरे के लिए ए.के.टी.सी. ने कितना बड़ा काम किया है।

ए.के.टी.सी. की चूना कार्यशाला भारत में अपनी तरह की सबसे अच्छी कार्यशाला है। इसने भा.पु.स. के अनेक युवा संरक्षकों को अल्पकालिक कोर्स चलाकर प्रशिक्षित किया है।

इससे पहले हुमायूँ के मकबरे के पास भा.पु.स. की संरक्षित जमीन, विशेष रूप से छोटा बताशा और बड़ा बताशा के आसपास की जमीन कई शक्तिशाली लॉबियों के हाथों में थी, जिन्हें राजनीतिक संरक्षण मिला हुआ

था। उस जमीन के लिए भा.पु.स. की कानूनी जंग और फिर दिल्ली के बीचोबीच की उस 35 एकड़ जमीन से अतिक्रमण को हटाने का श्रेय ए.के. टी.सी. को ही जाता है। अतिक्रमणों को जहाँ गिरा दिया गया, वहीं पूरा भा.पु.स. दफ्तर और ए.के.टी.सी. किसी चट्टान की तरह मेरे पीछे खड़ा रहा। अतिक्रमण हटाने का विशेष श्रेय डॉ. वसंत स्वर्णकार, डॉ. ए.के. पांडे, कैप. चंडीदास मिश्रा, कैप. अश्री, श्री सतबीर सिंह, श्री दीपक भारद्वाज, श्री आर.के. झिंगन, श्री अजय सिंह और कॉण्ट्रैक्टर श्री हिमांशु शर्मा को जाता है। भा.पु.स. के अधिवक्ता जयंत त्रिपाठी अभियान के पूरा हो जाने तक मौके पर ही थे। ए.के.टी.सी. की पहल पर कई घरों को हजरत निजामुद्दीन दरगाह के परिसर से हटाया गया और उनका पुनर्वास दूसरी जगह पर किया गया। अगर इसे भा.पु.स. पर छोड़ दिया जाता, तो इतने बड़े पैमाने पर अतिक्रमण हटाना कभी संभव नहीं हो पाता, जब तक कि इसके पीछे श्री जगमोहनजी जैसे किसी की ताकत नहीं लगती।

इसी प्रकार सराय शाहजी और बिजय मंडल से भी अतिक्रमण हटाए गए, जहाँ कई दुकानों और मकानों को गिराया और हटाया गया। दो संवेदनशील मामलों में कुदसिया मस्जिद के इमाम का घर और फिरोजशाह कोटला के पीछे एक दरगाह के बढ़े हुए हिस्से को भी प्रदर्शनकारियों के एकजुट होने से पहले ही हटा दिया गया।

हुमायूँ के मकबरे के पास व्याख्या केंद्र (Interpretation Center), संग्रहालय, पार्किंग और कैफेटेरिया खोले जाने के साथ ही, ए.के.टी.सी. दिल्ली आनेवाले पर्यटकों को एक अलग ही अनोखा अनुभव दे पाएगा।

□

कभी नहीं भूलेगा वह पल

वर्ष 2010 में दिल्ली में राष्ट्रमंडल खेलों के सिलसिले में ऐतिहासिक स्मारकों के जीर्णोद्धार का काम शुरू हो गया। एक-एक करके नवीकरण की प्रक्रिया जारी रही। मुझे एक जगह से दूसरी जगह जाना पड़ा। यात्रा के दौरान मैंने एक दृश्य देखा। ट्रैफिक जाम में पड़ने के कारण एक बाल भिखारी हाथ फैलाकर सामने आया। जीर्णोद्धार का काम चल रहे क्षेत्र के आस-पास मैंने यह देखा। इस पर ज्यादा अन्वेषण करने पर यह बात सामने आई कि देश के कई भागों से श्रमिक जीर्णोद्धार के काम के लिए आए हैं। साथ में बच्चे भी हैं। उम्र छह साल से दस साल तक। वही बच्चे हैं ये बाल भिखारी। काम की जगह बदलने के कारण उन बच्चों को पढ़ने के लिए अवसर नहीं मिलता है। गली में स्वच्छताहीन क्षेत्रों में रहते हैं। बड़े सवेरे माँ-बाप के काम के लिए निकलने के बाद बालक-बालिकाएँ छोटे बच्चों के साथ भीख माँगने के लिए निकल पड़ते हैं। जगह कभी-कभी बदलने से आमदनी अच्छी मिलती है। यह सुनने के बाद मैं चिंतित हो गया। इनको इस हीन प्रवृत्ति से मुक्त कराने के लिए क्या करूँ? हमको जो सौभाग्य प्राप्त हुआ है, यह अनजाने कई लोगों के अनुग्रह और प्रार्थना का परिणाम है, अन्यथा मुझमें और इन भिखारियों में कोई फर्क नहीं होता। उनकी मुक्ति क्या हमारी सामाजिक प्रतिबद्धता नहीं है? इस दयनीय परिस्थिति के बारे में मेरी पत्नी राबिया से बात हुई। उनकी माँ का दिल समस्या के समाधान के लिए तरसता रहा। शिक्षा का अवसर प्राप्त न होने पर एक पीढ़ी से दूसरी पीढ़ी की ओर

जारी होनेवाली बाल भिक्षावृत्ति कम-से-कम भा.पु.स. के काम की जगह पर समाप्त करने का हमने निर्णय ले लिया। संरक्षित ऐतिहासिक स्मारकों के पास अस्थायी भवन बनवाकर छोटा सा स्कूल शुरू कर दिया। अंग्रेजी, हिंदी, गणित जैसे बुनियादी विषयों पर ज्ञान प्रदान करना लक्ष्य था। ये बच्चे बड़े होने पर शोषण से मुक्त हों, यही हमारा विचार था।

पहले तो बच्चे हमारे स्कूल में आने के लिए तैयार नहीं हुए। बच्चों को आकर्षित करने के लिए हमने भोजन, कंबल, कपड़े, खिलौने आदि देने शुरू कर दिए। इससे आकर्षित होकर बच्चों ने स्कूल आना शुरू कर दिया। समान सामाजिक विचार रखनेवाले लोगों की सहायता स्कूल के संचालन में सबसे बड़ी पूँजी थी। किसी से भी प्रत्यक्ष रूप से धन इकट्ठा नहीं किया; परंतु आर्थिक सहायता देने के लिए इच्छुक व्यक्तियों को उसे सीधे बच्चों को देने के लिए अवसर दिया गया था। इस सबका विरोध करने के लिए कई लोग आगे आए। हमने आलोचकों को उत्तर दिया कि बड़ी मेहनत करके धन एकत्रित किया गया है। उसका एक-एक पैसा खर्च किया जाएगा। यह धन चोरी करके नहीं कमाया है। इसका आंतरिक अर्थ इसके आलोचकों को मालूम हुआ होगा। विरोधों को नजरअंदाज करके दैनिक खर्च के लिए सरकार की सहायता के बिना दो साल तक स्कूल चलाया। स्कूल का दायित्व मेरी पत्नी राबिया और अन्य दोस्तों को दिया गया। मेरे कई दोस्त जैसे श्री पवन जैन और भारतीय पुरातत्त्व सर्वेक्षण के ठेकेदारों ने हमें इस स्कूल को चलाने में मदद की। ऐसी हर परियोजना चाहे वह छोटी हो या बड़ी, जिसमें प्रवासी मजदूर काम करते हैं, वहाँ श्रमिकों के लिए शौचालय और उनके बच्चों के लिए शिक्षा की व्यवस्था का प्रावधान होना चाहिए। भले ही सर्व शिक्षा अभियान ने गरीब बच्चों की काफी मदद की है, लेकिन प्रवासी बच्चों की समस्याओं से किसी को भी लेना-देना नहीं है। वे किसी एक जगह पर कुछ महीनों के लिए रहते हैं और इस कारण सर्वशिक्षा अभियान का लाभ नहीं उठा पाते। आर्थिक सहायता और करुणा से प्रतिदिन 200 बच्चे स्कूल में आए। सरकार के 'सर्व शिक्षा अभियान' शुरू करने के पहले यह हुआ। सी.एन.एन., ए.बी.एन चैनलवालों

ने स्कूल की गतिविधियों के बारे में वृत्तचित्र प्रस्तुत किए। अन्य चैनलों में भी रिपोर्ट प्रसारित की गईं। यही नहीं, सी.एन.एन., ए.बी.एन वालों ने वर्ष 2010 में 'सिटीजन जर्नलिस्टों' में से एक के रूप में मुझे चुन लिया। सुपर स्टार अमिताभ बच्चन से पुरस्कार प्राप्त करने से उसकी शोभा और बढ़ गई।

इसी बीच अमेरिकी राष्ट्रपति ओबामा का भारत आगमन हुआ। मैं उनका गाइड होने से अमेरिकी दूतावास के ध्यान का केंद्र बन गया। शायद दूतावास ने हमारे स्कूली कार्यकलाप के संबंध में ओबामा को सूचित किया होगा। श्री ओबामा ने उन बच्चों के साथ कुछ समय बिताने का आग्रह किया। उस दिन तक हुए सभी विरोध पिघल गए। हमारे प्रयत्नों को बड़ी प्रशंसा और सराहना मिली। अमेरिकी राष्ट्रपति के अभिनंदन प्राप्त हुए मेरे प्रयत्न के प्रति हमारी सरकार का क्या रवैया था? मुझे एक कारण बताओ नोटिस मिल गया। ऐतिहासिक स्मारकों में इस तरह के स्कूल खोलने के लिए अनुमति किसने दी? मैंने उत्तर दिया कि मैंने अपनी जेब से पैसा खर्च करके अपनी अनुमति से यह अच्छा काम किया है। फिर ज्यादा सवाल-जवाब नहीं हुआ। अमेरिकी सतर्कता विभाग ने इस विद्यालय के संबंध में विस्तार से जाँच की होगी। सही हालात उनको मालूम हुए होंगे। शायद इसीलिए कुछ अधिकारी बच्चों को गोद लेकर सहायता देने के लिए आगे आए।

अमेरिकी राष्ट्रपति ने बच्चों से यूँ बात की, "मुझे मालूम है कि आपको कई तकलीफें हैं; परंतु कष्ट सहन करके अध्ययन करना, शिक्षा प्राप्त करना, जिंदगी में विजय का यही रास्ता है।" मैंने इसको हिंदी में अनुवाद करके बच्चों को बताया। उन बच्चों के लिए ओबामा उतने परिचित व्यक्ति नहीं थे। उनके पद की गरिमा और उसके महत्त्व से वे अनभिज्ञ थे।

चार साल बाद वर्ष 2015 में प्रधानमंत्री श्री नरेंद्र मोदी के निमंत्रण पर ओबामा दूसरी बार गणतंत्र दिवस पर मुख्य अतिथि के रूप में भारत आए। दूसरे आगमन के कुछ दिन पहले मुझे अमेरिकी दूतावास से एक फोन आया। 'विशाल को ढूँढ़ निकालना है।' यही संदेश था। अमेरिकी राष्ट्रपति ओबामा अपने पहले भारत दौरे में हुमायूँ के मकबरे में विशाल से मिले थे। मैं विशाल

को भूल गया था, परंतु उन्होंने याद रखा। मैंने उस बच्चे को ढूँढ़ निकाला। वह दिल्ली में सेंट कोलंबस स्कूल में पढ़ रहा है। दिल्ली के सीरिफोर्ट भवन में 27 जनवरी, 2015 को आमंत्रित श्रोताओं को संबोधित करते हुए अमेरिकी राष्ट्रपति बराक ओबामा ने कहा, "भारत की युवा पीढ़ी आशा देनेवाली है। हुमायूँ के मकबरे में जिन बच्चों को मैंने देखा था, वह इसका अच्छा उदाहरण है। उन बच्चों को अच्छी शिक्षा प्राप्त करने का बड़ा उत्साह था और उनमें एक है हमारा विशाल।" चार साल पहले देखे विशाल को सभा में आमंत्रित करके उनके सामने ओबामा ने यह भाषण दिया। उन्होंने मात्र अंतरराष्ट्रीय व्यापार संबंधों, परमाणु हथियारों के बारे में भाषण नहीं दिया, बल्कि समाज के निम्न स्तर के लोगों की उन्नति कैसे संभव हो सकती है, इसके बारे में हमें याद दिलाया है।

अब तक की मेरी जिंदगी में मेरे प्रयत्नों को प्राप्त हुए सबसे बड़ी प्रशंसा के रूप में स्कूल खोलने के काम को मैं देखता हूँ। हम सभी का समाज के प्रति अपना दायित्व है। यह हमारे चारों ओर है। कभी हमारे सामने हो सकता है। इसकी अनदेखी न करना, प्रतिबद्धता के साथ सामाजिक सेवा में जुड़ना। पैसा, समय इसके लिए बाधा नहीं होते हैं। हमारे लिए दिन में 24 घंटे हैं। समय के मूल्य को समझते हुए हम इसका सदुपयोग कैसे करते हैं, यही महत्त्वपूर्ण है। भारी प्रोटोकॉल से बँधे हुए अमेरिकी राष्ट्रपति इस तरह के सकारात्मक कार्यों के लिए समय खर्च करते हैं तो हम क्यों नहीं कर सकते? इस तरह के कार्यों का विरोध न करके कम-से-कम इनको प्रोत्साहित करने के लिए हमें भी कुछ समय निकालना चाहिए।

वर्ष 2016 में, माता सुंदरी कॉलेज के इतिहास विभाग ने मुझे एक व्याख्यान के लिए बुलाया था। मैंने श्री विशाल का परिचय छात्राओं और कुछ शिक्षकों से कराया, जिसके बाद सभी ने मिलकर विशाल की वित्तीय सहायता की।

□

ऐतिहासिक नगरी काशी

हिंदुओं के धार्मिक शहर के अलावा काशी ऐतिहासिक दृष्टि से महत्त्वपूर्ण नगर है। ईसा पूर्व 1500 से यहाँ लोग रहते आए हैं। किसी भी देश के इतिहास का विश्लेषण करने से यह मालूम होगा कि प्राकृतिक आपदा, युद्ध आदि विभिन्न कारणों से लोगों को अपनी जगह छोड़कर अलग रहना पड़ता है; परंतु काशी में ऐसा शायद नहीं हुआ। इसलिए काशी इतिहासकारों के लिए प्रिय हो गया।

काशी, बनारस, वाराणसी आदि नामों से जाना जानेवाला शहर एक ही है। काशी में देहावसान होने से सीधे बैकुंठ जाकर मोक्ष-प्राप्ति हो जाती है, यह विश्वास है। मोक्ष-प्राप्ति के लिए विधवाओं सहित कई लोग जिंदगी का अंतिम समय बिताने के लिए काशी पहुँचते हैं।

कई स्नान घाटों से युक्त इस क्षेत्र में दशाश्वमेध घाट और मणिकर्णिका घाट प्रमुख हैं। मणिकर्णिका घाट पर शवदाह की चिता कभी बंद नहीं होती। कई क्षेत्रों से शवदाह के लिए शव यहाँ लाए जाते हैं। प्राचीन काल में कई राजाओं का पर्यटन केंद्र था काशी। रहने तथा स्नान के लिए उन राजाओं ने निजी मकान और स्नानघरों का निर्माण करवाया था। इस तरह के कई कारणों से विभिन्न सभ्यताओं का संगम स्थान है काशी।

संसार में कुल 250 शहरों को 'विश्व के प्राचीन शहर' का पद प्राप्त हुआ है। इस सूची में शामिल करने के लिए सर्वथा योग्य है काशी। सरकार और भारतीय पुरातत्त्व सर्वेक्षण की असफलता के कारण काशी को 'विश्व

विरासत सूची' में स्थान नहीं मिला। भारत का एक भी शहर इस सूची में नहीं है। श्रीलंका से दो और नेपाल से दो शहरों को 'विश्व विरासत सूची' में स्थान मिला है। वास्तव में काशी को इन शहरों से ज्यादा ऐतिहासिक महत्त्व प्राप्त हुआ है। इस तथ्य को सामने रखने के लिए या काशी के पुनरुद्धार के लिए सरकार ने रुचि नहीं दिखाई। दिल्ली, मुंबई, अहमदाबाद आदि शहरों को 'विश्व विरासत सूची' में शामिल करने के लिए पत्र भेजा गया है, परंतु ऐतिहासिक दृष्टि से इन नगरों से ज्यादा महत्त्व काशी का है। इसके लिए सरकार को परिश्रम करना होगा। यहाँ पैसा खर्च करके कुछ करने से पैसा वापस जरूर मिलेगा। इसके लिए सकारात्मक और दीर्घ दृष्टिकोण की आवश्यकता है। भगवान् शिव की इस नगरी में शिव और गंगा के महत्त्व को दरशाने लायक एक संग्रहालय भी नहीं है। लोगों के भीड़वाले काशी नगर में नए मकान का निर्माण करना मुश्किल है और इसके लिए जमीन भी नहीं मिलेगी। भारतीय पुरातत्त्व सर्वेक्षण के पास मौजूद मान मंदिर में संग्रहालय बनाने के लिए वर्ष 2001 में मैंने संस्कृति सचिव श्री अय्यर के सामने एक प्रस्ताव रखा था। उत्तर मिलने के पहले मेरा स्थानांतरण हो गया। गंगा नदी के किनारे के सबसे बड़े घाट दशाश्वमेध घाट के पास के 'मान मंदिर' को संग्रहालय योग्य जगह के रूप में मैंने दिखाया था। प्रतिदिन लगभग 10,000 पर्यटकों के आनेवाले शहर में इस तरह के एक संग्रहालय से अच्छी आमदनी होगी। यही नहीं, हमारी सांस्कृतिक विरासत लोगों तक पहुँचाने के लिए यह एक अच्छा मार्ग भी हो सकता है।

वर्ष 2014 में वाराणसी के विकास के संबंध में हुई संगोष्ठी में मैंने इस आशय को प्रस्तुत किया था। हिंदी के लोकप्रिय समाचार-पत्र 'दैनिक जागरण' ने संगोष्ठी का आयोजन किया था। इस संगोष्ठी में वाराणसी के बाहर से आए बहुत कम लोगों में मैं एक था। अपने सेवाकाल में वाराणसी के लिए कई कदम उठाने से क्षेत्रवासियों और बुद्धिजीवियों के बीच मैं परिचित था।

मेरा भाषण पहले सत्र में था। मैंने कहा, "सबसे प्राचीन शहरों में एक होने से वाराणसी को अगर हम विश्व विरासत शहरों में स्थान मिलने के

लिए कोशिश करेंगे तो इसके विकास के लिए यह मील का पत्थर साबित होगा।'' यह सुनते ही सभा में जोरदार तालियाँ बजने लगीं। जब मैंने वाराणसी को 'आर्यावर्त का हृदय भाग' कहा, तब सभा ने पूर्ण मन से इसको स्वीकार किया। भगवान् शंकर और गंगा मैया के लिए संग्रहालय की बात का सभा ने हर्ष के साथ स्वागत किया।

मध्याह्न भोजन के समय 'दैनिक जागरण' के प्रबंध निदेशक महेंद्र मोहन गुप्ता ने मुझसे कहा कि 'विश्व विरासत शहर' की सूची में वाराणसी को शामिल करने की बात को भाजपा अध्यक्ष अमित शाह के सामने प्रस्तुत किया जाएगा। अमित शाहजी के आने पर सबसे पहले उनके सामने वाराणसी के 'विश्व विरासत शहर' वाला प्रस्ताव रखा। उन्होंने तुरंत सकारात्मक जवाब दिया। लेकिन आगे नहीं बढ़ा। विश्व विरासत के लिए बहुत सारी अड़चनें हैं। लेकिन शिव और गंगाजी के लिए संग्रहालय बनाने के लिए कोई समस्या नहीं थी। सिर्फ पुरातत्त्व विभाग को एक निर्देश जारी करना था। वह भी नहीं हुआ। भारतीय पुरातत्त्व सर्वेक्षण को साथ मिलकर काम करने में वास्तव में विलंब हो गया है। हम यह आशा करेंगे कि प्रधानमंत्री श्री नरेंद्र मोदी अपने लोकसभा निर्वाचन क्षेत्र वाराणसी को 'विश्व नगरी' की पदवी दिलाने के लिए आवश्यक कदम उठाएँगे और मान मंदिर में एक शिव-गंग संग्रहालय में तब्दील करेंगे।

इसके लिए अधिक पैसों की जरूरत नहीं पड़ती है। लेकिन आवश्यकता है एक दृष्टि और पहल की, जिसका दुर्भाग्य से बी.जे.पी. शासन के अंतर्गत मौजूदा मंत्रालय में अभाव है।

वर्ष 2017 में बनारस हिंदू विश्वविद्यालय के आमंत्रण पर एक व्याख्यान देने के लिए गया। इस अवसर पर मुझे मानमहल तथा शिव और गंगा संग्रहालय बनाने का प्रस्ताव दिया गया था, उसे देखने का मौका मिला। अफसोस है कि इसमें कुछ भी नया नहीं किया गया है, न ही किसी को इसके बारे में पता है। अफसोस है कि यह वर्तमान मंत्रालय के अंतर्गत ए.एस.आई. की स्थिति का दिग्दर्शन कराती है।

□

भाग-2

अनुभव पाठ

हर व्यक्ति की सांस्कृतिक पहचान का आधार उसकी अपनी विरासत होती है। चाहे बात सिंध-वेद जमाने की हो या मौर्य, हर्षवर्धन, सुल्तान, मुगल या ब्रिटिश जमाने की हो। इन सबको हमारी संस्कृति का अंग माना जाता है। अन्यथा हम एक संपूर्ण भारतीय नहीं बनेंगे। राम और कृष्ण को धर्म के नाम पर अपनी संस्कृति के पितामह के रूप में मानने के लिए तैयार न होनेवाला मुसलमान सच्चे अर्थों में भारतीय नहीं बनता है। इसी तरह कुतुबुद्दीन ऐबक और अकबर को न माननेवाला हिंदू भी सच्चा भारतीय नहीं बन सकता।

खेद की बात है कि आज के इतिहास का अध्ययन सांप्रदायिक दृष्टिकोण से होने लगा है, जोकि गलत है। प्रतीकों को हिंदू, मुसलमान, ईसाई कहकर विभाजित कर देना इतिहास के साथ एक भद्दा मजाक है। यह एक सच्चे भारतीय के लिए उचित मार्ग नहीं है। ऐतिहासिक स्मारकों को मंदिर और मस्जिद में बाँटकर लोगों की भावनाओं को उत्तेजित करने के लिए तथा सांप्रदायिक सद्भाव को नष्ट करने के लिए कुछ लोग कार्य करते हैं। जहाँ तक मेरी जानकारी है, एक धर्म का प्रभाव दूसरे पर पड़ता है। उदाहरण के लिए, मेरे मित्रों में हिंदू होंगे, बौद्ध, जैन, सिख, ईसाई भी होंगे। इन सबकी संस्कृति का प्रभाव मुझ पर पड़ना सहज व स्वाभाविक है।

हमारी संस्कृति में इस तरह के कई आदान-प्रदान हुए हैं। इसको हम नगण्य न समझें। इसको न माननेवाले इतिहास के अज्ञानी हैं। कुछ लोग सच्चाई को स्वीकार करने को तैयार न होकर अपने विचारों को सबसे

अच्छा और उच्च मानकर दावा करते हैं। भारतीय संस्कृति में, खासकर हमारे उपनिषदों में, संकुचित विचारधाराओं से उबरकर मन को विशाल बनाने का उपदेश है—

सर्वे भवन्तु सुखिनः सर्वे सन्तु निरामयाः।

समाज में इस तरह के विचार आ जाएँ तो समस्याओं का समाधान हो जाएगा। विभिन्न धर्मग्रंथों में इस तरह की चिंताएँ हैं। लोगों को इस तरह के सद्विचारों के संबंध में अवगत कराना है और स्वयं इसको आत्मसात् करने के लिए तैयार भी होना है।

भारतीय पुरातत्त्व सर्वेक्षण में सरकारी सेवा करने से मैंने क्या प्राप्त कर लिया? इसका उत्तर मैं एक वाक्य में सीमित नहीं कर सकता। एक इसलाम धर्मावलंबी मैंने, अपने अनुभवों से प्राप्त ज्ञान से सभी धर्मों का समान महत्त्व के साथ आदर करना सीखा है। जो मुझे सही महसूस हुआ, उसके लिए आवाज उठाई। मेरे समर्थन और विरोध में राजनीति से कई लोग आए और इनमें से कई लोग मेरे घनिष्ठ मित्र भी बन गए।

मध्यकाल में मुस्लिम शासकों ने कई गलतियाँ की हैं। इसको मानने के लिए मुस्लिम लोगों और उन्हें माफ करने के लिए हिंदू लोगों को तैयार हो जाना है। ऐसा करने से राष्ट्र के विकास का मार्ग सुगम हो जाएगा।

हिंदू राजाओं का शासनकाल भारत का 'स्वर्ण युग' था। और उसी स्वर्ण युग की ओर वापस जाने को हिंदू पक्षवाले चाहते हैं। उनकी खोज और विश्वास यह है कि कुतुबमीनार और ताजमहल हिंदू मंदिर थे और आक्रामक मुस्लिम शासकों ने इसको अपने अधीन कर लिया था। ये लोग मीनार, मेहराब और गुंबदों के विकास परिणामों का अध्ययन न करके इस तरह के तर्कों के साथ आगे आते हैं। इसलिए उनके बयान कभी-कभी हास्यास्पद हो जाते हैं। ताज को 'तेजो महालय शिव मंदिर' माननेवालों से यह कहने पर कि हिंदू वास्तु ग्रंथ 'मानसारा', 'मायामता', 'समरांगण सूत्रधारा' आदि में मीनार, मेहराब और गुंबदों के बारे में उल्लेख नहीं है, उनके पास उत्तर नहीं होगा। मुगल वास्तुकला के विकास परिणाम का अध्ययन करने

से पता चल जाएगा कि ताज में दृश्य तथा अदृश्य दोनों गुंबद (Double Dome), मेहराब और मीनारें शाहजहाँ के जमाने की निर्मित हैं। इसको जहाँगीर या अकबर के जमाने में हम नहीं देख सकते। मुगल शासनकाल में अकबर, जहाँगीर, शाहजहाँ आदि बादशाहों के भवन एक-दूसरे से भिन्न दिखाई देंगे। इस तरह की वास्तुशैली विकसित हुई थी। तथ्यों को समझे बिना ऐसा व्याख्यान करना उचित नहीं है। ऐसा बताया जाता है कि हिंदू पक्ष के इतिहासकारों ने रहस्यमय रूप से ताज के दरवाजे की लकड़ी के टुकड़े का एक निजी संस्था के माध्यम से कार्बन परीक्षण किया और पाया कि यह 11वीं सदी का है। यह विचित्र खोज है। कार्बन परीक्षण के संबंध में सामान्य जानकारी रखनेवाला कोई इसको मानेगा नहीं। ताज की कई कीमती चीजें मुगल शासन के अंतिम समय में लूटी गईं। आज के दरवाजे लॉर्ड कर्जन के जमाने में बनाए गए हैं। 20वीं सदी में लॉर्ड कर्जन के बनाए हुए दरवाजे का कार्बन परीक्षण करने से 11-12वीं सदी का कैसे हो जाएगा? कृत्रिम रेखा निर्माण में असामान्य वैभव से यह संभव होगा।

ताज में दिखाया जानेवाला द्विमान गुंबद 11वीं सदी में भारत में कहीं नहीं था। यह तथ्य इन लोगों को मालूम नहीं है। ताजमहल स्थित जमीन मुमताज का मकबरा बनाने के लिए राजा जयसिंह से खरीदी गई, जयपुर और बीकानेर के ग्रंथालयों से इसका सुबूत मिल गया है। खेद की बात है कि इन तथ्यों को जाने व समझे बिना कुछ लोग अनर्गल बातें करते हैं।

मार्क्सवादी इतिहासकार अत्यंत विचित्र विचार हमारे सामने रखते हैं। महमूद गजनवी, मुहम्मद गौरी और औरंगजेब ने मंदिरों को इसलिए तोड़ा कि वे सोना-चाँदी का खजाना थे। धार्मिक भावना से बढ़कर संपत्ति प्राप्त करने के लिए मंदिरों को तोड़ा गया था। मुस्लिम शासकों के मंदिर-भंजन को गलत न मानकर उसे आर्थिक दृष्टि से देखकर उनके पाप की मात्रा को कम करने का मार्क्सवादी इतिहासकारों का प्रयत्न मुस्लिम रूढ़िवादियों को प्रत्यक्ष और अप्रत्यक्ष रूप से सहायता प्रदान करने का काम है। यह हिंदू रूढ़िवादियों को तीखी प्रतिक्रिया करने की प्रेरणा भी देता है।

इन दोनों पक्षों के वाद-विवादों के बीच सच्चाई क्या है, कोई सुनता नहीं। कुतुबमीनार के पास 'खुवुतुल इस्लाम मस्जिद' (सुलतान भारत की प्रथम मस्जिद), मथुरा के कृष्ण मंदिर के पास की मस्जिद आदि के संबंध में कार्यक्रमों के दौरान मैंने कई सवालों का सामना किया है। 'खुवुत्तुल इसलाम' के निर्माण के लिए 27 मंदिरों के भागों का इस्तेमाल किया गया था। मस्जिद के आगे के भाग में अरबी भाषा में इस संबंध में लिखा भी है। मंदिरों के स्तंभों को मस्जिद के स्तंभों में बदला गया है। दीवारों और स्तंभों के कई भागों से देवी-देवता दिखाई पड़ते हैं। विष्णु, गणपति और अन्य कई देवताओं की मूर्तियाँ यहाँ से प्राप्त हुई हैं। इस सच्चाई को खुलकर कहने से रूढ़िवादी मुसलमान कहेंगे कि एक क्षेत्र की जनता का एक साथ धर्मांतरण हो जाने से मंदिरों को स्वाभाविक रूप से स्वेच्छा से मस्जिद में परिवर्तित किया गया है। मुसलमान शासकों ने जो गलती की, उसे वे मानेंगे नहीं। कुतुबमीनार के पास के 'कुवुत्तुल इसलाम' मंदिर के स्तंभों से नहीं बनाया गया है, कहना सही नहीं है। निर्माण हेतु मंदिरों को तोड़ा गया है और मंदिरों के स्तंभों से ही मस्जिद बनाई गई है; परंतु कुतुबमीनार और ताजमहल को मंदिर कहना भी ठीक नहीं है। कुतुबमीनार के निर्माण से पहले गजनी, ख्वाजा सियापोश, समरकंद और बुखारा आदि में ऐसी कई मीनारों का निर्माण किया गया। दोनों मुसलमान वास्तुशैली का उत्तम उदाहरण हैं। इनमें हिंदू वास्तु शैली के प्रभाव को भी मानना पड़ेगा। इससे संबंधित सवालों के उत्तर देते समय मैं कहूँगा कि यह सब उस समय के शासकों की गलती मात्र नहीं, घोर अपराध है। इतिहास में कई गलतियाँ हुई हैं। यह इनमें सबसे बड़ी गलती है। फिलहाल भारत के मुसलमान पूर्वजों द्वारा की गई गलतियों के पाप भार को अपने कंधे पर उठाकर गतिहीन आत्मा के समान भटकते हैं। गलतियों को मानने के लिए वे तैयार नहीं होते हैं; बल्कि मार्क्सवादी आर्थिक दृष्टिकोण से प्राप्त हुए सिद्धांतों से पाप-बोध कम करने की कोशिश करते हैं। मुसलमानों को आत्मविश्लेषण करने का रास्ता जाने या अनजाने में मार्क्सवादी इतिहासकारों ने बंद कर दिया है।

इस विषय में भारतीय मुसलमानों को गोवा के ईसाइयों के उदाहरण को अपनाना चाहिए। मैं सात साल तक पुराने गोवा के ईसाई चर्चों से जुड़ा हुआ था। मेरे बच्चे चर्च के प्रांगण में खेलकर बड़े हुए हैं। गोवा में पुर्तगालियों ने कई हिंदू मंदिरों को तोड़ा, हिंदुओं को बहुत सताया; परंतु वहाँ के ईसाई मंदिर-ध्वंस को कभी सही नहीं मानते बल्कि इसकी निंदा करने के लिए वे तैयार हो जाते हैं। शायद इसलिए गोवा से एक सुदृढ हिंदू-ईसाई संबंध कायम हुआ है।

मध्यकालीन भारत के मंदिर-भंजकों की संतानें अब पाकिस्तान, अफगानिस्तान, सीरिया आदि में इसलाम के नाम पर सामूहिक हत्या में लगी हुई हैं। खेद की बात है कि मानव अंत:करण को चौंकानेवाले अपराध करते समय भी वे अल्लाह और शांति के संदेशवाहक मुहम्मद नबी का नारा लगाते हैं! इसलाम के संबंध में गलतफहमी के लिए इससे ज्यादा और क्या चाहिए? भारतीय मुसलमानों का सबसे बड़ा दुश्मन हिंदू आतंकवादी नहीं, बल्कि मुस्लिम आतंकवादी, पाकिस्तान आतंकवादी और उनकी सोच है। मुस्लिम आतंकवाद के इस काले मुँह को भारतीय मुस्लिम नहीं स्वीकार करते, यह हमें आनंद प्रदान करनेवाली बात है; परंतु यह काफी नहीं है; मुस्लिम आतंकवाद पाकिस्तान आतंकवाद के खिलाफ जबरदस्त प्रतिक्रिया करके इसको लोगों के सामने लाने के लिए मुसलमानों के संघ जैसे जमायते-इसलामी, मुस्लिम लीग, नदुवत्तुल मुजाहिदीन, केरल सुन्नियों के दो हैदराबाद के MIM गुट आदि आगे आने से वर्तमान स्थिति में परिवर्तन आ जाएगा। इस ऐतिहासिक दौत्य के निर्वहन से मुँह फेरना बड़ी गलती होगी और अवसर को नष्ट करने के बराबर होगी। इसलाम को बदनाम करनेवाले मुसलमान गुटों को हम छोड़ नहीं सकते। अपनी इस टिप्पणी को मैंने मार्च 2015 में लिखा है। अगले दिन अखबार में पढ़ा कि सीरिया में हुए मुसलमान आतंकवाद की नदुवत्तुल मुजाहिदीन ने कड़ी निंदा की है। दूसरे मुसलमान संगठनों से भी इसकी निंदा करने के लिए उन्होंने कहा है। नदुवत्तुल मुजाहिदीन

के रवैए का मैं अभिनंदन करता हूँ और यह एक परिवर्तन की शुरुआत है। निश्चय ही यह आशा प्रदान करनेवाला परिवर्तन है।

मुसलमानों को चाहिए कि वे पाकिस्तान प्रायोजित आतंकवादी समूहों, जैसे लश्कर-ए-तैयबा और हिजबुल मुजाहिदीन को नोटिस भेजें और कश्मीरी युवाओं को आगाह करें कि वे इन समूहों के षड्यंत्र में न फँसें। मुस्लिम नेताओं को कश्मीरी मुस्लिमों से यह आग्रह भी करना चाहिए कि वे कश्मीरी हिंदुओं को श्रीनगर और आसपास के इलाके में फिर से बसाएँ। दुर्भाग्य से कश्मीरी हिंदू अपने ही देश में शरणार्थी बने हुए हैं।

मुस्लिम आतंकवाद के विरोध में मुस्लिम भावना आज बॉयलिंग पॉइंट से नीचे पड़ी है। यह उबालने से ही नए विचार और परिवर्तन का रास्ता निकाला जाएगा और शांति के अर्थ द्योतित करनेवाले इसलाम की शांति का मुँह संसार के सामने आ जाएगा।

□

सरकारी कर्मचारी और मीडिया

नियम निर्माण सभा के चौथे स्तंभ के रूप में काम करनेवाले माध्यमों से सरकारी कर्मचारियों के अच्छे संबंध होने चाहिए। यही मेरी राय है। परंतु विभाग प्रमुख और राजनीतिक लोग इसके खिलाफ हैं।

सरकारी सेवा में मुझे हमेशा मीडिया का सक्रिय सहयोग प्राप्त हुआ है। मेरे सामाजिक जीवन की शुरुआत पुस्तक पठन से हुई। गाँव में प्राप्त 'मातृभूमि', 'मनोरमा', 'चंद्रिका', 'प्रदीपम्', 'केसरी', 'देशाभिमानी', 'प्रबोधनम्', 'सुन्नि टाइम्स' आदि अखबारों को मैं पढ़ता था। प्राथमिक शिक्षा के साथ गाँव के पुस्तकालय से मैंने इन अखबारों का परिचय प्राप्त किया।

नौकरी मिलने के बाद भी मीडिया और मीडियाकर्मियों से निरंतर संपर्क में रहा। गोवा पहुँचते ही मेरा इन लोगों से वैयक्तिक संबंध हुआ। इससे सरकारी काम में बाधा पहुँचाए बिना मैं आम आदमी से संपर्क स्थापित कर सका। विरोध करनेवालों को उचित स्पष्टीकरण देकर मुझे न्यायवादों को समर्थित करने का अवसर मिला।

राजगीर हमारी पहली राजधानी थी और दूसरी पाटलिपुत्र। सम्राट् अशोक की राजधानी नगरी कुम्राहर अनाथ स्थिति में थी। चारों ओर दीवार न होने से लोग अतिक्रमण करते थे। भारतीय पुरातत्त्व सर्वेक्षण ने दीवार बनाकर उसका संरक्षण करने की कोशिश की, परंतु विरोधी तत्त्वों ने दीवार तोड़ दी। अपराधियों ने छिपकर रहने के अड्डे के रूप में इसका उपयोग किया। मीडिया ने इसकी खबर बनाकर मेरी मदद की।

प्रमुख वामपंथी इतिहासकार आर.एस. शर्मा मुझे बहुत पसंद करते थे। प्रो. इरफान और मेरे बीच का मामला वे जानते थे। सेवानिवृत्ति के बाद वे कभी-कभी पटना स्थित मेरे कार्यालय में आते थे। पटना में मेरी कई सभाओं के वे अध्यक्ष रहे थे। शर्मा के गुट और भाजपा पक्षवाले बी.पी. सिन्हा के गुट दोनों का आपस में उतना अच्छा संबंध नहीं था। मेरे अनुरोध पर सम्राट् अशोक की राजधानी के संरक्षण के मामले पर दोनों गुट एक हो गए। दोनों गुटों ने मिलकर दीवार बनाने के लिए पहला पत्थर रखा। पाटलिपुत्र के हृदयभाग को इस तरह संरक्षित किया गया। पत्थर और मिट्टी से दीवार बनाने के लिए सभी मीडियाकर्मी आगे आ गए। सब मिलकर अशोक की राजधानी के संरक्षण के लिए जब आगे आए, तब असामाजिक तत्त्व पीछे हट गए। इस अवसर का फायदा उठाकर भारतीय पुरातत्त्व सर्वेक्षण ने दीवार निर्माण का कार्य पूरा कर दिया।

मीडिया के प्रभाव और उसकी शक्ति वटेश्वर में प्रकट हुई थी। अनुभवों के मुताबिक मैं यह कहूँगा कि सरकारी कर्मचारी को एक सामाजिक कार्यकर्ता होना चाहिए। अनीति के खिलाफ आँख न मूँद लेनेवाले की प्रतिक्रिया अखबारों के माध्यम से बाहर आती है। धर्म, राजनीति या बाह्य दबाव में पड़कर काम न करके, अपने अंत:करण के अनुसार समाज-हित में काम करना चाहिए, यही मेरा अपना विचार है। अपने विचारों में गलतियाँ होना स्वाभाविक है। उचित निर्णय लेकर उस पर अमल करते समय सच्चाई की खोज करके बाहर निकालना है। इसके लिए मीडिया ने मेरी बड़ी मदद की है। सरकार की नीति के अनुसार कर्मचारियों को मीडिया से एक निश्चित दूरी बरकरार रखनी होती है; परंतु मेरे अनुभव में कई समस्याओं को सुलझाने में संचार माध्यम सहायक हुए हैं। सरकारी कारवाई में कभी विलंब हो सकता है। मीडिया के हस्तक्षेप से कारवाई में तेजी लाई जा सकती है। सरकारी कर्मचारियों को एक अच्छा सेवक ही नहीं, एक सामाजिक कार्यकर्ता और सक्रियतावादी (एक्टिविस्ट) बन जाना चाहिए।

वर्ष 2002 में ताजमहल के पीछे के मंदिर का विस्तार करने के हिंदू संगठनों के कार्य का विरोध करने के लिए मैं आगे आया। मेरे साथ मेरे अधीन

काम करनेवाले सभी कर्मचारी शामिल हो गए। मुझ पर उनका अटल विश्वास ही इसका कारण था। केंद्र में भाजपा शासनकाल में एक केंद्र सरकार का अफसर विरोध नहीं करेगा, यह सोचकर मंदिर विस्तार का काम शुरू किया गया। एक दिन ताज के पीछे के भाग का निरीक्षण करते समय वह नियम-विरुद्ध कार्य मेरी नजर में आया। जिलाधीश और पुलिस आयुक्त को मैंने इसकी जानकारी दी। नए निर्मित मंदिर का भाग मेरे नेतृत्व में बुलडोजर का इस्तेमाल करके तोड़ा गया। उस समय आगरा के पुराने चौक में विश्व हिंदू परिषद् और बजरंग दलवालों ने मेरे पुतले जलाए। उनको अप्रत्यक्ष रूप से कुछ राजनीतिक दलों की मदद प्राप्त हुई थी, परंतु प्रत्यक्ष रूप से कोई सामने नहीं आया। आगरा के लोगों के लिए मैं एक परिचित आदमी था। मीडियाकर्मी भी मुझे जानते थे। कई लोग मेरे काम का निरंतर निरीक्षण करनेवाले थे।

महावीर के जन्म-स्थान और गौतम बुद्ध के कर्म-स्थान वैशाली में जब वैज्ञानिक उत्खनन प्रारंभ हुआ, तब क्वटेशन (Quotation) संघों ने उसे रोका। मुझे पुलिस प्रमुखों को इसके संबंध में जानकारी देनी पड़ी। अगले दिन अखबारों में समाचार आने से शासन करनेवाली पार्टी के अनुयायियों के कवटेशन संघ को काम बंद करना पड़ा। उसके बाद किसी कवटेशन संघ ने वैशाली के उत्खनन को रोकने का प्रयास नहीं किया। अवसर का उपयोग करके हमने वैशाली का उत्खनन पूरा कर दिया। इस एतिहासिक स्थल को देखने के लिए आज संसार के कई भागों से गौतम बुद्ध के अनुयायी आ रहे हैं।

नई पीढ़ी को इतिहास में रुचि है, लेकिन सीखने के लिए कोई आगे नहीं आता है। उच्च शिक्षा के क्षेत्र में सूचना प्रौद्योगिकी का वर्चस्व शायद इसका एक कारण होगा। सिर्फ एक उपाधि प्राप्त करने के लिए नियमित और निजी तौर पर कुछ लोग इतिहास पढ़ने के लिए आते हैं। आप किसी भी पाठ्यक्रम का अध्ययन करें, बिना अभिरुचि के विजय प्राप्त नहीं कर सकते। पुरातत्त्व में नौकरी के लिए अवसर बहुत कम हैं और इसलिए नई पीढ़ी इस पाठ्यक्रम की ओर मुड़ती नहीं है। इसका परिणाम यह होता है कि भारतीय पुरातत्त्व सर्वेक्षण में विशेषज्ञों की बड़ी कमी होती है।

□

विकास अनिवार्य है

देश के विकास के लिए मिस्र में ऐतिहासिक स्मारकों को भी बदलकर स्थापित किया गया है। मशहूर 'अबू सिंबल ' को इस तरह बदलकर दूसरी जगह पर स्थापित किया गया। मेरे नेतृत्व में दो मंदिरों को इस तरह एक जगह से दूसरी जगह पर बदलकर स्थापित किया गया। गोवा का कुरुटी महादेव मंदिर 18 कि.मी. की दूरी पर और मध्य प्रदेश का चौबीस अवतार मंदिर 5 कि.मी. दूर बदलकर स्थापित किए गए हैं। बाँध आने के कारण ऐसा किया गया। यह क्षेत्र जंगल था। मंदिर में पूजा-पाठ नहीं होता था। मंदिरों को बदलकर स्थापित करने का काम कठिन है। इस कारण मेरे पूर्व अधिकारियों ने टालने की कोशिश की। कुछ लोगों ने अधूरा काम करके बीच में छोड़ दिया। इसलिए दोनों जगह मंदिर का पुनर्स्थापन करने का कार्य मुझे मिला। मेरे दृढ निश्चय के सामने सभी विरोध नाकाम हो गए। श्री डी.एस. सदू, एन.के. भारद्वाज और भगवंता अहीर ने मंदिर पुनर्स्थापन में अहम भूमिका अदा किया।

खुर्दी महादेव मंदिर के संरक्षण में डॉ. एस.के. जोशी, श्री गंगाधर कोरकानकर और डॉ. गोपाल राव ने काफी महत्त्वपूर्ण भूमिका निभाई। इसी प्रकार, मंदिर में चौबीस अवतार का प्रत्यारोपण डॉ. नारायण व्यास, श्री सूद और श्री भागवंता द्वारा किया गया।

□

अयोध्या : कुछ ऐतिहासिक तथ्य

इस अंश को शामिल किए बिना मेरी यह जीवन-रेखा पूर्ण नहीं होगी। यह किसी की भावनाओं को ठेस पहुँचाने के लिए या किसी की भावनाओं को प्रोत्साहन देने के लिए नहीं किया जाता है। मेरा अनुरोध है कि कोई भी इस तरह इसका उपयोग न करे।

अयोध्या के स्वामित्व के संबंध में सन् 1990 में राष्ट्रीय स्तर पर तर्क ने जोर पकड़ा। उसके बहुत पहले सन् 1976-77 में पुरातत्त्व अध्ययन के दौरान अयोध्या उत्खनन में भाग लेने का मुझे अवसर मिला। प्रो. बी.बी. लाल के नेतृत्व में अयोध्या उत्खनन की टीम में 'दिल्ली स्कूल ऑफ आर्कियोलॉजी' से मैं एक सदस्य था। उस समय के उत्खनन में मंदिर के स्तंभों के नीचे के भाग में ईंटों से बनाया हुआ आधार देखने को मिला। किसी ने इसको समस्या के साथ नहीं देखा। एक पुरातत्त्वविद् की ऐतिहासिक सोच के साथ निस्संग होकर हमने उसे देखा था। उत्खनन के लिए जब मैं वहाँ पहुँचा, तब बाबरी मस्जिद की दीवारों में मंदिर के स्तंभ थे। उन स्तंभों का निर्माण 'ब्लैक बसाल्ट' कसौटी के पत्थर के नाम से जाने जानेवाले पत्थरों से किया गया था। स्तंभ के नीचे भाग में 11वीं-12वीं सदी के मंदिरों में दिखने वाले पूर्ण कलश बनाए गए थे। मंदिर कला में पूर्ण कलश 8 ऐश्वर्य चिह्नों में एक है। सन् 1992 में बाबरी मस्जिद ढहाए जाने के पहले इस तरह के एक या दो स्तंभ नहीं, 14 स्तंभों को हमने देखा है। पुलिस सुरक्षा में रही मस्जिद में प्रवेश मना किया गया था। उत्खनन और अनुसंधान से जुड़े होने के कारण हमारे लिए किसी प्रकार का प्रतिबंध नहीं था। उन स्तंभों को मैंने नजदीक से देखा है।

प्रो. बी.बी. लाल के नेतृत्व में भारतीय पुरातत्त्व सर्वेक्षण के अधिकारियों के अलावा दिल्ली स्कूल ऑफ आर्कियोलॉजी' के हम 12 विद्यार्थी शामिल थे। करीब दो महीने उत्खनन के लिए हम अयोध्या में रहे। बाबर के सेनानायक मीर बाकी द्वारा तोड़े गए या पहले से तोड़े गए मंदिरों के अंशों का उपयोग करके मस्जिद का निर्माण किया गया है। पहले जो कसौटी के पत्थरों से निर्मित स्तंभ के बारे में बताया गया था, उसी तरह के स्तंभ और उसके नीचे के भाग में ईंट का चबूतरा मस्जिद की बगल में और पीछे के भाग में उत्खनन करने से प्राप्त हुआ। इन सुबूतों के आधार पर मैंने कहा कि बाबरी मस्जिद के नीचे मंदिर रहा था। मेरा यह बयान 15 दिसंबर, 1990 को आया था। उस समय माहौल गरम था। हिंदू और मुसलमान दो गुटों में बँटे गए। कई नरमवादियों ने समझौते की कोशिश की, परंतु रामजन्मस्थान पर विश्व हिंदू परिषद् ने अपनी पकड़ मजबूत कर दी। बाबरी मस्जिद हिंदुओं को देकर समस्या का समाधान करने के लिए मुसलमान नरमवादी तैयार थे, परंतु इसको खुलकर कहने के लिए किसी में हिम्मत नहीं थी। बाबरी मस्जिद पर अपना दावा छोड़ने से वि.हि.प. को फिर आगे बढ़ाने के लिए मुद्दा कुछ नहीं होगा, कुछ मुसलमानों ने ऐसा भी सोचा। इस तरह के विचार आगे बढ़ जाएँ तो समस्या के समाधान की संभावना होती थी।

खेद के साथ कहना पड़ेगा कि उग्रपंथी मुस्लिम गुट की मदद करने के लिए कुछ वामपंथी इतिहासकार सामने आए और उन्होंने बाबरी मस्जिद नहीं छोड़ने का उपदेश दे दिया। वास्तव में, उन्हें यह मालूम नहीं था कि कितना बड़ा पाप कर रहे हैं। दिल्ली के जवाहरलाल नेहरू विश्वविद्यालय के.एस. गोपाल, रोमिला थापर, बिपिन चंद्रा जैसे इतिहासकारों ने 'रामायण' के ऐतिहासिक तथ्यों पर सवाल खड़े कर दिए और कहा कि 19वीं सदी के पहले मंदिर तोड़ने का सुबूत नहीं है। उन्होंने अयोध्या को 'बौद्ध-जैन केंद्र' कहा। उनका साथ देने के लिए प्रो. आर.एस. शर्मा, अनवर अली, डी.एन. झा, सूरजभान, प्रो. इरफान हबीब आदि भी आगे आए। तब एक बड़े गुट का समर्थन बाबरीवालों को मिल गया। इसमें केवल सूरजभान एक पुरातत्त्वविद्

हैं। प्रो. आर.एस. शर्मा के साथ रहे कई इतिहासकारों ने बाबरी मस्जिद एक्शन कमेटी के विशेषज्ञों के रूप में कई बैठकों में भाग लिया था।

बाबरी मस्जिद एक्शन कमेटी की कई बैठकें भारतीय इतिहास अनुसंधान परिषद् के अध्यक्ष प्रो. इरफान हबीब की अध्यक्षता में हुई थीं। बाबरी मस्जिद एक्शन कमेटी की बैठक भारतीय इतिहास अनुसंधान परिषद् के कार्यालय में आयोजित करने का परिषद् के तत्कालीन सदस्य सचिव इतिहासकार प्रो. एम.जी.एस. नारायण ने विरोध भी किया था। किंतु प्रो. इरफान हबीब ने उसे नहीं माना। पत्र-पत्रिकाओं से निरंतर संबंध रखनेवाले वामपंथी इतिहासकारों ने अयोध्या की वास्तविकता पर सवाल उठाते हुए लगातार लेख लिखे और उन्होंने आम जनता में भ्रम और असमंजस पैदा कर दिया। वामपंथी इतिहासकार और उनका समर्थन करनेवाले 'टाइम्स ऑफ इंडिया' जैसे मीडिया ने समझौते के पक्ष में रहे मुस्लिम बुद्धिजीवियों को अपने उदार विचार छोड़ने की प्रेरणा दी। बड़े खेद की बात है कि इसने बाबरी मस्जिद एक्शन कमेटी को धैर्य और अंगीकार प्रदान किया। इसी कारण मस्जिद को हिंदुओं के लिए छोड़कर समस्या के समाधान के लिए सोच रहे साधारण मुसलमान लोगों ने अपनी सोच में परिवर्तन कर दिया और मस्जिद नहीं देने के पक्ष में विचार करना शुरू कर दिया। साम्यवादी इतिहासकारों के हस्तक्षेप से उनकी सोच में परिवर्तन हुआ। इस तरह समझौते का दरवाजा हमेशा के लिए बंद कर दिया गया। अगर समझौता होता तो हिंदू-मुस्लिम संबंध ऐतिहासिक दृष्टि से नए मोड़ पर आ जाते। फिलहाल देश के सामने मौजूद कई समस्याओं का सामाजिक हल भी हो सकता था। इससे एक बात स्पष्ट हो जाती है कि मुस्लिम-हिंदू उग्र पंथ ही नहीं, साम्यवादी उग्र पंथ भी राष्ट्र के लिए खतरनाक है। पंथनिरपेक्ष होकर समस्या को देखने की बजाय वामपंथियों की बाईं आँख से अयोध्या मामले का विश्लेषण करके 'टाइम्स ऑफ इंडिया' अखबार ने बड़ा अपराध किया है। इसके लिए राष्ट्र को बड़ी कीमत चुकानी पड़ी।

आज भी प्रो. इरफान हबीब के नेतृत्व में भारतीय इतिहास अनुसंधान परिषद् के माध्यम से अयोध्या मामले के समाधान का रास्ता बंद करने की

कोशिश जारी है। आई.सी.एच.आर. में समस्या के समाधान चाहनेवाले थे; परंतु इरफान हबीब के सामने वे कुछ नहीं कर सकते। स्वतंत्र विचार प्रकट करनेवालों को सांप्रदायिक कहा जाता है। भारत के संघ परिवार की असहिष्णुता को पाकिस्तान की असहिष्णुता और आई.एस.आई.एस. के निष्ठुर कार्यों से तुलना करने में भारतीय इतिहास अनुसंधान परिषद् के कई सदस्य सहमत नहीं होंगे; लेकिन विरोध में बोलने के लिए कोई तैयार नहीं होता है। प्रो. इरफान हबीब के दोहरे मापदंड पर अर्णब गोस्वामी ने सवाल उठाने का साहस किया। यह इसका संकेत है कि पत्रकारों के विचार में भी परिवर्तन आने लगे हैं।

अयोध्या मामले के पक्ष और विपक्ष में इतिहासकार और पुरातत्त्वविद् दो गुटों में बँटे हुए थे। उसी समय 15 दिसंबर, 1990 को मैंने बयान दिया कि बाबरी मस्जिद के नीचे मंदिर के अंशों को स्वयं मैंने देखा है।

जब मैं मद्रास में उप-अधीक्षण पुरातत्त्वविद् के रूप में काम करता था, उस समय 'इंडियन एक्सप्रेस' अखबार में अयोध्या मामले पर ऐरावतम महादेवन आई.ए.एस. की एक टिप्पणी पढ़ने को मिली। सिंधु नागरी लिपि के बारे में पुस्तक लिखनेवाले महादेवन सबके आदर के पात्र हैं। केंद्र सरकार में सचिव के पद से सेवानिवृत्त महादेवन तमिल के प्रसिद्ध अखबार 'दिनमणि' में संपादक के रूप में काम कर रहे थे। उन्होंने इस प्रकार लिखा, "बाबरी मस्जिद के नीचे मंदिर का अंश है, नहीं है, इस तरह की दो राय हैं। इसी तरह की दो राय होने से एक उत्खनन करके समस्या का समाधान हो सकता है; परंतु एक ऐतिहासिक गलती को सही करने के लिए उसी ऐतिहासिक स्मारक (बाबरी मस्जिद) को तोड़ना गलत बात है।"

मैंने महादेवन के इस संतुलित बयान को आदर के साथ देखा और उनका अभिनंदन करके एक पत्र लिखा। वर्ष 1976-77 के उत्खनन में भाग लेने की बात का भी मैंने उल्लेख किया। मैंने इस तरह लिखा, "आपकी राय में एक ऐतिहासिक गलती को सही करने के लिए उसी ऐतिहासिक स्मारक को तोड़ना गलत बात है। यह विचार अभिनंदन योग्य है। आपने पाठकों के सामने अपना व्यापक दृष्टिकोण प्रस्तुत किया है।"

पत्र प्राप्त होते ही तमिलनाडु सचिवालय के क्लाइव बिल्डिंग के मेरे कार्यालय में वे आए और मेरे पत्र के प्रकाशन की अनुमति माँगी। एक सरकारी कर्मचारी होने के कारण इस तरह के संवेदनशील विषयों पर सरकार की पूर्व अनुमति के बिना बयान देना अनुचित होगा। यह मुझे निश्चित मालूम था कि प्रकाशन के लिए उच्च अधिकारियों से अनुमति प्राप्त नहीं होगी; परंतु सच्चाई को ढकना नहीं चाहिए। एक उचित निर्णय लेना है। मैंने, अधीक्षण पुरातत्त्वविद् डॉ. नरसिम्हा और महादेवन ने मिलकर विचार-विमर्श किया। अंत में इस निर्णय पर पहुँचे कि इतनी बड़ी ऐतिहासिक सच्चाई को छिपाकर रखना सही नहीं है। प्रो. बी.बी. लाल के नेतृत्व में उत्खनन के अवसर पर मंदिर की दीवारों के नीचे ईंट का चबूतरा खोज निकालते समय उसके सामान्य पर्यवेक्षक डॉ. नरसिम्हा थे, परंतु हमें हिंदू संगठनों के हाथ की कठपुतली नहीं बनना। सभी तरह की सांप्रदायिकता से समान दूरी बनाकर रखना है।

मेरे विचारों को 'इंडियन एक्सप्रेस' ने 'लेटर टू एडिटर' कॉलम में सभी संस्करणों में प्रकाशित किया। बाद में कई अखबारों में उसका अनुवाद आया। कुछ लोगों ने मेरा अभिनंदन किया, परंतु फोन पर मुझे धमकियाँ भी मिलीं। मैं पहले के अपने निर्णय के अनुसार सभी वर्गों से समान दूरी बनाए रहा। मेरा यह बयान प्रकाशित होने के कुछ दिन बाद केंद्रीय संस्कृति विभाग के संयुक्त सचिव आर.सी. त्रिपाठी और भारतीय पुरातत्त्व सर्वेक्षण के महानिदेशक एम.सी. जोशी यूनेस्को के 'सिल्क रूट संगोष्ठी' के लिए मद्रास आए। संगोष्ठी के प्रभारी डॉ. नरसिम्हा को एक टीम का नेतृत्व करके कंबोडिया जाना पड़ा। इसलिए अंतरराष्ट्रीय संगोष्ठी तथा उसमें भाग लेने के लिए प्राचीन सिल्क रूट से विशेष जहाज में विभिन्न देशों से आए प्रतिनिधियों का प्रभार मुझे और डॉ. के.टी. नरसिम्हन नामक और एक अधिकारी को सौंपा गया। संगोष्ठी अच्छी तरह से संपन्न होने पर उच्च अधिकारियों ने हमारी प्रशंसा की। भा.पु.स. के डॉ. जोशी ने कहा, "आपकी प्रगति में बाधा डाल देनेवाले अलीगढ़ के प्रो. (इरफान हबीब) अगर यहाँ होते तो शर्म से सिर झुका लेते।" डॉ. जोशी ने फिर मेरे इतिहास के बारे में आर.सी. त्रिपाठी को बताया।

कुछ समय के बाद डॉ. जोशी ने मुझे बुलाकर कहा, "हम दोनों अब अखबार में आपके बयान के बारे में पूछने वाले हैं। सरकार की अनुमति के बिना इस तरह की जटिल समस्या पर आप कैसे टिप्पणी कर सकते हैं? आपको जाँच के अनुसार निलंबित किया जाएगा।"

"सर, मुझे मालूम है कि अनुमति माँगने पर नहीं दी जाएगी। मैंने देश की भलाई के लिए एक ईमानदार बयान दिया है।" साथ ही मैंने संस्कृत में एक श्लोक को उद्धृत किया, "लोक संग्रमे वापि शंबस्यन कर्तुमर्हसी।"

"मुझे क्या आप संस्कृत सिखाते हैं?" इलाहाबादी ब्राह्मण त्रिपाठी को गुस्सा आ गया, "आपको मैं अभी निलंबित करूँगा।"

तब मैंने शांत होकर कहा, "स्वधर्मे निधनं श्रेयः।" स्वधर्म के निर्वहन के लिए मृत्यु भी स्वागतयोग्य है।

यह सुनकर त्रिपाठीजी में वांछनीय परिवर्तन दिखाई पड़ा।

"मिस्टर मुहम्मद, आपका अटल निर्णय अभिनंदन योग्य है। एक पुरातत्त्वविद् को जो कहना चाहिए, वही आपने कहा। आप एक सच्चे पुरातत्त्वविद् हैं; परंतु आपके ऊपर काररवाई के लिए कई कोनों से दबाव है।"

"मुझे मालूम है, सर। अच्छी तरह सोचने के बाद मैंने यह लिखा है।"

"आपने अपना पता और पदनाम अखबार में क्यों दिया?" जोशी ने पूछा।

"सर, पूरा पता न देने से क्या पहचान है, कौन मुहम्मद, कहाँ का मुहम्मद? जो लिखा है, उसमें प्रामाणिकता होनी चाहिए, इस दृष्टि से पूरा पता दिया।"

मेरे ऊपर काररवाई की खबर सुनने से पत्रकार महादेवन दोनों अधिकारियों से मिले। निलंबन को तबादले में परिवर्तित कर दिया गया, मद्रास से गोवा। गोवा में मैं सेंट असीसी के कॉन्वेंट के कमरे में परिवार के साथ रहा। गोवा में विशुद्ध संत सेंट जेवियर के पार्थिव शरीर को सुरक्षित रखे बॉम जीसस चर्च में उसके रक्टर फादर रिगो से बात करते वक्त 6 दिसंबर, 1992 में बाबरी मस्जिद ढहाए जाने का दुःखद समाचार मैंने सुना। बाबरी मस्जिद विध्वंस

के बाद पहली वर्षगाँठ 6 दिसंबर, 1993 में पुराने गोवा के चर्चों में हिंदू आतंकियों के आक्रमण का डर था। फादर रिगो और हमने दो टीमें बनाईं। फादर रिगो के नेतृत्व में एक टीम बॉम जीसस में और मेरे अधीन एक टीम सेंट असीसी और सेंट कैथेड्रल में बिना नींद जाग्रत् रहे। हिंदू, मुसलमान और ईसाइयों ने एक साथ एक राष्ट्रीय स्मारक की रक्षा के लिए जागते रहना भारतीय धर्मनिरपेक्षता की अपनी विशेषता है।

बाबरी मस्जिद तोड़ने से प्राप्त हुए महत्त्वपूर्ण पुरातत्त्व अवशेष हैं 'विष्णु हरिशिला पटल'। इसमें 11वीं-12वीं सदी की नागरी लिपि में संस्कृत भाषा में लिखा गया है कि यह मंदिर बाली और दस हाथोंवाले (रावण) को मारनेवाले विष्णु (श्रीराम विष्णु के अवतार हैं) को समर्पित किया जाता है। डॉ. वाई.डी. शर्मा और डॉ. के.एन. श्रीवास्तव द्वारा सन् 1992 में किए गए निरीक्षण में वैष्णव अवतारों तथा शिव-पार्वती के कुशान जमाने (100-300 ए.डी.) की मिट्टी की मूर्तियाँ प्राप्त हुईं। वर्ष 2003 में इलाहाबाद उच्च न्यायालय की लखनऊ बेंच के निर्देशानुसार किए गए उत्खनन में तकरीबन 50 मंदिर स्तंभों के नीचे के भाग में ईंट से बनाया चबूतरा दिखाई पड़ा। इसके अलावा, मंदिर के ऊपर का आमलका और मंदिर का अभिषेक जल बाहर निकालने वाली मकर प्रणाली भी उत्खनन से प्राप्त हुई। उत्तर प्रदेश भारतीय पुरातत्त्व सर्वेक्षण के निदेशक डॉ. राकेश तिवारी द्वारा समर्पित रिपोर्ट में बताया गया है कि बाबरी मस्जिद के आगे के भाग को समतल करते समय मंदिर से जुड़े हुए 263 पुरातत्त्व अवशेष प्राप्त हुए हैं।

उत्खनन से प्राप्त हुए सुबूतों और पौराणिक अवशेषों के विश्लेषण से भारतीय पुरातत्त्व सर्वेक्षण इस निर्णय पर पहुँचा कि बाबरी मस्जिद के नीचे एक मंदिर रहा था। इलाहाबाद उच्च न्यायालय की लखनऊ बेंच भी इसी निर्णय पर पहुँची है।

उत्खनन को निष्पक्ष रखने के लिए कुल 137 श्रमिकों में 52 मुसलमान थे। बाबरी मस्जिद एक्शन कमेटी के प्रतिनिधि पुरातत्त्व इतिहासकार सूरजभान मंडल, सुप्रिया वर्मा, जय मेनन आदि के अलावा इलाहाबाद उच्च न्यायालय

के एक मजिस्ट्रेट भी शामिल थे। उत्खनन को इससे ज्यादा निष्पक्ष कैसे बनाया जा सकता था?

उच्च न्यायालय का फैसला आने के बाद भी वामपंथी इतिहासकार गलती मानने को तैयार नहीं हुए। पहले कई बार उन्होंने अपनी राय बदल दी है। इसका मुख्य कारण उन्होंने बाबरी मस्जिद एक्शन कमेटी के प्रतिनिधि के रूप में उत्खनन में भाग लिया था। वे केवल इतिहासकार रहे थे। इनमें तीन-चार को तकनीकी दृष्टि से पुरातत्त्व मालूम था, परंतु फील्ड पुरातत्त्व में ज्ञान या परिचय नहीं था। भा.पु.स. के प्रसिद्ध पुरातत्त्व शोधकर्ता डॉ. बी.आर. मणि के सामने वे नौसिखिए थे। फील्ड पुरातत्त्व में आवश्यक ज्ञान न होने के कारण बाबरी मस्जिद एक्शन कमेटी के लिए जे.एन.यू. और अलीगढ़ से आए प्रतिनिधियों पर भा.पु.स. के पुरातत्त्वविदों ने ज्यादा ध्यान नहीं दिया। ईमानदारीपूर्ण, वास्तविक और निष्पक्ष रहना भारतीय पुरातत्त्व सर्वेक्षण की विशेषता है।

इसी बीच वि.हि.प. से निकट संबंध रखनेवाले के रूप में दावा करनेवाले भा.पु.स. के एक अधिकारी ने डॉ. मणि के स्थान पर अयोध्या उत्खनन के निदेशक के रूप में अपने को प्रतिष्ठित करने की कोशिश की। अगर उनका प्रयत्न सफल होता तो नतीजा यह हो सकता था कि मस्जिद के नीचे मंदिर की खोज जान-बूझकर की है। ऐसी स्थिति में बाबरी विवाद एक दूसरे मोड़ पर पहुँच जाता। दबाव के बावजूद उस अधिकारी को प्रमुख पद पर नियुक्त न करके भा.पु.स. ने अपना निष्पक्ष रवैया प्रकट किया है। भा.पु.स. में बहुत कम लोगों को ज्ञात इस रहस्य की गाँठ खोलने के लिए जाँचकर्ता पत्रकार कोई आगे आ जाए।

बिहार के सासाराम में भा.पु.स. के संरक्षण में रहे शेरशाह सूरी के मकबरा परिसर में अतिक्रमण करके 16 साल पहले बनाए गए मंदिर का विस्तार करने के लिए वि.हि.प. से निकट संबंध रखनेवाले भाजपा विधानसभा सदस्य जवाहर प्रसाद ने प्रयत्न किया। केंद्र में भाजपा का शासन है इसलिए रोकने के लिए कोई नहीं आएगा। यही नहीं, बिहार के भा.पु.स. का उच्च अधिकारी एक मुसलमान है। डर के मारे वे इसमें हस्तक्षेप नहीं करेंगे। कम शिक्षावाले जवाहर प्रसाद की यही सोच थी। उनके विचारों को गलत साबित करते हुए मैंने कारवाई

की। अयोध्या मामले के जरिए भाजपा में आए जवाहर प्रसाद ने शेरशाह सूरी ऐतिहासिक स्मारक के संरक्षण अधिकारी (Conservation Officer) श्रवण कुमार को गंभीर रूप से चोट पहुँचाई। प्रसाद पुलिस नियम आदि को माननेवाला नहीं है। प्रसाद के खिलाफ मुकदमा दायर करने के लिए पुलिस भी तैयार नहीं थी। किंतु मेरे हस्तक्षेप के बाद प्रसाद के खिलाफ केस दायर किया गया।

श्रवण कुमार के सासाराम में रहने से दंगे की संभावना है और इसलिए उन्हें तुरंत हटाना चाहिए, कहकर जिलाधीश ने मुझे फोन किया। उत्तर में मैंने कहा कि श्रवण कुमार अपने कर्तव्यों का सही निर्वहन कर रहे हैं और स्थानीय विधानसभा सदस्य ही समस्याएँ पैदा करते हैं। जिलाधीश और अन्य अधिकारी प्रसाद के साथ हैं, यह समझने पर मैं सीधे उच्च न्यायालय गया। मामले की गंभीरता को समझते हुए उच्च न्यायालय ने प्रसाद के हर प्रकार के निर्माण कार्यों पर रोक लगा दी। प्रसाद और जिलाधीश के लिए सबसे बड़ा आघात था यह फैसला। यही नहीं, श्रवण कुमार के अनुसूचित जाति के व्यक्ति होने से अनुसूचित जाति जनजाति आयोग में भी शिकायत दर्ज करा दी गई। अगले विधानसभा चुनाव में प्रसाद बुरी तरह से हार गए। प्रसाद जब मेरे खिलाफ बोल रहे थे, तब मेरे परिचित लोग आर.एस.एस. की पत्रिका 'पाञ्चजन्य' में अयोध्या की सच्चाई के बारे में मैंने जो लिखा था, उसकी प्रतियों का वितरण कर रहे थे। इसलिए जवाहर प्रसाद के सारे प्रयत्न व्यर्थ हो गए।

भाजपा शासनकाल में एक केंद्रीय सरकारी अधिकारी द्वारा मंदिर विस्तार कार्य को रोकने की खबर फैल गई और बाबरी मस्जिद एक्शन कमेटी के प्रमुख सैयद शहाबुद्दीन ने तत्कालीन केंद्रीय मंत्री अनंत कुमार को भारतीय पुरातत्त्व सर्वेक्षण के काम की सराहना करते हुए पत्र लिखा। उस पत्र को भा.पु.स. के महानिदेशक श्रीमती कोमल आनंद ने मुझे भेजा। शहाबुद्दीन साहब को आभार व्यक्त करते हुए लिखे पत्र में मैंने अयोध्या मामले का जिक्र किया। मैंने लिखा कि प्रो. बी.बी. लाल के नेतृत्व में अयोध्या उत्खनन में मैंने भाग लिया है और मस्जिद के नीचे मंदिर के अवशेषों को मैंने देखा

है। वास्तविकता को मानकर समझौते से अयोध्या मामले को हल करने की कोशिश के लिए मैंने पत्र में उनसे अनुरोध किया।

कुछ दिनों के बाद उनका एक पत्र मुझे मिला, जिसमें लिखा था कि जल्दी ही होनेवाली मुस्लिम प्रमुखों की बैठक में मामला रखेंगे और उचित फैसला लेंगे। मुसलमान प्रमुखों की बैठक हुई। शहाबुद्दीन साहब का पत्र भी आया—मस्जिद हिंदुओं के लिए छोड़ देने की बात कोई मानता नहीं। एक दिन उनका फोन आया, "मैं पटना आ रहा हूँ। आपसे बात करना चाहता हूँ।" मैं उनके घर गया। काफी लंबे समय तक बात की। बाबरी मस्जिद छोड़ देने की बात पर वे सहमत नहीं थे। विदा लेते समय मैंने उनसे कहा, "जवाहर प्रसाद के मंदिर विस्तार को रोकने में मेरे साथ रहे सभी कर्मचारी हिंदू थे।" पटना में अपने निवास की ओर लौटते समय मैंने सोचा, 'अगर भारत एक मुस्लिम बहुसंख्यक धर्मनिरपेक्ष देश होता तो (मुस्लिम बहुसंख्यक होने से धर्मनिरपेक्ष का सवाल उठता नहीं) एक हिंदू मंदिर में अतिक्रमण करके मुस्लिम लोग मस्जिद-निर्माण करते तो उनके खिलाफ कानूनी कारवाई करने के लिए हिंदू अफसर के साथ रहने के लिए कितने मुसलमान सहकर्मी तैयार हो सकते थे? यह चिंता का विषय है। भारत की धर्मनिरपेक्षता का महत्त्व तभी हमें मालूम होगा।'

समय के प्रवाह में कई घटनाएँ हुईं। सांप्रदायिक दंगे, मुसलमानों की सामूहिक हत्या, जलाना आदि-आदि। ये सब इतिहास के प्रवाह में होते आए हैं। आगे भी इस तरह की घटनाएँ होंगी। गुजरात में मुसलमानों की सामूहिक हत्या एक सच्चाई है, परंतु इससे कई गुना क्रूर घटनाएँ मध्यकालीन मुस्लिम शासनकाल में हुई थीं। मैं एक बात यहाँ कहना चाहता हूँ कि हिंदू सांप्रदायिकता मूल रूप से नहीं है। कभी-कभी कुछ घटनाओं की प्रतिक्रिया के रूप में हुआ है। गोधरा में भी ऐसा ही हुआ। वहाँ 'साबरमती एक्सप्रेस' में यात्रा कर रहे तीर्थयात्रियों को जलाने से दंगा शुरू हुआ। बाद में हुए निष्ठुर कृत्यों के खिलाफ सीतलवाड़ जैसे हिंदू सामाजिक कार्यकर्ता और संजय भट्ट जैसे पुलिस अधिकारियों ने आवाज उठाई। गुजरात के डी.जी.पी., श्री आर.बी. श्रीकुमार ने नानावटी आयोग के समक्ष सत्ताधारी बी.जे.पी. सरकार के खिलाफ

बयान दिया। उन्हें अब तक पेंशन नहीं मिली है, क्योंकि मामला कोर्ट में है। आवाज उठानेवाले हिंदू अफसरों की लियन रद्द की गई। संजय भट्ट जैसे लोगों की नौकरी चली गई। सीतलवाड़ को आज भी शिकार बनाया जाता है। अगर भारत एक मुसलमान राष्ट्र होता तो हिंदुओं के पक्ष में बोलकर अपनी नौकरी गँवाने के लिए कितने मुसलमान अफसर तैयार हो जाते? मुस्लिम लोगों को इस तरह की बातों पर विचार करना चाहिए।

एक बार एक अंतरराष्ट्रीय उत्खनन टीम के साथ मैं ओमान के सलाला में गया। वहाँ प्राचीन समय में नष्ट हो गए अल बलिद नामक शहर का उत्खनन करना मेरा कार्य था। वहाँ कुछ केरल निवासियों से मेरा परिचय हुआ। वे सिमी (Students Islamic Movement of India) से जुड़े हुए थे। उन्होंने एक समारोह में आकर भाषण देने के लिए मुझे निमंत्रण दिया। उनमें कुछ लोगों की रामजन्मभूमि-बाबरी मामले पर मेरे विचार के बारे में एक धारणा थी। मैंने उनसे कहा कि मैं आने के लिए तैयार हूँ और सवाल-जवाब के लिए भी सहमत हूँ; लेकिन कुछ समस्या नहीं होनी चाहिए, क्योंकि एक जर्मन विश्वविद्यालय के निमंत्रण पर मैं सलाला में उत्खनन का काम कर रहा हूँ। अनुशासन और विपक्ष का आदर करने की भावना बनाए रखें, तो मैं आ जाऊँगा। इसकी पुष्टि आपको करनी है। उन्होंने मंजूर कर लिया, वादा भी कर दिया।

मैं भाषण के लिए गया। भाषण का केंद्र रामजन्मभूमि-बाबरी मस्जिद मामला था। प्राचीन काल में अन्य धर्मावलंबियों से मुसलमानों के सहिष्णुता पाठ से मैंने शुरू कर दिया। मैंने 'कुरान' को उद्धृत किया। मुझे वे रामजन्मभूमि पक्षवाला मानते थे और मेरे मुँह से कुरान के उद्धरणों (आयातों) का इंतजार नहीं करते थे। मेरे वादों से कुछ अनुकूल माहौल पैदा हो गया। मैंने अयोध्या उत्खनन और मस्जिद के नीचे मंदिर के अवशेषों की खोज के बारे में बताया। श्रोताओं ने बड़े ध्यान से मेरा भाषण सुना। मैंने भाषण का उपसंहार इस प्रकार किया, "एक मुसलमान के लिए मक्का-मदीना जितना महत्त्वपूर्ण है, उतना ही महत्त्वपूर्ण है एक हिंदू के लिए अयोध्या। मक्का और मदीना अन्य धर्मावलंबियों के हाथ में पड़े तो···मुसलमान इसकी कल्पना नहीं कर सकते।

हिंदुओं के बहुसंख्यक होने पर भी उनका पुण्य तीर्थ अन्य धर्मावलंबियों के अधीन हो गया। आज हिंदू के आत्मविलाप को सुनने के लिए मुसलमानों को तैयार होना है। हिंदुओं का विश्वास है कि बाबरी मस्जिद उनके भगवान् राम का जन्म-स्थान है। मुसलमानों के प्रवाचक मुहम्मद नबी से इस जगह का कोई संबंध नहीं है। सहावी से, खुलफाउराशीदी से संबंध नहीं; ताबिउ, औलिया और सलफुस्सालीहिन से भी कुछ रिश्ता नहीं। मुगल संस्थापक बाबर से मात्र इसका संबंध है। इस तरह की एक मस्जिद के लिए मुस्लिम क्यों जिद्दी हो जाते हैं?''

मैंने उन्हें अपने बचपन का एक अनुभव सुनाया, ''जरूसलें के बैतुल मुखद्दीस को जूदों द्वारा कब्जा लिये जाने की खबर सुनकर हम सबने अपने गाँव कोडुवल्ली की जामा मस्जिद में एकत्र होकर बैतुल मुखद्दीस को वापस मिलने के लिए रो-रोकर प्रार्थना की।'' (बैतुल मुखद्दीस जूदों, ईसाइयों और मुसलमानों का समान रूप से प्रमुख पुण्यस्थान है) बैतुल नष्ट हो जाने से जितना दुःख मुसलमानों को हुआ, उतना दुःख रामजन्म स्थान नष्ट हो जाने से हिंदुओं को भी होता है। मैं शिक्षित प्रगतिवादी हिंदुओं के बारे में नहीं कह रहा हूँ। उत्तर भारत की कड़ाके की सर्दी में बिना कपड़ा, बिना जूते मीलों दूर पैदल चलकर भगवान् श्रीराम के दर्शन के लिए तरसते हजारों साधारण हिंदुओं के बारे में कह रहा हूँ। उनकी हृदय-वेदना और धार्मिक भावना को सम्मान देने में क्या गलत है?''

मेरे शब्दों को सुनकर पूरी सभा आत्म-विश्लेषण और आत्म-मंथन के दौर से गुजरी। मैंने भाषण जारी रखा, ''आजादी के बाद मुसलमानों को एक अलग राष्ट्र दिया गया। उसके बाद भारत को हिंदू राष्ट्र घोषित किया जा सकता था; परंतु गांधी, नेहरू, पटेल आदि उच्च विचार रखनेवाले नेताओं से ऐसा संभव नहीं हुआ। मुसलमानों को एक अलग राष्ट्र देने के बाद भारत को एक 'धर्मनिरपेक्ष राष्ट्र' घोषित किया गया। इस तरह का विराट् विचार विश्व इतिहास में शायद और कहीं नहीं दिख सकता। इसके लिए बड़ी कीमत भी चुकानी पड़ी। उस अर्ध-नग्न फकीर को धर्मनिरपेक्षता के यज्ञ में अपनी आहुति देनी पड़ी।''

मैंने थोड़ा विराम लिया। आत्मचिंतन के कुछ पल गुजरे, फिर मैंने आगे कहा, "सोचिए, अगर भारत एक मुस्लिम बहुसंख्यक राष्ट्र होता तो धर्मनिरपेक्ष राष्ट्र होता क्या?" सभा से कुछ उत्तर न मिलने पर मैंने कहा, "कभी नहीं। अगर भारत एक मुस्लिम बहुसंख्यक देश होता तो अल्पसंख्यक हिंदुओं को अलग हिंदू राष्ट्र देने के बाद भारत को एक धर्मनिरपेक्ष राष्ट्र घोषित नहीं करता। यही है हिंदू संस्कृति में अंतर्निहित विशाल भावना, हिंदू संस्कृति की सहिष्णुता। इस मानसिक स्थिति को हमें मानना पड़ेगा, उसका आदर करना पड़ेगा। अगर भारत में हिंदुओं को छोड़कर और किसी धर्मवाले बहुसंख्यक होते तो अल्पसंख्यक मुसलमानों की क्या दशा होती? ऐतिहासिक सच्चाइयों को मानते हुए समझौते के लिए हर क्षेत्र के लोगों को तैयार हो जाना है। ऐसी स्थिति में ही भारत सच्चे अर्थ में धर्मनिरपेक्ष राष्ट्र बन पाएगा। अपने इस तरह के विचार को मैंने नाम दिया 'उलटा चिंतन' (reverse thinking)।" हिंदू अपने को मुसलमान समझकर समस्याओं को देखें और मुसलमान अपने को हिंदू समझकर समस्याओं का विश्लेषण करें और समाधान के लिए काम करें। विभिन्न धर्मों में हमारा जन्म हुआ, यह बिल्कुल आकस्मिक है। मेरे इतना कहने पर सभा से एक सवाल आया, "इन तीन स्थानों को हम छोड़ेंगे तो फिर 3,000 मस्जिद छोड़ देने की माँग वि.हि.प. उठाएगी? उसकी सूची तो बहुत बड़ी है।"

मैंने उत्तर दिया, "मैं समझौते के रास्ते के बारे में बात कर रहा हूँ। अनावश्यक माँगों पर अडिग रहना ठीक नहीं है। विश्व हिंदू परिषद्, बजरंग दल, शिवसेना जैसे हिंदू संगठनों को हिंदू समाज में आम स्वीकृति नहीं मिल पाई है। इसलिए इन संगठनों की अनावश्यक माँग का हिंदू लोग विरोध करेंगे। मुस्लिम की जरूरत नहीं होगी। यही हिंदू संस्कृति की विशेषता है।" भाषण के बाद मुझे ऐसा लगा कि बाबरी मस्जिद छोड़कर-देकर समस्या का समाधान करने के मेरे सुझाव से वे लोग सहमत हैं; परंतु वे खुलकर बोल नहीं सके। सभा में ज्यादा युवा लोग थे। उनकी मानसिकता की हम पहचान कर सकते हैं।

सम्मेलन के उपरांत उनके कुछ प्रमुख लोगों ने मुझसे पूछा, "इन तथ्यों को इसी तरह रखकर सैयद शहाबुद्दीन जैसे लोगों से आपने क्यों नहीं कहा?"

"उस समय उनसे मेरा सीधा परिचय या संपर्क नहीं था। शेरशाह सूरी के मकबरे के मामले में मेरा उनसे सीधा संपर्क हुआ और इस माहौल में मैंने उनको पत्र लिखा था।"

केरल के कालिकट में जमाअते इसलामी से संबंध रखनेवाले वेलफेयर पार्टी के कुछ युवा कार्यकर्ताओं ने गरीबों को घर बनाकर देने का काम किया। घर बनाकर दिए जानेवालों की सूची में सुषमा नामक एक हिंदू स्त्री का नाम देखकर मैंने उनका अभिनंदन किया और कुछ वित्तीय सहायता भी प्रदान की। वेलफेयर पार्टीवालों ने अपनी एक सभा में भाषण देने के लिए मुझे आमंत्रित किया। 'इसलाम की धार्मिक सहिष्णुता' और 'अयोध्या की सच्चाई' मेरे भाषण के विषय थे। मैंने 'कुरान' की आयतों को उद्धृत करते हुए भाषण शुरू कर दिया और ओमान के सलाला में जो विचार प्रस्तुत किया था, उसको दोहराया। यह सवाल-जवाब का सत्र नहीं था, फिर भी लोगों ने सोचना शुरू कर दिया। सभा में कुछ लोग मेरे रिश्तेदार और मित्र थे, इसलिए मुझे विश्वास था कि मेरे विचार से सहमत न होने पर भी वे शोर नहीं मचाएँगे।

विशाल विचारधारा आज की आवश्यकता है। मैं और आप हिंदू, मुस्लिम या ईसाई इसलिए हैं क्योंकि मैं और आप हिंदू, मुस्लिम या ईसाई माँ-बाप की संतानें हैं। विरासत में प्राप्त हुए धर्म आकस्मिक हैं। धर्म के नाम पर छिड़ना नहीं, कड़ा रवैया अपनाना नहीं। 'जिओ और जीने दो', यही सिद्धांत होना चाहिए।

धार्मिक भावना भारत में ज्यादा है। यूरोप के देशों में अब इसका प्रभाव और अनुष्ठान कम हो रहा है। विरासत को संस्कृति के अंग के रूप में यूरोप में धर्म का अस्तित्व है। हिंदू असहिष्णुता और दादरी की घटना के विरोध में हिंदू बुद्धिजीवियों ने बड़ी आवाज उठाई। पुरस्कारों को वापस देकर असहिष्णुता की गति को उन्होंने रोका। 'इन्फोसिस' (Infosis) के नारायण मूर्ति और भारतीय रिजर्व बैंक के रघुराम राजन जैसे लोग इसके खिलाफ बोले।

संस्कृतियों के आदान-प्रदान की संगम भूमि है भारत। धर्म हमारी जीवन-रीति को प्रभावित करता है। सबकी अपने वास्तु-विज्ञान और मकान निर्माण की शैली है। हमारी विशाल मिली-जुली संस्कृति (Composite

Culture) का आधार हिंदू संस्कृति है। बौद्ध और जैन इसकी शाखा के रूप में विकसित हैं। भारत के बाहर बौद्ध धर्म ने बड़ा प्रभाव डाला। इस हिंदू बौद्ध-जैन सांस्कृतिक आधार को आज की सुंदरता मुस्लिम वास्तुकला ने प्रदान की है।

ईसाई वास्तुकला ने इसको और सुंदर बनाया। इस सांस्कृतिक मिलन के उत्तम उदाहरण हैं, कुतुबमीनार और ताजमहल। मीनार, मेहराब और गुंबदों के देश ईरान, इराक और टर्की में कुतुबमीनार जैसी इतनी बड़ी मीनार का निर्माण भी क्यों नहीं हुआ? ताजमहल जैसा महल क्यों नहीं बनाया गया? कारण यह है कि इसलाम के रूपकल्पना सौंदर्य के साथ भारत की हस्तकला के मिलन से इस तरह के मनमोहक-सुरम्य वास्तुशिल्प का जन्म हुआ।

एक सामासिक संस्कृति को अपनाते हुए हम जी रहे हैं। हर एक मुहम्मद में एक ब्रह्मदत्त रहे और हर ब्रह्मदत्त में एक मुहम्मद, इस तरह के सांस्कृतिक समन्वय के भारत का निर्माण करना हमारा दायित्व है। सबसे खुशी की बात यह है कि मुसलमान शिया कम्युनिटी के विद्वान् और कम्युनिटी लीडर मौलाना कल्बे सादिक साहेब ने भी शांति की अगुवाही करते हुए मुसलमान समुदाय के पहले के दावे से अलग जो बयान दिया है वह सिर्फ काबिले तारीफ नहीं वह रसूलल्लाह का सच्चा मार्ग भी है। रसूलल्लाह, हुदैबिया में मक्का के गौर मुसलमानों से इसी तरीके से सुलह किये थे। मौलाना कल्बे सादिक साहब जैसे विशाल हृदय वाले लीडर्स और विद्वानों के बदौलत ही मुस्लिम समुदाय और देश आगे बढ़ पायेगा।

□

विश्व गुरु बनें

किसी भी समाज में नए विचारों के विकास एवं आत्मविश्वास बढ़ाने के लिए अपनी विरासत की जानकारी अत्यंत महत्त्वपूर्ण है। इतिहास का अध्ययन करने पर मालूम हो जाता है कि एक ऐसा समय था, जब जापान और जर्मनी विश्व युद्ध के बाद तबाह हो गए थे। किंतु उस स्थिति के बाद वे फीनिक्स पक्षी की तरह जाग उठे। उन्हें अपने अतीत के वैभव के बारे में अवगत कराने से यह संभव हो सका। इस अवबोध के साथ जन्म लेनेवाली नई पीढ़ी राजनीति तथा समाज को नए दिशा-निर्देश प्रदान कर सकती है। भारत की सांस्कृतिक विरासत रेगिस्तान के पेट्रोल के समान है। पेट्रोल लेने से कम होगा, परंतु सांस्कृतिक विरासत उपयोग करने से बढ़ती रहती है। सांस्कृतिक विरासत की पहचान से आध्यात्मिक और भौतिक जागरण संभव होगा। एक नई पीढ़ी के विकास के लिए यह अनिवार्य है। संपन्न और समृद्ध सांस्कृतिक विरासत के कारण भारत विश्वगुरु के स्थान पर विराजमान था। हमारी शक्ति की पहचान हमें करनी है। अपनी अपार शक्ति से अनभिज्ञ होकर निष्क्रिय रहे हनुमान को अपनी शक्ति के बारे में अवगत कराने से वे असाधारण कार्य कर पाए। इसी तरह नई पीढ़ी को हमारी समृद्ध सांस्कृतिक व वैभवशाली विरासत के बारे में अवगत कराने से वह आगे बढ़ सकती है।

अगर सरकार ध्यान दे तो भारतीय पुरातत्त्व सर्वेक्षण को सबसे प्रमुख विभागों में एक बना सकती है। ऐसा करने से केवल आय ही नहीं बढ़ेगी, बल्कि समाज में आध्यात्मिक व भौतिक विकास का कार्य भी हो पाएगा। भा.पु.स. को आत्मनिर्भर बनाने के लिए ज्यादा मेहनत नहीं करनी पड़ेगी।

मैं जब दिल्ली में अधीक्षण पुरातत्त्वविद था, तब इसकी आमदनी 30 करोड़ रुपए थी। इसको कैसे 100 करोड़ बनाया जाए, इसके लिए मैंने रूपरेखा तैयार की। इसी तरह अन्य परिमंडलों में आय चार-पाँच गुना बढ़ाई जा सकती है। फिलहाल वर्तमान स्मारकों का संरक्षण करके वाणिज्यिक दृष्टि से काम करें तो सरकार करोड़ों रुपए प्राप्त कर सकती है। अपने अनुभव के मुताबिक मैं यह कहूँगा कि परियोजना तैयार करके कार्यान्वयन करने से आय बढ़ेगी और भा.पु.स. अपने पैरों पर खड़ा रह सकता है। भारतीय संस्कृति के माध्यम से आम जनता किस तरह स्वाभिमान का विकास कर सकती है, इसका अच्छा उदाहरण दिल्ली का अक्षरधाम मंदिर है। विज्ञान और प्रौद्योगिकी के क्षेत्र में पिछली सदियों में भारत ने जो प्रगति की है, उसे समझना तथा आस्वादन करने लायक नौकायन और अन्य कार्यक्रम वहाँ तैयार किए गए हैं। हर एक भारतीय के मन में अपने देश के बारे में गौरव का अनुभव करने लायक कार्यक्रमों से हमें एक नई पीढ़ी का निर्माण करना है। शासकों की विजय उसमें है।

पर्यटकों की मानसिक भावना को बदलने में सरकार को जागरूकता दिखानी है। साधारण रूप से ऐतिहासिक स्मारक उस क्षेत्र का संकेत देता है, जहाँ वह स्थित है। यहाँ पहुँचनेवाले इसके ऐतिहासिक महत्त्व को जाननेवाले नहीं होंगे। मैंने प्रमुख ऐतिहासिक स्मारक देखा है, ऐसा बताने के लिए कुछ लोग आते हैं। बहुत कम लोग ऐतिहासिक स्मारकों को हमारी सांस्कृतिक विरासत का अंग मानकर उन्हें देखने के लिए आते हैं। दु:ख की बात है कि हमारे ऐतिहासिक स्मारकों को हमारे सांस्कृतिक चैतन्य के स्रोत के रूप में परिवर्तित करने के लिए किसी भी सरकार ने कोशिश नहीं की है। किसी भी ऐतिहासिक स्मारक के दर्शन के लिए मार्गदर्शक (guide) की जरूरत है। अधिकांश गाइड जानकार और सक्षम हैं। लेकिन कुछ गाइड प्रचलित कहानियों के आधार पर इसका परिचय देते हैं। सुननेवालों को भी यही अच्छा लगता है। ऐसा होने से इतिहास को भुला दिया जाता है। मार्गदर्शकों से सवाल पूछने पर वे अपने ज्ञान के अनुसार उत्तर देते हैं। मार्गदर्शकों को सरकार के अधीन प्रशिक्षण देना जरूरी है। ऐसा करने से नौकरी का अच्छा अवसर भी प्राप्त

होगा। कुछ ऐतिहासिक स्मारकों में रात में 'लाइट ऐंड साउंड शो' का इंतजाम किया गया है। प्रकाश और आवाज के जरिए अतीत के वैभव और ऐश्वर्य के पुनर्सृजन का दिग्दर्शन यहाँ होता है। वित्तीय लाभ की संभावना को ध्यान में रखकर कई जगहों पर इस तरह के कार्यक्रमों का विस्तार किया जा सकता है।

ऐतिहासिक स्मारकों को देखने के लिए प्रवेश शुल्क केवल 15 रुपए या 30 रुपए हैं। इसमें परिवर्तन लाना जरूरी है। विद्यार्थियों को मुफ्त प्रवेश की जरूरत भी नहीं है। हर ऐतिहासिक स्मारक को अपनी विशेषताओं के अनुसार अलग शुल्क तय करना है। स्मारकों के कुछ विशेष भाग देखने के लिए अलग शुल्क भी लगाया जा सकता है। जैसे कि पेरिस के एफिल टॉवर की विभिन्न मंजिलों में प्रवेश के लिए अलग शुल्क लगाया गया है। फिलहाल ताज के दर्शन के लिए छुट्टियों के दिनों में करीब 50,000 लोग रोजाना आते हैं। जो ताज की क्षमता से ज्यादा है स्मारक के अस्तित्व पर इसका प्रभाव पड़ सकता है। हमें पर्यटकों की संख्या को सीमित करना चाहिए। प्रवेश पर नियंत्रण करके इसका संरक्षण करना चाहिए। फिल्म-निर्माण के लिए ऐतिहासिक स्मारकों को कम राशि देते हैं। उदाहरण के लिए ताजमहल और कुतुबमीनार क्षेत्र में फिल्म की शूटिंग के लिए पहले केवल 5,000 रुपए देना होता था। कुछ माह पहले से वह पचास हजार कर दिया। यह भी बहुत कम है। फिल्मवाले करोड़ों कमाते हैं। आज की स्थिति में प्रतिदिन 5 लाख रुपए फीस रख सकते हैं। लेकिन डाक्यूमेंट्री बनानेवालों से 5000 रुपये से ज्यादा लेना ठीक नहीं है। इस धनराशि को स्मारक के रख-रखाव और संरक्षण के लिए खर्च कर सकते हैं। इसी तरह हर स्मारक में संग्रहालय, दुकान, कैफे बनाकर पर्यटकों को शॉपिंग का अवसर दें और उससे मिलनेवाली धनराशि का स्मारकों के संरक्षण के लिए उपयोग करें।

कुछ हस्तकला वस्तुओं का निर्माण करते समय भारतीय पुरातत्त्व सर्वेक्षण का प्रमाण-पत्र चाहिए कि यह चीज पुरावस्तु नहीं है। इसके लिए अब शुल्क कुछ नहीं है। यह प्रमाण-पत्र प्राप्त होने पर व्यापारी लोग हस्तकला की वस्तुओं को विदेशों में बेचकर करोड़ों रुपए कमाते हैं। अतः इस प्रमाण-पत्र के लिए

लाइसेंस फीस लगा सकते हैं। भा.पु.स. के कामकाज के लिए कम राशि का आवंटन होता है। इस राशि से कुछ भी संभव नहीं है; परंतु आय मिलनेवाले पर्यटन का अस्तित्व भारतीय पुरातत्त्व सर्वेक्षण के काम पर निर्भर है। यह बड़े दुःख की बात है कि भारतीय संस्कृति के बारे में गर्व करनेवाली भाजपा और आर.एस.एस. भी इस सच्चाई को मानकर ऐतिहासिक स्मारकों के विकास हेतु कुछ दिशा-निर्देश देने में असफल रहे हैं। पर्यटन के सिलसिले में ऐतिहासिक स्मारकों से प्राप्त होनेवाली राशि उसके रख-रखाव और संरक्षण के लिए खर्च की जा सकती है। टोल वसूल करने के लिए जो इंतजाम किया जाता है, उसी तरह का इंतजाम इधर भी किया जा सकता है। ऐसा करने से भा.पु.स. में कर्मचारियों की कमी और भ्रष्टाचार एक हद तक कम कर सकते हैं। ऐतिहासिक स्मारकों की दैनिक सफाई भी महत्त्वपूर्ण है। यह काम एक निर्धारित अवधि के लिए किसी स्वैच्छिक संस्था या एजेंसियों को दिया जा सकता है।

भारत में अनेक ऐतिहासिक स्मारक हैं। इन स्मारकों के संरक्षण तथा वाणिज्यिक दृष्टि से इनका इस्तेमाल करने के लिए सरकार ने अभी तक सफल काम नहीं किया है। सांस्कृतिक विभाग की उदासीनता इसका मुख्य कारण है। मंत्री महोदयों को यह मालूम नहीं है कि इनका सार्थक उपयोग कैसे करें? पर्यटन और संस्कृति मंत्रालय का समन्वय करके एक मंत्री के अधीन होना उचित होगा। मंत्री और उनके सचिव को इस विषय के संबंध में गहन अध्ययन करना चाहिए। सेवानिवृत्त लोगों की सेवा का उपयोग भी कर सकते हैं। आर.एस.एस. वाले हमारी उदार संस्कृति के बारे में ज्यादा बात करते हैं; परंतु काम ज्यादा नहीं होता है। अटलजी और मोदीजी जब शासन में आए, तब संस्कृति के प्रेमी लोग संस्कृति के क्षेत्र में बड़े परिवर्तन की प्रतीक्षा करते थे। किंतु बड़े दुःख के साथ मैं यह सच बताना चाहता हूँ कि कांग्रेस सरकार की तुलना में संस्कृति के क्षेत्र में ज्यादा परिवर्तन लाने में भाजपा सरकार असफल रही है। भाजपा सरकार के मंत्री जगमोहनजी इसका एकमात्र अपवाद हैं। लेकिन वे भाजपा के मंत्री होने पर ही नहीं, कांग्रेस में रहते समय भी उन्होंने अपने क्षेत्र में बहुत काम किया है। उनका व्यक्तित्व

अतुल्य है और वे एक सच्चे भारतीय हैं। उनके जैसे सच्चे देशभक्त और सबको समेटनेवाले विशाल मनवाले प्रशासकों के होने से देश की प्रगति संभव है। अफसोस इस बात में है कि उनको पर्यटन और संस्कृति मिनिस्टर के रूप में समय बहुत ही कम मिला। जगमोहन जी को एक या दो साल भी मिला होता तो यह विभाग यकीनन बदल जाता।

वर्तमान बी.जे.पी. सरकार ने विदेश मामलों, वित्त, रेलवे, शहरी विकास आदि के मंत्रालयों में शानदार काम किया है। बी.जे.पी. जब सत्ता में आई, तब भारतीय पुरातत्त्व सर्वेक्षण से जुड़े लोगों ने सोचा कि यह सरकार देश की सांस्कृतिक विरासत को एक नया जीवन देगी। लेकिन ऐसी सोच रखनेवाले लोग आज बेहद निराश हैं और उनका मोहभंग हो चुका है, क्योंकि मौजूदा व्यवस्था के अंतर्गत इस विभाग की स्थिति पूरी तरह से बिगड़ गई है। आज हम में से कई लोग रिटायर हो चुके हैं, लेकिन तब किसी ने नहीं सोचा था कि बी.जे.पी. के शासन में इस विभाग की हालत इस कदर बिगड़ेगी, जो देश के गौरवशाली अतीत की कसमें खाया करते थे।

आज के बी.जे.पी. सरकार के दौर में लंबे समय तक कई अधीक्षण पुरातत्त्वविद के खाली पद न भरने की वजह से एक अधीक्षण पुरातत्त्वविद् अलग-अलग राज्यों में स्थित दो या कभी-कभी तीन कार्यालयों का कामकाज सँभालता था, जिससे कार्यकुशलता पर बुरा प्रभाव पड़ता था। यह कुछ हफ्तों के लिए कामचलाऊ व्यवस्था नहीं थी, बल्कि लंबे समय तक चलती रही जिसकी वजह से कई जगह पर काम बंद पड़ गया। अफसोस की बात यह है कि कुछ मामलों में अधिकारियों को प्रमोशन होने के बावजूद भी उन्हें पदस्थापित करने में बेहिसाब देरी हुई, जो दिखाती है कि मंत्रालय में अनिर्णय की स्थिति है। मंत्रालय के कुछ अफसरों के दिमाग में किसी ने यह डाला की इस विभाग में भ्रष्टाचार बहुत है और भ्रष्टाचार रोकने का सबसे अच्छा तरीका यही है कि इसके आवंटित फंड को रोक देना चाहिए या किसी और डिपार्टमेंट के जरिये भा.पु.स. का नया काम करवाया जाए। ऐसे दिए हुए कुछ काम की गुणवत्ता बहुत कम होने की वजह से कई शिकायत आए और

एक जगह काम को रूकवाना पड़ा। खेद इस बात का है कि भा.पु.स. को तो अपने सारे एस्टीमेट विभाग के पोर्टल में डालने होते हैं परंतु जिन बाहर के विभागों को काम करने हेतु धन दिया जा रहा है उन पर यह बंदिश नहीं है। अधीक्षण पुरातत्त्वविद्, जो कार्यालय के अध्यक्ष होते हैं, नए बनाए हुए अजीबो-गरीब नियमों के वजह से उनका तबादला हर दो साल पर कर दिया जाता है। और यह तबादला एक प्रदेश के अंदर नहीं बल्कि पूरे देश में कहीं पर भी हो सकता है। इस कारण संरक्षण के अनेक कार्यों की गति धीमी पड़ गई। चूँकि अधीक्षण पुरातत्त्वविद् एक फील्ड वर्कर होता है, इस कारण अपने सर्कल और अनेक स्थलों को जानने-समझने में ही उसका आधा वर्ष निकल जाता है। वह जब तक समझ पाता है, तब तक उसे दो वर्षों के लिए भारत के किसी दूर के राज्य में पदस्थापित कर दिया जाता है। उस बेचारे को अपना सारा सामान समेटकर उस राज्य के लिए निकलना पड़ता है, जबकि उसे अपने बच्चों की शिक्षा का खयाल परेशान करता रहता है। पहले की तरह, ये तबादले महानिदेशक की ओर से नहीं किए जाते, जिन्हें प्रत्येक व्यक्ति की क्षमता की जानकारी होती है। भा.पु.स. में तबादले की नीति को लेकर माननीय मंत्री श्री महेश शर्मा के सामने तमिलनाडु में हुआ बुरा प्रदर्शन यह दिखाता है कि भा.पु.स. में क्या चल रहा है। इस प्रदर्शन के विडियो में मिनिस्टर खुद यह कहते हुए दिखाई पड़ते हैं कि यह डिपार्टमेंट की पॉलिसी है कि हर तीन साल में तबादला किया जाएगा मगर वे खुद ये तबादले हर दो साल में कर रहे हैं। भा.पु.स. से जुड़े हम में से कुछ लोगों ने इस विभाग को कभी इतनी बुरी स्थिति में नहीं देखा था।

अभी कुछ दिन पहले नए महानिदेशक ने कार्यभार सँभाला है और बिगड़े हुए विभाग को सँभालने की बहुत कोशिश कर रही हैं। लेकिन पिछले तीन सालों में विभाग इस कदर बिगड़ गया है, इसको सँभालने में बहुत वक्त लगेगा।

प्राचीन काल में चीन भारत को आदर के साथ देखता था। 'सिल्क रूट' के विकास से वाणिज्य के सभी मार्गों को अपनी ओर लाने की चीन ने कोशिश की। लेकिन भारत कुछ नहीं कर पा रहा है। 'सिल्क रूट'

केवल सांस्कृतिक मार्ग नहीं है, एक बड़ा वित्तीय मार्ग है। पहली सदी से 8वीं सदी तक ज्ञान और दर्शन के लिए चीन भारत की तरफ देखा करता था। भारत उनके लिए आवक था। हमारी इस गिरावट के जिम्मेदार हम स्वयं हैं। बालियांग राजवंश के वूढ़ी नामक सम्राट् (सन् 502-549) ने शासन में अपने आवक के रूप में सम्राट् अशोक को मान लिया था। इसलिए पहले ह्वेनसांग इत्सिंग जैसे चीनी पर्यटक शिक्षा के लिए भारत आए। इत्सिंग के नालंदा में पढ़ते समय 56 विदेशी विद्यार्थी उनके सहपाठी थे। उनमें ज्यादातर लोग चीन से आए थे। अपने माता-पिता के परंपरागत धर्म 'कन्फ्यूशिस' को छोड़कर ह्वेनसांग ने बौद्ध धर्म स्वीकार किया। भारत से लाए गए संस्कृत ग्रंथों का अनुवाद करने के लिए तथा उनके संरक्षण के लिए चीन में मठ बनाया। बौद्ध धर्म के प्रचार के लिए चीन के सम्राट् ने ह्वेनसांग की बड़ी मदद की।

एक दिन चीनी सम्राट् टाईसांग ने ह्वेनसांग से कहा, "बहुत सारे संस्कृत ग्रंथों का आप और आपके शिष्यों ने संस्कृत से चीनी भाषा में अनुवाद किया है। आप चीनी चिंतक लाओस की कम-से-कम एक पुस्तक का संस्कृत में अनुवाद कीजिए, यह मेरा अनुरोध है।"

एक मुसकराहट के साथ चीनी सम्राट् की माँग को निरस्त कर ह्वेनसांग ने सांस्कृतिक क्षेत्र में भारत की अहमियत का प्रतिनिधित्व कर दिया था। पर सोचिए, आज हम कहाँ हैं? सांस्कृतिक विरासत के जागरण से नष्ट हो गए गौरव को हम वापस ला सकते हैं। उसके लिए क्रातिदर्शी मंत्री और उत्साही सचिव चाहिए। भारत की अक्षुण्ण संस्कृति को रेगिस्तान के पेट्रोल जैसे विपणन कर सकने के लिए हमें कामयाब होना ही है।

चीन, जापान, कोरिया, दक्षिण-पूर्व एशिया आदि देशों के प्रमुख धर्मों में एक है बौद्ध धर्म। इससे हमें कुछ फायदा नहीं हुआ है। अपनी सांस्कृतिक विरासत को सही ढंग से विश्व के सामने प्रस्तुत करने में हम विफल हो गए। श्रीलंका, बर्मा, नेपाल जैसे देश भारत से ज्यादा संबंध चीन से रखते हैं। सांस्कृतिक विरासत को आकर्षण का केंद्र बनाने में हम विफल हो गए हैं। इसी तरह इंडोनेशिया, अंकोरवाट, बाली आदि में 'रामायण' और 'महाभारत'

का बड़ा प्रभाव है; परंतु इस भावनात्मक लगाव को भारत के अनुकूल अपनी विदेश नीति में उपयोग करने में भी हम विफल हो रहे हैं।

किसी की भी सरकार शासन में आ जाए, उनमें सकारात्मक दृष्टि से काम करनेवाले अफसरों की कमी होती है। हर चीज के लिए पश्चिम का अनुकरण करनेवाले हैं हम। ऐतिहासिक स्मारकों के संरक्षण और विपणन में हम उन्हें उदाहरण क्यों नहीं बनाते हैं? ऐतिहासिक स्मारकों के संरक्षण और विपणन से पश्चिम के राष्ट्र करोड़ों रुपए कमाते हैं। हमें भी उसका उदाहरण बनना है। इसमें अगर हम उनका अनुकरण करें तो उनसे ज्यादा हम कमा सकते हैं। राष्ट्र के विकास के लिए यह पूँजी बन जाएगी। इस सच्चाई को हमारा शासक वर्ग सुविधानुसार भूल जाता है। मंत्रियों और सचिवों को यह समझना चाहिए कि विरासत बोझ नहीं, बल्कि एक सदाबहार संपत्ति है और सही तरीके से उपयोग में लाया जाए तो राजस्व का स्रोत है। उन्हें करना यह चाहिए कि वे इस संपत्ति को राजस्व के मॉडल में बदलें और इससे मिलनेवाले राजस्व से स्मारकों का संरक्षण करें।

भारतीय पुरातत्त्व सर्वेक्षण की मुख्य समस्या निधि एवं कर्मचारियों की कमी है। भा.पु.स. की कई परियोजनाओं में यही बाधा है। संस्कृति विभाग को इसके बारे में ध्यान देना चाहिए और इस समस्या का समाधान निकालना चाहिए। प्राचीन गौरव के प्रति आज की पीढ़ी का दृष्टिकोण आशा पर निर्भर है। वे बड़े सम्मान और आदर के साथ इसको देखते हैं। हमें यह नहीं भूलना चाहिए कि अन्य देशों की तुलना में हमारी सांस्कृतिक विरासत अत्यंत समृद्ध है। पर इसका सदुपयोग कैसे करें, यह हमें मालूम नहीं है।

अपने सेवाकाल में किए गए कार्यों से मैं पूर्ण रूप से संतुष्ट हूँ। भारतीय संस्कृति के प्रति मेरा जो बड़ा लगाव है, उसके कारण मैं आगे बढ़ सका और कुछ कर सका। पुस्तक लेखन के माध्यम से मुझे इस विशाल दुनिया में प्रवेश मिल गया। अपने सेवाकाल में मैंने जो कुछ किया, उसे मैं अपना दैनिक कार्य मानता हूँ। नौकरी मुझे कभी भारी नहीं लगी। ईमानदारी, सत्य-निष्ठा, लगन व यथार्थ दृष्टि रखते हुए मैंने काम किया और जीवन बिताया।

□

सेवाकाल : एक झलक

सन् 1988 में चेन्नई में पहली नियुक्ति। चेन्नई के महाबलीपुरम् में समुद्र तट के मंदिर के पास विस्मृति में रहे मंदिर की खोज तथा केरल के त्रिचूर में महाशिला संस्कृति के अंशों की खोज के लिए उत्खनन में अधीक्षण पुरातत्त्वविद् श्री नरसिम्हा के अधीन कार्य किया।

सन् 1991–97 में गोवा में कार्य किया। वहाँ भा.पु.स. के अधीन संरक्षित स्मारक 'सेंट फ्रांसिस चर्च' तथा 'सेंट लेडी रोसारियो चर्च' को प्रार्थना के लिए खोलने की ईसाई धार्मिक नेताओं की माँग को अस्वीकार कर दिया। पोंडा में सफा मस्जिद की जमीन पर अतिक्रमण करने के लिए सेंट पोंडा विकास प्राधिकरण के अधिकारियों को रोका।

बॉम जीसस, सेंट कैथेड्रल, फ्रांसीस असीसी, सेंट काजीतान, सेंट रोसारियो आदि ऐतिहासिक स्मारकों की मरम्मत की। दस वर्ष में एक बार होनेवाले सेंट फ्रांसिस जेवियर के आध्यात्मिक आचरण के लिए चर्च का नवीनीकरण किया। सेंट ऑगस्टिन चर्च का वैज्ञानिक उत्खनन किया। नए पुल के निर्माण के लिए कुरुटी महादेव मंदिर को 18 कि.मी. दूर स्थान बदलकर स्थापित किया।

पदोन्नति पर अधीक्षण पुरातत्त्वविद् के पद पर बिहार के पटना में पदस्थापन। भगवान् बुद्ध ने अपना धर्मोपदेश सारनाथ में दिया। यह भा.पु.स. का संरक्षित क्षेत्र है। इसको श्रीलंका के बौद्धों के अधीन कार्यरत महाबोधि सोसाइटी से जोड़ने के विश्व हिंदू परिषद् के परिश्रम को असफल कर दिया। (इसके लिए वि.हि.प. के तत्कालीन अंतरराष्ट्रीय अध्यक्ष अशोक सिंघल ने

सीधा हस्तक्षेप कर दिया था; परंतु भा.पु.स. ने दबावों को नहीं माना)। मामले की गंभीरता को समझने के कारण तत्कालीन संस्कृति मंत्री मुरली मनोहर जोशी ने भा.पु.स. के रवैए को उचित माना।

बिहार (सासाराम) में शेरशाह मकबरे की सीमा में अतिक्रमण कर बनाए गए मंदिर को विस्तार देने का प्रयास असफल कर दिया गया।

2001-03 आगरा, उत्तर प्रदेश में ताज हेरिटेज कॉरिडोर के विरुद्ध काररवाई शुरू की गई।

ताजमहल के पीछे के मंदिर का विस्तार करने के हिंदू संगठनों के प्रयासों का विरोध किया। नियमानुसार ताज के 500 मीटर के अंतर्गत किसी भी निर्माण कार्य की अनुमति नहीं है। इसका उल्लंघन करके किए गए निर्माण कार्य को बुलडोजर का इस्तेमाल करके ढहा दिया। इसके विरोध में वि.हि.प. ने उनका पुतला जलाया। इसके पहले मुस्लिम मस्जिदों के अनुकूल काम करने का आरोप लगाकर उनके आगरा स्थित 22 माल रोड के कार्यालय में हिंदू कट्टरपंथियों ने आक्रमण किया। 15 मिनट पहले सरकारी काम के लिए बाहर जाने से उनकी जान बच पाई।

वर्ष 2003-04 में छत्तीसढ़ परिमंडल में जगदलपुर के दंतेवाड़ा में नक्सलवादियों की सहायता से समलूर मंदिर के जीर्णोद्धार का काम पूरा कर दिया।

वर्ष 2004-08 में मध्य प्रदेश के भोपाल में वटेश्वर, अमरकंटक, भोजपुर आदि में नष्टप्राय मंदिरों का जीर्णोद्धार कराया।

वर्ष 2008-12 में राष्ट्रमंडल खेलों की पूर्व तैयारी के सिलसिले में दिल्ली में लाल किला, कुतुबमीनार, पुराना किला आदि की मरम्मत करके उन्हें सुंदर बनाने का काम किया।

वर्ष 2012 में भा.पु.स. के क्षेत्रीय निदेशक (उत्तर) के पद से सेवानिवृत्त हो गए। उसके बाद छह महीने तक संस्कृति विभाग में परामर्शदाता के रूप में काम किया।

सेवाकाल में अच्छी सेवा के लिए कई पुरस्कार और सम्मान प्राप्त हुए हैं।

विश्व विरासत स्मारक में शामिल किए गए साँची के स्तंभ की दरार का पता लगाना और उसको सही करना। उन्हें 2006-07 में 'राष्ट्रीय पुरस्कार' मिला।

वर्ष 2007-08 में शारीरिक रूप से कमजोर लोगों को कुतुबमीनार देखने के लिए विशेष सुविधा उपलब्ध कराने के लिए तथा मीनार को ठीक प्रकार से संरक्षित करने के लिए पुरस्कार मिला।

वर्ष 2008-09 में हुमायूँ का मकबरा का टूरिस्ट फ्रेंडली बनाने के लिए राष्ट्रीय पुरस्कार मिला।

वर्ष 2010 में रीच फाउंडेशन, मद्रास का विरासत संरक्षण पुरस्कार, श्रीलंका बौद्ध सोसाइटी का बौद्ध विरासत संरक्षण पुरस्कार, वटेश्वर में खनन माफिया से हुई लड़ाई और मंदिर संरक्षण के लिए 'सार्क पर्यावरण पुरस्कार' आदि अंतरराष्ट्रीय पुरस्कारों से सम्मानित हुए। राष्ट्रीय पुरस्कारों में मध्य प्रदेश सरकार का 'पर्यटन स्नेही पुरातत्त्व शोधकर्ता' का सम्मान, रेड फोर्ट पुरस्कार, उत्खनन में शामिल श्रमिकों के बच्चों के लिए स्कूल स्थापित करने के काम के लिए सी.एन.एन., आई.बी.एन. चैनल का 'सिटीजन जर्नलिस्ट पुरस्कार' आदि नौ पुरस्कार प्राप्त हुए।

सेवाकाल के दौरान राष्ट्रीय व अंतरराष्ट्रीय नेताओं तथा अति विशिष्ट व्यक्तियों की प्रशंसा के पात्र बने।

वर्ष 2012 में 'राजीव गांधी एक्सीलेंस पुरस्कार'।

वर्ष 2014 में 'चिश्ती इंडियन हारमनी पुरस्कार'।

वर्ष 2011-12 में 'राष्ट्रीय सर्वश्रेष्ठ अनुरक्षित पर्यटन स्मारक पुरस्कार'।

पत्नी : राबिया

संतान : जंशीद, शाहीन, बहू—सहर, आफरीन।

पता : 11 ए, रॉयल एमप्रस, बिक्री कर कार्यालय के पास, जवाहर नगर, कोझिकोड (कालिकट), केरल-6